Benito Pérez Galdós

Episodios nacionales IV
Prim

Barcelona **2024**
Linkgua-ediciones.com

Créditos

Título original: Episodios nacionales IV. Prim.

© 2024, Red ediciones S.L.

e-mail: info@Linkgua-ediciones.com

Diseño de cubierta: Michel Mallard.

ISBN tapa dura: 978-84-1126-431-0.
ISBN rústica: 978-84-9007-314-8.
ISBN ebook: 978-84-9007-230-1.

Sumario

Brevísima presentación

La obra

Prim es la novena novela de la cuarta serie de los *Episodios Nacionales* de Benito Pérez Galdós.

En esta entrega, Galdós nos presenta las constantes intrigas y conspiraciones de los últimos años del reinado de Isabel II, aglutinados en torno a la figura del general Prim, proyectando las dudas de la sociedad española sobre este militar.

Conoceremos a Santiago Ibero, que escapa de sus padres para tener aventuras y poder formar parte del ejército del general Prim, pero llega tarde porque éste ha ido a México a poner orden en dicho país ayudado de otras naciones europeas. En Madrid, Santiago entra en contacto, entre otros muchos conocidos del lector, con Leoncio Ansúrez (hermano de Lucila), pero por diversos motivos acaba en la cárcel. La búsqueda de Santiago por parte de sus padres da pábilo a hacernos un recorrido por la política de la época, pues dicha búsqueda se realiza mediante influencias.

Además, de la mano de Juan Santiuste, el «profeta» de la paz, el autor relata las conspiraciones de Prim, que culminan con la fallida revuelta de 1866.

I

El primogénito de Santiago Ibero y de Gracia, la señorita menor de Castro-Amézaga, fue desde su niñez un caso inaudito de voluntad indómita y de fiera energía. Contaban que a su nodriza no tenía ningún respeto, y que la martirizaba con pellizcos, mordeduras y pataditas; decían también que le destetaron con jamón crudo y vino rancio. Pero estas son necias y vulgares hablillas que la historia recoge, sin otro fin que adornar pintorescamente el fondo de sus cuadros con las tintas chillonas de la opinión. Lo que sí resultaba probado es que en sus primeros juegos de muchacho fue Santiaguito impetuoso y de audaz acometimiento. Si sus padres le retenían en casa, lindamente se escabullía por cualquier ventana o tragaluz, corriendo a la diversión soldadesca con los chicos del pueblo. Capitán era siempre; a todos pegaba; a los más rebeldes metía pronto y duramente dentro del puño de su infantil autoridad. Ante él y la banda que le seguía, temblaban los vecinos en sus casas; temblaba la fruta en el frondoso arbolado de las huertas. La vagancia infantil se engrandecía, se virilizaba, adquiriendo el carácter y honores de bandolerismo.

Desvivíanse los padres por apartar al chico de aquella gandulería desenfrenada, y aplicarle a las enseñanzas que habían de poner en cultivo su salvaje entendimiento; pero a duras penas lograron que aprendiese a leer de corrido, a escribir de plumada gorda, y a contar sin valerse de los dedos. Y aunque en todo estudio manifestaba despejo y fácil asimilación, el apego instintivo a la vida correntona y a los azares de la braveza dificultaba en su rudo caletre la entrada de los conocimientos.

No concordaban los padres en el mejor método para enderezar el alma torcida de Santiago, desacuerdo que provenía de la distinta naturaleza y gustos de uno y otro. Gracia, que en su marido amaba al hombre fuerte y violento, no quería privar al chico de las cualidades más relacionadas con la virilidad. El padre, que amó en su esposa la delicadeza y la ternura, quería que también su hijo fuese tierno y delicado, cualidades que, transmitidas por la madre a la descendencia masculina, habían de ser mansedumbre, sensatez y aplicación a toda suerte de estudios. Más conspicua que los hombres y siempre soberana, la Naturaleza hizo al hijo semejante al padre, que en su mocedad y en aquellos mismos lugares había sido de la piel

11

del demonio. Gracia y la Naturaleza estaban en lo cierto. El hijo segundo, Fernandito, modoso, cosido siempre a las faldas de la mamá, parecía cortadito para la carrera eclesiástica, y la niña Demetria, de opulenta complexión sanguínea, morenucha, saltona, los ojos como centellas, venía sin duda al mundo para dar de sí una vigorosa empolladura de Iberos bien bragados. El genio criador de la raza mira siempre por sus criaturas.

No había cumplido el Ibero pequeño dieciocho años, cuando fue acometido de terribles calenturas que le pusieron a dos dedos de la muerte. De milagro se salvó, quedando su naturaleza tan destrozada por los efectos del veneno tífico, que se le perdió toda la bravura. Con su voluntad desmayó su memoria, y, olvidado de haber sido león, vegetaba ceñudo y perezoso como un perro inválido que ha olvidado hasta los rudimentos del ladrido. Se pasaba los días enteros sin hablar palabra, y su mirada vagaba incierta por semblantes y cosas, no poniendo más interés en lo vivo que en lo inanimado. Como este lastimoso estupor se prolongara meses después de la convalecencia, y además sobreviniesen estados transitorios de inquietud, en los que el pobre mancebo echaba de su boca expresiones disparatadas e incongruentes, determinaron los padres llamar a consulta a los profesores facultativos de más crédito en aquellos contornos.

El jubileo de médicos animó por cuatro días las calles de Samaniego, y avivó el chismorreo de las ancianas que hilaban a prima noche en los poyos de las cocinas. Los doctores de Oyón y de La Guardia opinaron que Santiaguito estaba tonto, y que para traerle a la discreción no había mejor tratamiento que los baños de mar. Los sabios de Vitoria y Salvatierra calificaron de locura la enfermedad, aconsejando el aislamiento, si no en casa de orates, en un lugar de montaña recogido y salubre. Estos y otros pareceres colmaron las dudas y confusión de los afligidos padres. Por fortuna, se les metió por las puertas, en los días de la consulta, don Tadeo Baranda, eclesiástico, primo carnal de Santiago Ibero por parte de madre, varón sesudo, leído, verboso, que presumía de poseer acción rapidísima para juzgar y resolver todas las dificultades. Si grata era siempre la visita del primo, en aquella sazón vino el tal como caído del cielo; y la solución que propuso a los padres del chico fue tan del gusto de estos, que al punto la hicieron suya, y previnieron lo preciso para realizarla sin demora. Harto sencillo y elemental era el plan curativo de don Tadeo: llevarse consigo al pobre loquinario, tontaina o lo que fuese. Con una temporadita de verano y otoño en la plácida residencia patriarcal que el buen señor poseía en la histórica ciudad de Nájera, quedaría el bobito bien reparado del caletre y con más talento que Salomón.

Era el don Tadeo capellán mayor de Santa María, rico por su casa, como heredero del cura de Paganos, don Matías Baranda. Su vida era honesta y cómoda, feliz aleación de virtudes y riqueza; daba al trato social tanto como a Dios o poco menos; comía casi siempre con amigos; ponía especial esmero en sortear las disputas políticas y religiosas, y con esto y su buena mesa logró ser bienquisto de liberales y estimado de facciosos; salía de caza con buen tiempo, y el malo reservábalo para la lectura; hacía el reparto de estas dos nobles aficiones con tal escrúpulo, que el hombre se ilustraba más cuantos más días de lluvia viniesen en el año. Su biblioteca era escogida, de libros graves y profanos, prevaleciendo los de historia, con algo de poesía, poco de novela, y tal cual centón enciclopédico de los que suministran fáciles toques de sabiduría. Lo primero que hizo con el pobre chico de cuya cura se había encargado fue someterle, por vía de prueba, a las dos aficiones de caza y lectura, para observar cuál de las dos conquistaba más intensamente el ánimo del enfermo.

Empezó Santiaguín por tomar muy a gusto los trajines de caza y pesca. Pero vino temporal frío y húmedo, y don Tadeo metió al sobrino en la biblioteca. Cautivado desde el primer día por la lectura, en ella zambulló su atención tan locamente, que no había medio de sacarle del mar hondo de las letras de molde. Pensó Baranda, viéndole tan aplicado, que por allí vendría la salud de la mollera, y no puso límites al atracón de lectura. Él a echarle libros y más libros, historias y más historias, y el enfermo a devorarlo todo sin hartarse jamás. *La Conquista de México*, referida con retórica pompa y adorno por Solís, colmó el entusiasmo de Santiaguito, que no contento con leerla una vez, le dio segunda y tercera pasada, y aun se aprendió de memoria alguna de las infladas arengas que en aquel libro, como en otros de su clase y estilo, tanto abundan.

El cerebro del joven, que ya venía recalentado con las *Guerras civiles de Granada*, de Hita; con la *Expedición de catalanes y aragoneses*, por Moncada, y otras historias o fábulas de extranjeros y nacionales a cual más seductora, llegó a encenderse hasta el rojo con las increíbles hazañas de Hernán Cortés, y de ensueño en ensueño, o de locura en locura, acabó por la de querer imitarlas o reproducirlas en nuestro tiempo.

Clavose esta idea en el pensamiento de Iberito y su orgullo la remachó. Los extraordinarios sucesos de la Conquista le fueron tan familiares como si los hubiese visto; reproducía los incidentes de la rivalidad con Diego Velázquez, las épicas acciones de guerra en el río de Tabasco, la llegada a San Juan de Ulúa, la quemazón de las naves, la tenaz lucha contra los hombres y la Naturaleza, ya penetrando montes arriba, ya revolviéndose contra Pánfilo Narváez; las guerras y paces con Moctezuma, las peleas en las lagunas, y todo lo demás de aquel poema más hermoso en la realidad que en el espejo que llamamos Historia. Con memoria feliz retenía descripciones, retratos, y hasta las arengas, singularmente aquella con que responde Cortés a la de Moctezuma en este emperifollado estilo académico: «Después, señor, de rendiros las gracias por la suma benignidad con que permitís vuestros oídos a nuestra embajada, debo deciros...» y por aquí seguía endilgando sutiles conceptos, verbigracia: «Mortales somos también los españoles, aunque más valerosos y de mayor entendimiento que vuestros vasallos, por haber nacido en otro clima de más robustas influencias... Los animales que nos obedecen no son como vuestros venados, porque tienen mayor nobleza y ferocidad; brutos inclinados a la guerra, que saben aspirar con alguna especie de ambición a la gloria de su dueño... El fuego de nuestras armas es obra natural de la industria humana, sin que tenga parte alguna en su producción esa facultad que profesan vuestros magos, ciencia entre nosotros abominable, y digna de mayor desprecio que la misma ignorancia...»

Por estos espacios navegaba el buen Santiaguito, cuando una noche del mes de octubre, en la tertulia de su tío, a que solían concurrir los vecinos más calificados de la población, oyó decir que el Gobierno de Isabel II aprestaba soldados y pertrechos para enviarlos a México, y que aquella brava milicia iría bajo el mando del general Prim, cuyas hazañas se le habían metido en el corazón al pueblo español. Cada uno de aquellos señores conspicuos expresó su parecer sobre la expedición, sin que ninguno acertara con la finalidad de ella, hasta que el insigne don Tadeo, que era el oráculo de Nájera por su ciencia y penetración, y el definidor de todas las cuestiones, soltó una tosecilla, limpió el gaznate, y ante el solemne silencio y expectación de los circunstantes, soltó este sibilítico discurso: «Desde que oí el anuncio del envío de estas tropas y máquinas de guerra a la parte de América que llamamos *Nueva España*, le calé la intención a O'Donnell, la cual no puede ser otra que emprender la reconquista de aquellos estados de Tierra Firme para volverlos al dominio de nuestra Patria, que así, poquito a poco, a esta quiero, a esta no quiero, será otra vez señora de todas las Américas... Claro que ni O'Donnell ni los ministros dicen que esta encomienda lleva Prim a México: deben callarla, o echar a vuelo cualquier mentira para capotear a las Potencias... que siempre han de salir con algún enredo, metiéndose en lo que no les importa... Este es mi parecer... idea mía, que hemos de ver confirmada si Dios nos da vida y salud... El general Prim llevará, con el mando del ejército, el nombramiento de *Adelantado* de aquella comarca, para gobernarla conforme la vaya conquistando... ¿No les parece que veo largo? ¿Tengo yo buen ojo, amigos?... Idea que a mí me escarbe entre cejas, no falla...»

La idea de Baranda, admitida y apoyada por los conspicuos, hubo de rematar el disloque de Iberito, que se pasó la noche en vela, voltejeando parte de ella en su cuarto, y el resto, hasta el amanecer, en la huerta, entre perales, cerezos y manzanos. Toda la lógica del mundo se condensaba en este pensamiento: «Es mi deber presentarme al general Prim y pedirle que me lleve como soldado a la conquista de México, o como corneta de órdenes. Lo mismo puedo ir de cocinero que de mozo de acémilas; y una vez en aquella tierra, ya me abriré camino para poner mi nombre a la altura de los que más alto suban al lado del de Prim.» Creía que todo el tiempo que tardase en poner en ejecución tan atrevido pensamiento, estarían suspensas o quebrantadas las leyes del universo. Su destino, que hasta entonces había sido un oscuro acertijo, estaba ya bien claro. Dios y la Naturaleza murmuraban en su oído: «Corre; no te detengas... ¿No ves al término de España una llanura sin fin entre azul y verde? Es el Océano ¿No distingues de la otra parte nuevas tierras? Es la inocente América. ¿Ves una figura de matrona que en las rocas traza inseguras rayas con un punzón?... Es la Historia, que ya está aprendiendo a escribir tu nombre.» Pensó Iberito al día siguiente que si consultaba sus planes con don Tadeo Baranda y le pedía licencia para realizarlos, el buen cura soltaría la carcajada, y tomaría inmediatamente la llave del desván para encerrarle. No mil veces: a don Tadeo ni palabra. Con la intención tan solo le diría: *Llevad vos la capa al coro; yo el pendón a las batallas.*

Dicho y hecho: llegada la noche, aguardó Iberito la hora en que todos dormían, y por la puerta falsa del corral salió a un campo que no era el de Montiel, pero sí pariente suyo. Era el campo de la memorable batalla de Nájera, en que don Pedro I de Castilla derrotó a su hermano don Enrique.

II

Mientras duró la noche y en las primeras horas del día, anduvo Iberito con vivo paso, deseando ganar toda la distancia posible antes que los criados del cura saliesen a capturarle. Con tino estratégico abandonó el valle del Najerilla, pasándose a un afluente de este río. Hizo su primer descanso a la vista de San Millán de la Cogulla, y de allí tiró hacia los montes, por donde a su parecer podría pasar a tierras de Soria. Algún dinero llevaba, casi todo lo que le había dado su madre al salir de Samaniego, y cuidó de ocultarlo distribuyendo las monedas en distintos huecos de su ropa y en el propio calzado. Por única arma llevaba un cuchillo de monte que sustrajo en la armería cinegética de don Tadeo, y con esto y el corto caudal, y su animoso corazón que se creía suficiente para salir airoso en cuantos percances pudieran ocurrirle, iba tan contento y tranquilo como si consigo llevara un ejército. En su esforzada voluntad y en sus altas ambiciones verdaderamente lo llevaba.

No contó Iberito con el riguroso clima que había de oponerle no pocos obstáculos de hielos y nieves al acometer el paso de la divisoria por los puertos de Piqueras o de Santa Inés. Pero todo lo vencían su intrépida confianza y el mismo desconocimiento de las dificultades del paso. Conducido por los ángeles que amparan la inocencia, franqueó los montes, atravesó extensos pinares sin el menor desmayo de su vigor físico, descansó en compañía de pastores y carboneros, con los cuales sostuvo amenas y candorosas pláticas, y al descender por ásperos vericuetos al valle del Duero, después de tres jornadas que para otro menos entusiasta habrían sido fatigosas, llegó a las puertas de Soria, pasando de largo por miedo al encuentro de los parientes de su padre que en aquella ciudad vivían.

Siguió hacia el Sur por senderos de herradura, y al día siguiente de su paso por Soria, encontró a unos caminantes que llevaban dos recuas de yeguas y mulas cargadas de lana. Entablada conversación, invitáronle los trajineros a que cabalgase un buen trecho entre sacas de lana, y él aceptó gustoso, porque iba ya medio derrengado del continuo caminar. Abría la marcha una yegua corpulenta que llevaba un gran campano colgado del pescuezo, y tras ella las demás caballerías, atado el ramal de cada una en la cola de la delantera. Era la procesión pausada, pintoresca, y los pasos de las bestias marcaban el compás lento del esquilón de la yegua que guiaba. Los trajineros obsequiaron a Iberito con pan negro y chorizo, que fue para él sabroso desayuno. Le amaneció comiendo en grata conversación con la buena gente, y agradeció lo indecible aquel alivio de sus piernas y el reparo de su estómago. Dijéronle los caminantes que iban al mercado de Almazán a vender una partida de lana, y el pobre joven callaba, tiritando de frío y de hambre, pues el corto desayuno que le dieron, antes le aumentaba que le disminuía el bárbaro apetito que traía de las cumbres.

No se alegró poco el inocente aventurero cuando vio próxima la gran villa de Almazán, cercada de murallas, coronada de románicas torres. La yegua delantera penetró por una de las arcadas puertas que daban ingreso a la villa, y avivando el sonido de su esquilón llegó a una extensa plaza, casi totalmente invadida ya por la muchedumbre campesina que al mercado concurría. Más que en admirar la variedad de especies que en grupos y montones ocupaban la plaza, granos, frutas, pucheros, leña, carbón, enjalmas, quesos, recoba y utensilios de labranza, ocupose Iberito en buscar albergue y comida. Encamináronle a un mesón cercano a la plaza, y como no inspirara gran confianza por su cara juvenil y el deterioro de su ropa de señorito, desenvainó un duro, y puesto en la mano de la posadera, no fue menester más para que le prepararan un platado de huevos y jamón frito con acompañamiento de vinazo y de pan sin tasa. Atracose el muchacho hasta dar a su cuerpo la reparación conveniente, y luego salió a ver el pueblo y a comprar calzado fuerte y una manta o bufanda de camino, con lo que quedó tan bien arranchado que no se cambiaría por un rey.

Nada le ocurrió en la villa que merezca mención, como no sea un altercado en que se revelaron y surgieron de súbito los ímpetus anteriores a su enfermedad. Hallábase el hombre, por la noche, en la anchurosa cocina del mesón, donde algunos huéspedes, trajinantes y labradores, después de bien comidos y aún no bastante bebidos, jugaban al mus, mientras otros, entre jarros de vino, charloteaban con tanta viveza, que la conversación parecía disputa, y la disputa encarnizada riña. En aquellos rudos caracteres, el lenguaje hervía siempre, como el mosto recién sacado de las uvas exprimidas. En el grupo más animado, donde se bebía más que jugaba, pasaron de las cuestioncillas de campanario a las provinciales, y de estas a las generales o políticas. Iberito, que dormitaba en un rincón, se despabiló en cuanto percibieron sus oídos rumor de cosas públicas.

Despotricaron aquellos bárbaros sin miramiento a persona alguna de las más encumbradas. Un zanganote montuno, negro como el carbón que acarreaba de los pinares, dijo que O'Donnell era un tal y un cual, y que estaba compinchado con *La Patrocinio* para el mangoneo en toda la Nación; un gordo sanguíneo aseguró que si la reina no llamaba otra vez a Espartero, no acabaría sus días en el trono; y un tercero, cuya voz gargajosa y facha de sayón de los pasos de Semana Santa componían el tipo del pesimista siniestro, echó de sus labios cárdenos, donde tenía pegada una fética colilla, todo el amargor de la opinión recogida en los pueblos míseros. Ni grandes ni pequeños, ni liberales ni moderados se libraron de su sátira rencorosa. Los *vicálvaros* eran unos pillastres, que se estaban enriqueciendo con los bienes que fueron del sacerdocio; los del Progreso ladraban de hambre y querían el Poder para llenar la pandorga; la reina era... Mujer, con lo que se decía bastante... Las mujeres sirven para todo, menos para reinar. Habló luego de la maldita invención de los *ferroscarriles*, que significaban la miseria de toda la carretería. La guerra de África no había sido más que un engaña-bobos: O'Donnell volvió de ella con las manos en la cabeza; todas las hazañas que se contaban eran filfa; lo de Tetuán habría sido un desastre si no hubieran comprado a peso de oro la retirada de Muley Abbas; lo de los Castillejos no fue más que una comedia indecente, pues ni hubo los aprietos que decían, ni Prim había hecho más que sacrificar soldados, quedándose él en lugar seguro, haciendo el figurón. Ni era valiente, ni servía más que para intrigar, como lo demostró en los tratos que tuvo con Ortega para traer de Rey a Carlos VI...

No bien oyó Iberito el nombre de su ídolo, sacado a colación con tanta ignominia, se levantó de su asiento con la pausa y aplomo de un valor sereno, y engallándose ante el procaz hablador, le echó esta rociada: «Caballero, quiero decir, caballo, lo que ha dicho usted del general Prim es una coz, y aunque a las coces no se contesta con palabras, yo, por respeto a la concurrencia, con palabras de mi boca le digo que a la gloria de Prim no pueden llegar las patadas de usted, so bruto; y si no está conforme, salga afuera y se lo diré de otro modo...» Levantose gran murmullo al oír estas bravatas tan disconformes con la edad del mancebo, y el feo hablador soltó una carcajada burlesca después de escupir la colilla que pegada a los labios tenía. Uno de los jugadores dijo que el mequetrefe era listillo, y que se le debía dar una mano de azotes y mandarle a la cama. El gordo grasiento quiso poner paz, declarando que a Prim no se le podía negar la nota de valiente, pero que había que agregarle la de farsante, pues las valentías le servían de gancho para sus negocios. La expedición a México que le estaban preparando no era más que un arbitrio para traerse de allá una millonada de pesos duros. «Lo hemos de ver tal como lo digo. Llega el hombre a México, desembarca las tropas, mete miedo a los *insulanos* con cuatro disparos de cañón, va *de Zacatecas a Zacatacas*, echando contribuciones, hasta que de unos y otros saca para redondear la pella, y compinchándose con el gran *Repúblico* para echar un pregón de paces, se vuelve a España repleto de dinero, y venga el darse tono aquí entre cuatro bobalicones, y venga el tocar el *higno* y el llamarnos todos *héroes... O herodes* por la perra de su madre.

—No es eso, no es eso —gritó Iberito saliendo rápidamente del rincón en que estaba, y plantándose con gallarda fiereza en mitad de la cocina—. A México no va don Juan Prim para negocio suyo, sino de la Nación, porque va para conquistarnos otra vez a la Nueva España y traerla por los cabezones a la soberanía de Isabel II. Yo lo digo y lo sostengo solo delante de los bárbaros que están en esa mesa; y sin reparar en si son dos, o son seis, o seiscientos, les mando que se desdigan de esos disparates o salgan a verse conmigo al corral, a la calle, o donde quieran, en la misma plaza, delante de Dios y de la Luna que nos alumbra.»

Con tal brío y entereza soltó el chico su reto, que de primera impresión quedaron suspensos y atontados los habladores. Rehiciéronse al punto y empezó la rechifla; a las burlas siguieron las amenazas... Mal lo habría pasado el audaz Iberito si en aquel punto no apareciese junto a él un hombrón formidable, que se levantó de uno de los poyos de la cocina, y avanzaba con el contoneo de quien anda con un pie y una pata de palo. Era de rostro cetrino y disforme estatura; vestía de paño burdo con peluda montera; se auxiliaba de un grueso palo con nudos y porra... Pues llegándose a la mesa de los bárbaros, descargó el garrote sobre ella con tanta furia, que al tremendo golpe saltaron en añicos los vasos, y la tabla maestra se rompió en dos pedazos... Y con el estruendo de la madera y el vidrio se juntó el estentóreo vocerrón del hombre grande y cojo, que así decía: «Sepan los que han hablado mal de Prim, que yo, José Milmarcos, sargento de la guerra de África, me paso sus lenguas por donde me da la gana, *maño* y *moño*... Sepan que lo que ha dicho este mozalbete es como si yo lo dijera, *moño*, y los que no estén conformes que vayan saliendo afuera, con mil *moños*...» Saltó el gordo con palabras de paz. Hablaban perrerías por pasar el rato, sin mala intención. Y prosiguió el cojo: «Cosida por dentro del chaquetón llevo aquí mi medalla de la guerra, y la guardo porque no es bien que la vean los burros. Yo no enseño mi medalla a las caballerías, sino a los hombres racionales, *instructivos*, y el que se ría de lo que digo, que me toque los faldones... Ea, yo defiendo a este mozo, y el que le ponga mano en el pelo de la ropa, véase conmigo donde quiera.»

Era Milmarcos muy conocido en aquella sociedad. Su nombre fue aclamado entre pateos, berridos, chirigotas de algunos, jovial entusiasmo de otros. «¡Viva Milmarcos!... Fausta, tráele vino a Milmarcos.»

Dijo el sargento que no quería beber, y a una interrogación airada de la posadera respondió que lo roto debían pagarlo los puercos y deslenguados Carbajosa y Matarrubia, que eran causantes del estropicio. Viendo que la trapatiesta se resolvía pacíficamente, repitió el elogio del desconocido muchacho, alabando su valor sereno y el tesón con que salió a la defensa de la verdad y el honor militar contra la canalla envidiosa. «Señores —gritó luego—, yo puedo hablar gordo en lo tocante a la honrilla militar, porque he sido soldado; y como hombre de los que fueron a Marruecos, no me pesa de haber perdido esta pata, quiero decir, la otra que tuve en lugar de esta de palo. Bien perdida estuvo la pata por la gloria que alcancé... Y si veinte patas tuviera, las diecinueve daría yo gustoso por este orgullo de haberme visto en los Castillejos... y por poder deciros: «Gandules, tengo la cruz pensionada, que vosotros no tendréis nunca... Borrachos, pagad los vasos rotos y la mesa rajada, que es lo menos que podéis pagar por los insultos a Prim... No me toquéis a Prim, hijos de perra. Y tú, Carbajosa, no te rías de verme lisiado, que por tigo no me cambio... Mi cruz, *moño*, vale una pierna.»

III

Con cháchara gruesa y mugidos desfilaban los bárbaros hacia las cuadras en que tenían sus jergones. Milmarcos echó el brazo por los hombros a Iberito, y cariñoso le dijo: «¡Valiente!... Así me gustan a mí los hombres... Y que es de familia principal, se le conoce por la ropa y por el habla fina. ¿Va usted, aunque sea mala pregunta, a Madrid? ¿Y cómo va tan solo?» Respondió el chico que iba a Madrid de paso para Cádiz, donde se embarcaría para América. Y Milmarcos siguió: «¿Ha oído usted hablar de un pueblo que se llama Tor del Rábano? Pues es mi pueblo; en él nací y en él vivo descansado, con el real diario de mi pensión y otro par de reales que saco de mi trabajo. He traído una carguita de sal de Imón. Con lo que saqué de la sal he comprado dos bacaladas que me encargó el cura y otros encarguillos... Tor del Rábano es camino de Madrid, y si se viene conmigo, le llevaré en mi burra, que es poderosa y de buen paso. Le brindo mi burra porque me ha entrado usted por el ojo derecho con su valentía... Seis leguas tenemos por delante. Si se determina, esté listo para las seis de la mañana.»

No se hizo de rogar Iberito, y a la hora indicada salió de Almazán con Milmarcos, gozoso de ir en la honrosa compañía de *uno de los de Prim*. Le instaba el sargento a subirse en la burra; pero a esto no accedió Ibero: su delicadeza le vedaba montar, llevando de espolique al que por héroe y por inválido merecía todos los respetos. Lo más que pudo conseguir Milmarcos con sus redobladas instancias, fue que el joven subiese a la albarda breves ratos, solo por probar la buena andadura de la bestia. Platicando agradablemente fueron por todo el camino. Milmarcos no acababa de entender por qué iba tan solo y a pie un joven cuyo mérito y noble condición saltaban a la vista. De la prontitud y arrogancia con que salió a la defensa de Prim, colegía el sargento que el chico era de la familia de los *Prines* de Reus. Interrogado sobre esto, Iberito negó rotundamente. Entonces Milmarcos le dijo: «Ya lo entiendo: ¿es usted mexicano, de la familia de la señora generala doña Francisca de Agüero?» Ante una nueva negativa quedó el veterano en mayores confusiones.

«Pues le contaré —dijo Milmarcos por amenizar la caminata, ya que no podía satisfacer su curiosidad—; le contaré que servía yo en el Regimiento del *Príncipe*, número 3 de Línea, y yendo de Málaga a Estepona con el Regimiento de *Cuenca*, núm. 27, el general Prim pidió veinte hombres para su escolta, los cuales no eran sorteados, sino que voluntariamente y de su *motopropio* pasaban a formarla. Yo fui de los que se ofrecieron para la escolta, porque no miraba nunca al peligro, sino a la gloria. De Estepona fuimos a Algeciras, y allí embarcamos para Ceuta. Total: que por ser de la escolta, estuve al lado del general en toda la campaña hasta el 4 de febrero, en que una judía bala me dejó sobre un pie como las grullas.»

El hombre iba desembuchando por todo el camino trozos de historia viva, no pasada por escritura ni por letras de molde. Ibero escuchaba silencioso, gozando en beber la historia en su fresco manantial. Entre otras cosas, refirió Milmarcos que Prim montaba un caballo inglés de largo pescuezo. Un macho grandísimo, conducido por un paisano, le llevaba provisión de comida fina y bebidas superiores, y avíos para su limpieza y tocador, todo bien guardado en un desmedido alforjón. No prescindía en campaña de sus hábitos de gran señor: por esto le habían comparado al Gran Capitán, que en su tienda se lavaba y perfumaba antes de entrar en batalla, y después de ella comía con refinada pulcritud y opulencia. «En aquellas alforjas de obispo llevaba el general, por un lado, ropa blanca y frascos de agua de colonia, y por otro, pastel de liebre en unas latas, jamón y cosas muy ricas...» Pues le diré a usted que, sirviendo a su lado y poniéndome como él en los sitios de mayor peligro, llegué a quererle tanto como quise a mi padre. También él me quería. Verdad que se acababan todos los cariños en momentos de apuro, de aquellos en que no había que decir más sino «voy a matar o a que me maten.» Pero cuando no corría prisa de perder las vidas, el general sabía economizar nuestra sangre... De tanto verle y seguirle y mirarle a la cara para leerle las órdenes antes que las dijera, ya nos le sabíamos de memoria, y aprendíamos de él a despreciar la vida... Me parece que le veo al empezar la de los Castillejos... Sobre una peña plantó el caballo, y de allí nos gritaba que avanzáramos. Se puso tan alto para ver quién de nosotros tenía miedo y quién no... Cuando salíamos a tomar posiciones, mirábamos su cara. Si la veíamos más amarilla de lo que estar solía o tirando a verde, ya era seguro que nos aguardaba un día de compromiso. Si apretaba los dientes o se comía los pelos del bigote, ¡malo, malo! Pero la señal más segura de que íbamos a tener jarana y de que no debíamos dar un ochavo por nuestras pellejas, era ver a mi don Juan, con el caballo parado en firme, mirándose las manos y limpiándose las uñas con un hierrecillo que sacaba no sé de dónde... ¡Moño! arregladas las uñas se le avivaba el genio y nos metía en unos fregados horrorosos, él siempre por delante.»

A la admiración de Iberito contestó Milmarcos con esta frase sintética: «El general era su primer soldado.» Dijo luego que vestía sencillamente, sin entorchados más que en la boca-manga, el ros bien ajustado a la cabeza, en el costado izquierdo dos placas con brillantes... Por cierto que la primera vez que Muley Abbas se avistó con O'Donnell para tratar de paces, le dijo: «Gran Cristiano, mándale a ese general que no se ponga en los combates esas placas que relumbran al Sol, porque mis beréberes apuntan al brillo, y fácilmente le darán en el corazón.» Lo que oyó Prim y dije al moro: «Apuntad como queráis, moros de mi alma, que la bala que a mí me mate no está echa todavía.»

Cuando esto decía Milmarcos vieron la torre del pueblo, asomada tras una loma; luego crecía, se echaba al llano cual si saliera a recibirles... Aparecieron después varias casas sentaditas en derredor de la torre; perros vinieron ladrando al encuentro de los viajeros; la burra alargó las orejas y avivó su andar; gallo y gallinas les dejaban libre el paso... Chiquillos se destacaron; luego el cura, dos viejas, un cerdo... La torre se dejó ver bien plantada y altiva, con su nido de cigüeña, y por fin, la casa de Milmarcos, terrera y gacha, sonrió a los llegantes con su puerta blanqueada, su gato escurridizo, su macho de perdiz en jaula, su parra trepadora y su Servanda, que este nombre tenía la mujer de Milmarcos, gorda, jovial y zalamera... No hay que decir que el sargento ejerció la hospitalidad como un gran señor que recibe en su casa a un príncipe. Servanda mató dos pollos y se excedió en la faena culinaria; por no tener lecho apropiado para tal huésped, prestó la alcaldesa un catre sobre el cual armaron un catafalco de colchones como para el obispo. Toda la flor y nata del pueblo visitó a Iberito, y el cura fue el más extremado en la amabilidad, porque Milmarcos había dicho a todos, *en reserva*, que su huésped era de la familia *particular* de Prim, como podía verse por la pinta del rostro, y que iba con su *padre natural* a la nueva conquista de México.

Muy a gusto pasó allí tres días Iberito, reponiéndose de su cansancio y dejándose querer de tan buena gente. Servanda se ufanaba de tenerla en su casa, y por ello se daba no poco pisto con las vecinas. Servíale buen comistraje en platos y cazuelas humildes, y para postre se arrancaba con natillas o arroz con leche. El día de despedida gustaron de unas guindas en aguardiente que regaló el cura, y Milmarcos, a fuer de señor hospitalario, brindó con una guinda al noble huésped, diciéndole con solemnidad: «¡Qué no diera yo, señor, por poder acompañarle a esa expedición, que pienso ha de ser sonada, *moño*! ¿Pero a dónde voy yo con mi pata de palo? Los cojos, *moño*, no servimos más que para estarnos en casa haciendo empleita, acordándonos de que así como tejemos hoy el esparto, tejimos un día la historia de España. ¿Verdad, señor, que así es?... Debe uno recordar siempre estas cosas, y a los que no tienen patriotismo y se den de ellas mandarles al *moño* de su madre... Siento que usted no estuviera aquí el día de San Roque, que es la fiesta del pueblo. En ese día santo, yo me pongo mi uniforme, y en el pecho me planto la cruz y la medalla. Estoy manífico, ¿verdad, Servanda? Pues sacamos en procesión el santo, y yo me pongo delante de las angarillas. Crea, señor, que hago más papel que el cura, estoy por decir que más que el santo, *moño*; todo por mi cruz, que da dentera a cuantos la ven... Y conforme vamos marchando con la procesión, salta uno y grita: «¡viva Milmarcos!» Pues no queda boca que no responda: «¡vivaaa!» Total, que desde que el santo sale hasta que volvemos a meterle en la iglesia, no se oye más que vítores a Milmarcos. ¿Verdad, Servanda? Yo me incomodo, o hago que me incomodo, y con la mano hago así... que se calmen, que me escuchen... y cuando los tengo muy callados echo todo el pulmón gritando: «¡viva Isabel II! ¡viva San Roque!»

Descansado ya, muy agradecido a los obsequios de la sargenta y su digno esposo, Iberito salió de Tor del Rábano acompañado largo trecho por *sinfinidad* de chiquillos, a los que seguían personas mayores de ambos sexos, el cura y el alcalde. La burra y Milmarcos prolongaron la despedida hasta Rebollosa, y de aquí siguió el chico a Jadraque, donde se metió en un galeón que dos veces por semana hacía el servicio de viajeros de Sigüenza a Guadalajara. Pudo luego fácilmente continuar a Madrid en el coche correo. Cerca ya del término de su viaje, los atrevidos pensamientos que a tal aventura le habían lanzado iban descendiendo del ensueño a la realidad, y buscaban la forma y modo de encarnarse en hechos.

Desde que tomó la temeraria resolución de abandonar al cura Baranda, hubo de pensar Iberito que en Madrid necesitaba una persona que le guiara en sus primeros pasos por la tumultuosa villa, y que le diese luz y norte para llegar hasta Prim. Lo demás se le presentaba llano y hacedero: tal era la fuerza del ensueño en su disparada imaginación, que contaba con la benevolencia del general en cuanto este le oyera expresar un deseo tan conforme con su propio genio aventurero y heroico. Las amistades de Iberito en Madrid eran de chicos de familias relacionadas con la suya, pretendientes o estudiantes, y entre estos eligió al que más afecto le inspiraba, Juanito Maltrana, hijo de Juan Antonio y de Valvanera, nieto del gran don Beltrán de Urdaneta y sobrino del marqués de Saviñán. Seis años más que Santiago tenía el chico de Maltrana; pero eran buenos camaradas, y juntos habían alborotado locamente en las calles de La Guardia y en la casa de tía Demetria, con los hijos menores de ambas familias. Pensando en tomarle por mentor y guía primero de Madrid, llevaba en un papel sus señas; y he aquí que, apenas pisó la calle de Alcalá el aventurero Iberito, tomó lenguas de los transeúntes para dirigirse al 17 de la calle de Jacometrezo, de la cual sabía que era de las más céntricas, angulosas y hormigueantes de aquel Madrid tan lleno de misterios. La suerte le favoreció aquel día, mejor dicho, noche, pues llamar en el piso segundo, abrir la puerta una moza guapa, preguntar por Juanito, dirigirse tras de la moza a un gabinete próximo, y encararse uno con otro y abrazarse cariñosamente Iberito y su amigo, fue obra de minuto y medio.

Las primeras preguntas del cortesano al forastero fueron las generales de la ley estudiantil: «¿Cómo has venido tan tarde? ¿Vienes a estudiar Leyes? Ya está cerrada la matrícula. ¿Vienes a prepararte para Estado mayor o Caminos? ¿Traes dinero?» Iberito, que era la misma sinceridad y no gustaba de colocarse en posiciones falsas, respondió como un examinando que sabe de memoria la lección: «No vengo a estudiar leyes, ni nada. Traigo muy poco dinero... Me he escapado de mi casa.

—¡Bien, chico!... ¡viva la Pepa! —dijo Maltranita con jovial admiración—. Eres el último romántico... porque ya no hay románticos. Los que quedan vienen de provincias, como tú, escapados y sin guita... Pero se me olvidaba lo más importante. No habrás comido... Tendrás gazuza. Un poco tarde llegas. Pero algo habrá quedado para ti.» Apenas oída la breve respuesta del forastero, salió Maltranita a la puerta y llamó a la patrona con apremiantes voces: «¡Luisa, doña Luisa!» La cual no tardó en mostrar su agradable presencia. Era una mujer más que cuarentona, de tipo suave, de marchita belleza otoñal. «Aquí tiene usted un nuevo huésped —le dijo Maltrana—. Viene huido de su casa y con poco dinero... Pero no vacile usted en darle habitación y asistencia, que es de una gran familia. Yo respondo.» Contrariada respondió María Luisa que había pasado la hora. Todos habían comido ya. Tendría que remediarse con lo que se pudiese preparar deprisa y corriendo. Mientras la señora cuidaba de disponer algo para el nuevo huésped, este oyó de boca de su amigo las mejores referencias acerca de aquella. «Es una persona decentísima, viuda, que ha venido a menos. Su padre, don José del Milagro, fue gobernador de provincia en tiempo de Espartero. Su marido era un famoso bajo...

—¿Bajo de cuerpo?

—No, tonto... ¡qué cerril vienes!... Era bajo de voz, italiano: cantaba óperas y funerales de primera clase... Esta casa es de las mejores de Madrid. No ha sido para ti poca suerte haber caído en ella. Por doce reales estarás muy bien, y por catorce como un príncipe.»

Mientras Ibero cenaba, Maltranita se mudó de camisa, cepilló muy bien su americana y pantalón, y alisó esmeradamente con un pañuelo de seda la felpa de su sombrero. Era muy cuidadoso de su persona, y gustaba de presentarse en el café o en el teatro con facha parecida a la de un *dandy*. No había terminado sus arreglos, cuando volvió al gabinete el forastero, llena ya la tripa de la bazofia patronil. «Ya que has matado el hambre, y antes que nos vayamos al café —le dijo el cortesano—, vas a decirme a qué has venido a Madrid. No abandona casa y familia un muchacho como tú, sin que le mueva una idea, una pasión, algo que... Dímelo pronto.» No se hizo de rogar Iberito, que a gala tenía manifestar lo que a su parecer le honraba y enaltecía sobremanera. Con firme acento y claridad que revelaban su convicción, declaró el por qué de su escapatoria, el por qué de su viaje... Oyó Maltrana como quien no da crédito a lo que oye; se hizo repetir la declaración, y asaltado de una de esas risas que destroncan, se tumbó en el sofá para reír a sus anchas.

IV

No se desconcertó Iberito ante la hilaridad epiléptica del cortesano, pues contaba con que no podía ser de todos comprendido. «Cada uno tiene sus fines, Juan —le dijo—. Si lo mismo pensáramos todos, el mundo sería poco divertido. ¿Crees que estoy loco?

—O tonto de remate, Santiago —replicó el otro, apretándose la cintura para contener la risa—, y no acabo de comprender de qué nido te caes, ni de dónde has sacado esa idea. En primer lugar, el general Prim se ha marchado ya... Mira: aquí tienes *Las Novedades* de hoy que lo dice bien claro: "Ayer salió para Cádiz..." Pero aunque no hubiera salido y estuviera en Madrid... ¿Crees que si a él pudieras presentarte con esa encomienda, habría de hacerte caso? ¡Llevarte consigo! ¿Pero cómo y en calidad de qué? ¿Irías de soldado, de machacante, de limpiabotas, de acemilero?

—De ranchero iré si me lleva.

—Pero aún hay en tu cabeza una tontería mayor. ¿De dónde has sacado que el general Prim lleva tropas a México para conquistar aquella República y traerla al dominio de España? Eso es estar en Belén, y no conocer el mundo, ni la política, ni nada... Pero se nos hace tarde; vamos al café, y andando te explicaré a qué va Prim a México... Te advierto que en el café no saques a cuento tu caballería andante. No me gustará que los amigos se rían de ti. Aunque no sea verdad, di que has venido a estudiar Leyes.» Salieron. Por la calle, Maltrana informó a su amigo de lo que este ignoraba. Venía enteramente cerril, con ideas del tiempo de la Nanita y proyectos aprendidos en algún pliego de aleluyas. «Para que te vayas enterando y caigas de tu burro, el burro de la ignorancia, te diré que tres naciones, Inglaterra, Francia y España, han celebrado un tratado de intervención en México, no para conquistarlo, sino para pedir reparación de ciertos agravios a nacionales de los tres países, y reclamar el pago de no sé qué deudas. Te daré un periódico en que lo veas bien explicado. Aquel país está en la anarquía... Parece que dos presidentes se disputan el mando... Las naciones quieren que los mexicanos tengan juicio, que den descargos y satisfacciones por los europeos ofendidos o asesinados, que paguen lo que deben, etc. En fin, que todo es prosa... Estamos en un siglo enteramente práctico, fíjate bien en esto, Santiago... Y en cuanto a Prim, tu ídolo, te diré que yo tengo de él una idea muy mediana... Ya estamos en la Puerta del Sol. ¿Ves qué magnificencia? Los edificios de la curva ya están terminados. Faltan las dos cabeceras, que quedarán concluidas dentro de un año... ¿No se te ensanchan las ideas? ¿Y las telarañas que en tu cabeza traes, no se te deshacen viendo estas maravillas de la civilización? ¿No te asombras de lo bruto y atrasado que vienes? Y acordándote de la oscuridad de tu pueblo, ¿no te avergüenzas de traer acá ideas rancias y locas que allí debiste dejar entre las paredes ahumadas?... Ea, ya estamos en nuestro café.»

Dos palabritas biográficas acerca del joven Maltrana. De sus padres, Juan Antonio y Valvanera; de su abuelo materno, el insigne don Beltrán de Urdaneta, se ha dicho anteriormente cuanto había que decir. Criado Juanito en Villarcayo, recriado en Cintruénigo y La Guardia, instruido en Vitoria, acabado de pulimentar en un buen colegio de Burdeos, desde que traspasó los veinte años tomaron sus ambiciones el rumbo de un sensato positivismo. Anticipándose al deseo de su padre, pidió ir a los Madriles, estudiar Leyes, ensayarse sin pretensiones en la literatura y en el periodismo, seguir, en fin, la carrera de hombre público, a que le llamaban su natural despejo y su fácil palabra. ¿De dónde salían estas vocaciones, esta novísima orientación de la juventud en la segunda mitad del siglo? El demonio lo sabe. Serían tal vez producto de la desvinculación, del parlamentarismo, de las cuquerías doctrinarias que informaron la Unión Liberal, del estudio constante de la Economía política...

Ello es que Juan, a poco de respirar los aires picantes de la Corte, hallábase aquí como el pez en el agua: en pocos días aprendió la cháchara fluida, graciosa y mordaz del madrileño de casta; se asimiló las diferentes formulillas para juzgar de política, de teatros, de arte; fue un lucidísimo alumno de la Universidad; logró, por la amistad de su padre con Salaverría, un destinejo en Hacienda, que, con la mesada y los regalillos de la mamá, le constituía un peculio espléndido para estudiante; vestía bien, sin soltar nunca la pomposa chistera; tenía relaciones; hablaba y entendía de política; se abría, en fin, un brillante camino con sus dotes ingénitas y la ciencia social que sin él notarlo se le iba metiendo por los poros. Tan joven, y ya tenía puesta la mira en dos puntos luminosos del porvenir: casamiento con una heredera rica, y posición política brillante. Y como tales bienes se le aparecían en término lejano, todos sus pensamientos polarizaban en aquella dirección; su voluntad rectilínea y sin el menor desvío hacia aquellos puntos como el imán al Norte constantemente señalaba.

Llegaron los dos amigos a las mesas que ocupaban de tiempo inmemorial dos trincas o cuerdas de estudiantes de diferentes carreras. Eran la trinca riojana y otra mixta de burgaleses y vascongados. La facha de Iberito provocó sorpresa y sonrisas. Era un novato que se había traído el pelo de un gran número de dehesas. Su brusquedad en los saludos fue alegría de la reunión. En esta solo encontró un muchacho conocido, Paco Cerio, hijo de un coronel carlista, convenido de Vergara, y natural de Salvatierra. Felizmente para Iberito, a poco de llegar a la reunión, quedó de figura silenciosa en el extremo de una mesa, pues los cafetómanos se enredaron en charlas, bromas y disputas, a las cuales era completamente extraño el aturdido forastero.

Lo primero que este oyó fue la burla que hicieron todos del pobre Cerio, acribillándoles desde una y otra mesa con pullas acerbas. Le motejaban por *neo*: así lo entendió Iberito, sin llegar a penetrar claramente el sentido de esta palabreja, nueva para él. Observó que Paco se defendía bravamente, respondiendo con salidas maliciosas a cuantas saetas le dirigían los guasones. De buena gana se habría puesto Iberito al lado de su amigo y casi paisano, batiéndose con él y disparando a los otros, no chistes envenenados, sino una botella de las que cerca de su mano tenía. Pero no pasó del pensamiento; no conocía bien el terreno en que lo había metido Maltranita, ni acababa de desentrañar el significado de los vocablos *neo* y *neísmo*. Luego se enzarzaron en un guirigay político. Nunca hablaban menos de cuatro a un tiempo. Gritaban y reían como un coro de orates desmandados... Los más próximos al novato le preguntaron su opinión sobre la cosa pública, sin duda por mofa de su rusticidad, esperando oír graciosos disparates. Respondía el joven sacudiéndose las moscas: él no entendía... él acababa de llegar de su pueblo. Maltrana le dio lección política en la forma más elemental. Ibero resultaba muy torpe para comprender cosas tan extrañas, y el amigo le instruía con paternal interés. «Vienes en un estado completamente agreste y pecuario —le decía riendo—. ¿De veras no sabes lo que son *los obstáculos tradicionales*? ¿No tienes noticia de Olózaga, que es el autor de la frase?

—De Olózaga sí tengo noticia —dijo Iberito gozoso de entender algo de tales monsergas—. Ese señor es de Oyón, cuatro leguas de mi pueblo... y amigo de mi padre. En mi casa de Samaniego le he visto; pero maldito si le oí hablar de esos obstáculos...

—Pues esos obstáculos son... que en Palacio no quieren a los progresistas, y se ha determinado que no sean jamás poder... *Ser poder* quiere decir subir al gobierno, mandar...»

Alargó la gaita hacia aquel extremo de la mesa un joven no bastante tierno para estudiante, sino más bien machucho, además largo de narices y socarrón de mirada, y en tonillo impertinente preguntó a Iberito: «¿Y qué nos dice usted de las disidencias? ¿En su pueblo de usted qué opinan de Ríos Rosas?» Respondió Ibero, sin turbarse, que le tenían descuidado las disidencias, y que en su pueblo nadie tenía noticias de Rosas ni de Ríos... «El pueblo de usted —dijo el narigudo con ínfulas de chistoso—, debe de ser Belén... ¿Y en Belén no tienen noticia de otro disidente, que es paisano de usted, Alonso Martínez, el más joven de los políticos?... ¿No le conoce?... Señores, propongo que la frase usual *estar en Babia*, se trueque por *estar en Burgos*.

—Yo no soy burgalés, caballero... Soy de Samaniego.

—Ya... Samaniego es el país de las fábulas, donde hablan los animales.

—Así es... En mi tierra hablamos los animales. Pero como queremos instruirnos, venimos a donde ladran las personas.»

Esta réplica vivaz y agresiva dejó a todos suspensos, y desconcertado al narigudo, que era un tal Segismundo Fajardo. Mas no tardó en rehacerse soltando otra saeta, a la que Iberito contestó con despejo y acritud. Ya se iba caldeando el diálogo; pero antes que llegase a temperatura explosiva, tiró Juan del brazo a su amigo, y pretextando que tenían que avisar a la

Administración de Diligencias para que llevaran a la calle de Jacometrezo el baúl de Iberito (no tenía más equipaje que lo puesto), dijeron *vámonos*, y con esto y un *buenas noches* abandonaron la sociedad cafetera. «Este Segismundo —dijo el cortesano al forastero—, es un vago. Como tiene buenas aldabas, entre ellas su tío el marqués de Beramendi, nunca está cesante; pero no va a la oficina más que a cobrar. Su padre, don Gregorio Fajardo, se ha hecho riquísimo con la usura, y ya se habla de que le van a dar un título... No es constante Segismundo en *nuestras mesas*; viene a ellas cuando no tiene mejor tertulia en que pasar el rato... El hombre quedó atontado con tu réplica. Para entre mí, yo me reía la mar, porque es un bravucón que se achica en cuanto le hablan recio.»

La impresión que del café sacó Iberito en aquella su rápida visión fue que se asomaba a la puerta de una sociedad compleja, hirviente, de formas y caracteres desconocidos para él. Más risa que miedo causábale al primer vistazo la extraña sociedad, y no sentía su ánimo muy movido de curiosidad para conocerla mejor. Pensaba que detrás de aquel mundo había otro, más conforme con el suyo, con el que él llevaba dentro de sí, construido por sus propias ideas y por las sensaciones de su bulliciosa infancia. Justo es decir que Maltranita, aunque sus miras sociales le petrificaban en el egoísmo, fue generoso con Ibero, le garantizó el hospedaje y le dio alguna ropa para que se vistiese con decencia, hasta que proveyeran los padres. Y ved al hombre en Madrid, brujuleando en las calles, gozando de esa forma de soledad que consiste en andar entre el gentío sin conocer a nadie, observando cosas y personas, y tomando el tiento por de fuera al populoso mundo en que había caído.

V

Pronto aprendió, con o sin ayuda del amigo, a conocer las calles, y a meterse y sacarse por todas ellas buscando sorpresas y perdiéndose entre la muchedumbre. Gustaba de ir por las mañanas al relevo de la guardia en Palacio, y se extasiaba viendo aquel maniobrar ordenado de las tres armas, que en sus movimientos eran como el índice o catálogo de las energías militares. Las demás horas del día las empleaba en recorrer estos o los otros barrios: ya se espaciaba por Buenavista, ya por la Inclusa y Latina. La calle de Toledo, así como el Rastro y Embajadores, le entretenían singularmente, y no se cansaba de contemplar el ir y venir afanoso de la gente humilde, la muchedumbre de mujeres fecundas, los chiquillos de diferentes edades que de aquella fecundidad eran muestra y testimonio, los hombres peor comidos que bebidos, y que en diferentes industrias y oficios luchaban por el pan. Era el pueblo, que con su miseria, sus disputas, sus dichos picantes, hacía la historia que no se escribe, como no sea por los poetas, pintores y saineteros.

Divagando siempre, vio más de una vez a la Familia Real de paseo. Doña Isabel, que por aquellos días volvió de su viaje triunfal a Santander, se mostraba en el camino de Palacio al Retiro, en coche abierto, precedida de batidores y caballerizo, y seguida de una escolta de húsares o lanceros. A su izquierda llevaba Isabel al Rey don Francisco: ella con inclinación de cabeza, él con un sombrerazo, contestaban al frío saludo de la gente que discurría por las aceras. Observó Iberito que las Majestades no levantaban a su paso más que un tenue vientecillo de cortesía respetuosa. Detrás de la reina, en coche con tiro de mulas, solían ir la infantita Isabel, de diez años, y el príncipe de Asturias, Alfonsito, de cuatro, asistidos de sus ayas y servidumbre. Algunos días iban por delante; todos se metían en lo reservado del Retiro, donde no entraban más que los personajes de la Corte. ¿Qué hacían allí? Sin duda jugarían los niños, y los padres pasearían a pie, con grave paso y soberano hastío.

Y algunos ratos de la mañana perdía o empleaba Iberito metiéndose en la Universidad, y observando el entrar y salir de muchachos cargados de libros y apuntes. Le interesaba el espectáculo de aquellos claustros bulliciosos, sin que por ello te picaran ganas de estudio; al contrario, su repugnancia de las carreras y de los títulos académicos era más grande en el interior de la Universidad que en la libre calle bullanguera. ¡Leyes! ¿Y todos aquellos guapos y agudos chicos andaban allí para llenarse el cacumen de conocimientos jurídicos o curialescos? ¿Tantas leyes hay, que necesitamos un desmesurado edificio y un ejército de maestros para enseñarlas? ¿Y dónde, dónde, *moño*, se estudiaba el arte de aplicar la justicia y de gobernar al pueblo?... Cansado de vagar por la Universidad buscaba una iglesia, después otra, y con breve inspección recorría seis o siete en la mañana. Quería ver de cerca qué trazas tenían en la Corte los lugares de rezo y devociones. Vio cavidades oscuras, feas, despojadas de todo arte, como si las limpiara de belleza la escoba de la vulgaridad; vio feligresía de mujeres, más viejas que jóvenes, con predominio de la fealdad; vio curas y capellanes solícitos como abejas en su industria sacerdotal, y atentos a la obligación de criar las almas para el Cielo.

Fuera de la iglesia, le sorprendían aquí y allí formas y aspectos interesantes de la sociedad española; pero en ninguna parte vio ni oyó cosa alguna que tuviera con su ídolo relación; nadie le habló de Prim. La imagen de este, fuera de una estampa que vio en el Rastro, parecía sustraída sistemáticamente a la admiración humana. Creyérase que al héroe de los Castillejos se lo había tragado la tierra, quizás el mar, y que este no quería ser conductor de nuevas epopeyas de España a las Indias. Iberito veía desvanecerse su ideal y caer desmoronado el castillo de su caballeresca ambición.

Por fin, en su casa de huéspedes, cuando menos lo esperaba, encontró dos jóvenes a quienes pronto miró como amigos, solo por ser ambos muy devotos de Prim. Era el uno Rufino Cavallieri, hijo de la patrona doña María Luisa, chico tan rebelde al estudio, que no pudo su madre meterle en ninguna carrera, ni aun en las más fáciles. Por fin, se le dedicó a un oficio, y trabajaba en un taller de dorado. El otro era un huésped llamado Rodrigo Ansúrez, violinista muy notable. Pensionado por el marqués de Beramendi, protector de las artes, había hecho sus estudios en Bélgica, y por países extranjeros andaba casi siempre dando conciertos y perfeccionándose en la armonía y contrapunto. Cuando a Madrid venía por temporadas cortas, moraba en casa de doña Luisa, que, como viuda de un bajo profundo, pretendía dar a su establecimiento un carácter, si no de templo, de hospedería musical. En efecto: allí vivían un barítono y dos partiquinos del Teatro de Oriente.

Rufino Cavallieri tenía por principal en su taller a un catalán, del propio Reus, loco entusiasta de su paisano, de quien se decía pariente. Toda la vida del general, desde que apareció en la guerra civil como *pesetero* humilde hasta la gloriosa jornada de Castillejos, la tenía en la memoria, sin que se le olvidase ninguno de los hechos de armas con que don Juan ilustró su nombre desde 1834 a 1860. El buen dorador, mientras estofaba marcos, peanas y cornucopias, repetía, para recreo de sus oficiales y de algunos amigos, los trozos que más a pelo venían en las incidencias de la conversación. Todo ello se le fue pegando en las orejas y en el magín al joven Cavallieri, que pronto igualó a su maestro en el dorado y en adorar el nombre y los hechos de Prim. Verdad que al contárselos a Ibero trabucaba lugares y fechas; pero esto no importaba. De verdades aderezadas con mentiras se apacientan las almas.

De muy diferente índole era el entusiasmo *primista* del músico. Hombre de menos palabras no se había conocido jamás. Todo se lo hablaba con el violín. Así, cuando Ibero mentaba a su ídolo, no decía más que «¡oh, Prim, grande hombre!...» y agarrando enseguida su instrumento, sacaba de las vibrantes cuerdas una declamación patética, en la cual, con graciosas modulaciones, se iban eslabonando las ideas en infinita serie, sin encontrar la fórmula final. Era Rodrigo Ansúrez un improvisador fecundo, que solo con abandonarse a la habitual acción de ambas manos con el arco y las cuerdas, lanzaba al exterior los sucesivos estados de su espíritu. Ibero, que no conocía una nota, hallábase dotado de la percepción artística en su máxima intensidad. El ritmo, el concepto melódico y la armonía, le subyugaban; absolutamente ignorante de la técnica, se apropiaba como nadie el íntimo sentido musical, cuanto más vago, más adaptable a los distintos estados espirituales del oyente... «¡Oh, Prim, grande hombre!»

¡Si el músico era lacónico en la palabra, cuán elocuente en el violín! Toda su alma ponía Ibero en el oído. Alma y oído en perfecto consorcio saboreaban el *Romancero de Prim*, reducido a notas y ritmos. Claramente cantaba el violín las hazañas del héroe, su ardimiento, y reproducía su tonante voz en los combates. Una tarde, hallándose los dos amigos por tercera vez embelesados en la dulce tocata, el alma de Iberito se regalaba con nuevos desarrollos de la personalidad legendaria del héroe. Prim no era solo el campeón intrépido contra moros; era también el expugnador de la tiranía; el conductor de pueblos, que los llevaba por sendero pedregoso y venciendo mil obstáculos a regiones de paz duradera. Todo esto cantaban las estiradas tripas, vibrantes de apasionada elocuencia, y aquel día dio el artista con el final sintético que en otras improvisaciones no pudo encontrar. Gradaciones rítmicas, modulaciones felices le llevaron insensiblemente a un pasaje de marcada inflexión trágica, o que trágicamente se proyectaba en el alma de Ibero, y luego a una tristísima salmodia fúnebre. O el *Stradivarius* no decía nada, o decía que el héroe sucumbía violentamente, víctima de la envidia y la ingratitud; final muy lógico, casi rutinario en el poema de las grandezas humanas. Poníase Ibero a punto de llorar con la melopea trágica y fúnebre, y a su amigo decía: «Acabe usted, por Dios, que el sentimiento de ese pasaje me destroza el alma.» El músico no añadía una palabra sola a los épicos sones de su instrumento. Suspiraba como el intérprete que nunca se siente bastante hábil, y aspira con anhelo ardiente al absoluto dominio del lenguaje musical. Ibero le decía: «Vaya, vaya; eso es tocar la Historia.»

Y a su amigo Maltrana, que por aquellos días le incitaba al estudio y le ofrecía libros para que se fuese preparando a cualquier carrera, mientras disponían los padres si le dejaban o no en Madrid, le decía: «Déjame en paz; no quiero libros ni carreras... A ninguna siento inclinación. Quiero quedarme libre: salvaje he sido hasta hoy, y salvaje he de ser siempre. Mis libros serán la acción. No siento ningún deseo de conocer, sino de hacer.» Si no lo dijo en esta forma, en otra parecida y más ruda fue.

Aguardando la resolución de los padres de Iberito, Maltrana le abandonó como cosa perdida. No le veía más que a las horas de comer, y esto no siempre; hablaban poco. Algunas noches le redujo a ir al café de marras; otras, Santiago iba solo al de una trinca de aragoneses, donde le presentó un conocido suyo teniente, llamado Estercuel, a quien se encontró en la calle. Este le puso en relación con diversos puntos, entre ellos un don Víctor Ibrahim, capellán de tropa, el cual, con desordenado estilo y acento ceceoso defendió el catolicismo democrático, la devoción a la Virgen, el himno de Riego y la Constitución del año 12. Apenas le entraban a Iberito por una oreja las declamaciones del clérigo andaluz, ya le salían por la otra. No así lo que dijo Estercuel, que hablaba con sentido y daba a entender vagamente sus opiniones avanzadas.

Una tarde, el cura y el teniente invitaron a Ibero a que de paseo les acompañase a Leganés, donde ambos tenían su residencia militar, y el aburrido joven aceptó gozoso, por espaciar su ánimo y alargar la cuerda que a Madrid le sujetaba. Allá se fueron los tres, y allá merendaron. Al volverse a Madrid solo, ávido de movimiento, se metió por las lindes del campo; recorrió largo trecho en soledad placentera, y cuando entraba en el camino real por el Alto Carabanchel encontró un grupo de militares, del cual se destacó un joven corriendo hacia Iberito con los brazos abiertos. Era Silvestre Quirós, sargento de Infantería, riojano alavés, natural de El Ciego. Su madre había sido cocinera por luengos años en la casa de Ibero, y en ella permaneció hasta su muerte, en jubilación decorosa. ¡Con qué alegría se vieron, y con qué emoción celebraron encontrarse juntos tan lejos de su patria! Silvestre tenía diez años más que Santiago. Hablábale más como amigo que como criado, o con la familiaridad respetuosa de los servidores que llevaron a sus amitos en brazos, a cuestas y a la pela, y les enseñaron a dar los primeros pasos. Allí fue el preguntar Silvestre por toda la familia y hasta por los animales de la casa, caballos, mulas, perros y gatos. De todo le informó Ibero, y como no tuvo más remedio que referirle su escapada y viaje libre a Madrid, hízolo con sinceridad y algún atenuante discreto para que Silvestre no le riñera. Frunció el ceño el militar; pero Santiago expuso razones de un orden espiritual que hasta cierto punto justificaban sus actos. ¡Y qué rara coincidencia resultó de estas explicaciones! También Quirós había sufrido el delirio de Prim y de América; también fue su sueño dorado ir en la expedición, y la imposibilidad de conseguirlo le había dejado con una murria de mil demonios... En fin, como la noche se venía encima y Silvestre tenía que seguir a Leganés sin demora, despidiéronse con la resolución de verse al día siguiente en el mismo sitio para charlar largo y tendido.

Ya con aquel encuentro tenía Iberito la compañía más de su gusto, porque Silvestre, su amigo de más confianza, le comprendía mejor que nadie, le hablaba de empresas militares más soñadas que verdaderas, y coincidía con él en pensamientos audaces, jamás a su parecer ideados de otro alguno. A la cita de los Carabancheles acudió presuroso, encontrando a Silvestre al pie de un gran árbol hablando con dos paisanos, que al ver a Iberito quedaron mudos, como si lo que allí se trataba no debiera oírlo ningún cristiano. Apartose el joven discretamente; los desconocidos secretearon con Quirós algunas palabras o cláusulas breves al modo de consigna, y camino abajo se fueron, despidiéndose con esta concisa frase tres veces pronunciada: «Allá, mañana.» *Allá* parecía ser Madrid.

Dijo Silvestre a su señorito y amigo que al día siguiente podrían verse en Madrid. Indicó como punto de cita la iglesia de San Sebastián, y como hora, las seis de la tarde. Sospechó Ibero que su amigo andaba en algún misterioso enredo político-militar; pero esta idea no le retrajo de la amistad del sargento, antes bien le empujó más hacia él, por querencia del misterio romántico. Juntáronse dos días más en los Carabancheles, y aunque Ibero trató de explorar a su amigo, este no quiso clarearse. Por fin, una tarde entraron los dos a refrescar en un tabernucho situado en las primeras casas de Leganés. Arrimáronse a una mesa, donde estaba bebiendo cerveza uno de los dos individuos que Iberito había visto días antes en reservada conversación con su amigo; pidieron de beber, y mientras discutían con el otro si había de ser cerveza o vino, entró de súbito un sargento seguido de cuatro números de la guardia de prevención. Sin darles tiempo ni a las primeras exclamaciones de sorpresa, el sargento dijo: «Sargento Quirós, de orden del coronel, venga usted preso... y también estos dos pájaros...» Lívidos Silvestre y el desconocido, sereno y altivo Iberito, los tres mudos, siguieron al que les privaba de libertad.

En aquel punto acabaron los datos y conocimientos que la Historia pudo reunir en su primer legajo para la vida y hechos del audaz Iberito. La persona de Este se pierde desde aquel suceso, como el hilo de agua que corriendo se desliza sobre un suelo de arena. Lenta evolución de la vida y del tiempo fue menester para que resurgiera de nuevo en la superficie, como verán los que sigan leyendo.

VI

Sábese, y si no se sabe se supone, que don Tadeo Baranal notar la ausencia de Santiaguito, despachó un propio su seguimiento, y pensando que el fugitivo no habría ido muy lejos, se abstuvo de notificar el caso a los padres, pues nada conducía darles tal disgusto si, como era presumible, el muchacho parecía pronto. Equivocose de medio a medio el buen cura, y su principal error fue mandar al criado, no en la dirección de San Millán de la Cogulla, sino en la de Santo Domingo de la Calzada, itinerario que seguían casi siempre en sus cacerías. El perseguidor debía prolongar su ojeo hasta Belorado, donde vivían dos chicas muy guapas, las de Corporales, que en Nájera pasaban el verano, y que por todas las trazas eran muy del gusto de Santiaguito. Volvió desconsolado el propio a los dos días, y antes de que diera parte al amo de la inutilidad de su exploración, don Tadeo, rabioso contra sí mismo, le dijo: «¡Pero, hombre, si estaba yo en la hora boba cuando te mandé a Belorado!... ¡No acordarme de que las niñas de Corporales están ahora en Herramélluri! Vete allá, cógeme de una oreja a ese pillo y tráelo amarrado si fuese menester.» Nuevo fracaso del propio, y mayor tribulación de don Tadeo, que, sin perjuicio de seguir explorando hacia Carneros y Soria, dio parte a los primos de Samaniego cinco días después de haber tomado soleta el niño tonti-loco.

La consternación de Santiago Ibero fue grande. Hallábase su esposa en La Guardia, pasando unos días con su hermana Demetria, que volvía de Royan y Burdeos, vendimiados ya los ricos viñedos que Calpena poseía en la Gironda. Las dos hermanas gozaban de verse juntas después de larga ausencia. No quiso, pues, Ibero informar a Gracia de la barrabasada de Santiaguito. ¿A qué aguar su felicidad con esta noticia, si el chico había de parecer pronto? A este fin, escribió a varios amigos suyos, uno de Zaragoza, otro de Madrid, para que buscasen al prófugo. Punzante corazonada le decía que a Madrid había ido Santiago, movido de su alocada imaginación. El amigo que en la Corte recibió el encargo de Ibero y poderes para buscar al fugitivo y apresarle con todo el rigor de su segundo padre, era el teniente coronel don Jesús Clavería, compañero inseparable de Ibero en las fatigas de la guerra, su fraternal amigo en la paz. Desgraciado en su matrimonio, Clavería obtuvo pocas ventajas en su carrera, por no disimular sus inclinaciones harto vivas al Progreso y la Democracia. Era un temperamento generoso, sincero, rectilíneo; miraba más a sus ideales patrióticos que a su personal provecho. Desde el 56 cayó en desgracia, viéndose obligado a pedir el cuartel. O'Donnell le tenía por sospechoso, y le molestó durante algún tiempo con vigilancias humillantes. A pesar de esto y favorecido por su conducta correctísima, vivía en Madrid bien quisto de todo el mundo; sus relaciones con personas de este y el otro partido eran muy cordiales; frecuentaba el Casino por no tener afectos en su vivienda solitaria, y era un ocioso simpático, uno de estos madrileños castizos que adornan todos los paseos y ocupan lugar preferente en el movible museo de caras conocidas.

La primera diligencia de Clavería al recibir el encargo, fue echar un pregón en el Casino; luego lo echó en el café de la Iberia. Nadie daba razón del tal Iberito. Los círculos y peñas del Suizo tampoco respondieron. Un encuentro casual con Maltranita hizo al fin la luz. El prófugo había llegado a Madrid, instalándose en la casa de huéspedes de la Milagro; pero a los quince días de estar en ella desapareció por escotillón como había venido. «Salió una tarde diciendo *hasta la noche*, y todavía le estamos esperando.» Así lo contaba Maltrana ya muy avanzado diciembre. De este dato precioso partieron las gestiones emprendidas con febril ardor por Clavería, ayudado del joven estudiante. La primera indicación para una pista segura la dio Segismundo Fajardo, el ubicuo parroquiano de todos los cafés de Madrid, y por consejo de él fue interrogado don Víctor Ibrahim. Hombre muy tardo en sus respuestas, por el afán de rodearlas de misterio y de farandulería, el castrense recomendó que se buscase el testimonio del teniente Estercuel. Pero Estercuel había sido trasladado a Zamora días antes. Por fin, siguiendo el rastro al través de la oficialidad de Cazadores de *Figueras*, acuartelados en Leganés, se llegó al punto importante de la prisión del sargento Quirós y dos paisanos, uno de los cuales era un jovencillo imberbe. Amigo de Clavería era el teniente coronel de *Figueras*. A él se fueron los investigadores, sin obtener la claridad que perseguían. He aquí las manifestaciones del jefe del batallón. O el jovenzuelo detenido con el sargento había falseado su nombre, o no era el que buscaban con el nombre de Santiago. De su paradero nada sabía el teniente coronel, pues los dos paisanos entregados a la autoridad gubernativa salieron en cuerda de presos... ¿Para dónde? ¿Para Melilla, para el castillo de Gibralfaro en Málaga, para Cartagena?

Ante estas vagas referencias, pateó y echó fieras maldiciones Clavería, gritando: «¿Pero así se encarcela a infelices ciudadanos, y se les conduce al destierro sin formalidad alguna ni decir siquiera a dónde los llevan? ¿En qué país vivimos? ¿Es esto España, o una colonia fundada por el Congo en tierras europeas?» Y el de *Figueras*, lastimado también y algo confuso, le contestaba: «Amigo mío, no hemos hecho los militares la Ley de Vagos. Es cosa del Gobierno, a quien los dedos se le antojan conspiradores. Hablen ustedes con el gobernador civil, con el ministro de la Gobernación, con el ministro de Gracia y Justicia, con el Director de Penales, con el presidente de la Junta de Cárceles, con el inspector de la Guardia civil, con el juez de la Inclusa... (siguió enumerando en broma), con el comisario general de Cruzada, con la Secretaría de la Interpretación de Lenguas, con el nuncio apostólico, con doña Polonia Sanz, con el padre Claret, con el moro Muza...»

No exageraba el teniente coronel: la peregrinación que emprendieron los buscadores de Iberito, abrazó innumerables compartimientos de la superficie burocrática del Estado, toda llena de aposentos claros y oscuros, de cavernas, zahúrdas y pasadizos. Dos semanas de labor infatigable no dieron resultado alguno. Nadie sabía nada. En toda estancia de aquella Babel culpaban a la estancia vecina, y en ninguna faltó un hombre indolente que alzara los hombros significando su desprecio de la vida y de la libertad de los ciudadanos. Aburrido y desalentado, Clavería dio a Santiago Ibero cuenta de su indagatoria, tan prolija como ineficaz. Gran consternación en Samaniego y La Guardia. Enterada Gracia de la pérdida de su primogénito, sufrió terribles ataques nerviosos. Dejola Ibero al cuidado de la sin par Demetria y del marido de esta, y se fue a Madrid en enero del 62.

Juntos los dos amigos, repitieron las indagaciones, y, por fin, la Guardia civil señaló una pista con visos de segura. Según dijo Ibero, las diligencias del cura Baranda dieron por resultado el encuentro de un sargento inválido que iba semanalmente al mercado de Almazán con una carga de sal. Milmarcos, que así se llamaba, conoció a Santiaguito en el mesón de aquella villa, y le aposentó luego en su casa de Tor del Rábano. El móvil del descarriado muchacho no era otro que agregarse a las tropas que iban a México al mando de Prim. Con esta idea coincidían las indicaciones de la Guardia civil, resultando de todo que bien podía suponerse, con probabilidades de certeza, que no fue Iberito el preso de Leganés... Al desaparecer de la casa de huéspedes debió de tomar el camino de Cádiz, y al fin, en esta plaza hallaría modo de introducirse en el vapor que últimamente transportó más tropas para La Habana. Pudo embarcarse el muchacho furtivamente y sin papeles, por el sistema escurridizo de los pasajeros apodados *polizones*...

Resuelto a no desmayar en la cacería de la verdad, partió Ibero a Cádiz... Doloroso es consignar que volvió a Madrid a fines de febrero con la pena y desesperación de un nuevo fracaso. O Iberito había logrado colarse en el vapor de enero, o andaba escondido Dios sabía dónde, o era ya difunto. No acertando a consolar al afligido padre, Clavería y otros amigos daban por cierto que el chico pisaba ya el suelo americano, realizando con osadía caballeresca su pensamiento. Lo más práctico sería, pues, escribir a las autoridades de La Habana, o al mismo Prim a México, para que buscaran al prófugo y bien custodiado lo mandasen a la Península... No alcanzando a estos dos personajes las relaciones de Clavería, solicitó este los auspicios de un buen amigo, el marqués de Beramendi, que se mostró en extremo bondadoso y servicial. «Mañana es correo —le dijo—. Yo escribiré a Serrano, presentándole el asunto como cosa mía, para que lo tome con interés. Con Prim no tengo confianza; pero Manolo Tarfe, que es uno de sus corresponsales en Madrid, y en todos los correos le da conocimiento de cuanto aquí pasa, le escribirá mañana mismo. Yo respondo de ello.»

Uniendo lo cortés a lo diligente, invitó a un almuerzo íntimo, para el día inmediato, a Clavería, Ibero, Manolo Tarfe y algún otro amigo. De sobremesa se trataría del asunto que bien pudiéramos llamar *ibérico*, y se escribirían las cartas. Así fue. Reuniéronse todos a la hora indicada. Ibero fue presentado a Tarfe, resultando que se conocían: ambos recordaron haber hecho juntos en diligencia la travesía de Las Landas, viniendo Ibero de Francia con su señora y dos niños pequeños... «Fue el 52, ¿no es eso?

—El 52, justo —replicó Santiago—. Recuerdo la fecha porque veníamos de París, donde no se hablaba de otra cosa que del casamiento de Napoleón con Eugenia.

—Y de lo mismo hablamos nosotros en el paso de Las Landas.»

Al sentarse a la mesa, dijo Beramendi que había escrito a Serrano recomendándole el asunto del *niño perdido*. Urgía que Tarfe hiciera con toda eficacia la misma recomendación al general Prim en la carta de aquel día. Así lo prometió, y esta incidencia llevó de lleno el pensamiento y la palabra de todos los presentes a la campaña de México.

«Para mí —afirmó Tarfe—, ya no hay secreto en la expedición: ya sé que Inglaterra y España van engañadas, vendidas... Así se lo escribo hoy al general... El convenio de Londres, después de establecer el objeto de la intervención, dice: "Las *altas partes contratantes* declaran que no buscan ninguna adquisición de territorio, y que no ejercerán en los asuntos interiores de la Nación mexicana influencia alguna que menoscabe su derecho para escoger y constituir libremente su forma de gobierno". ¿No dice esto?

Pues todo es una comedia. Francia va resueltamente a cambiar allí la República por la Monarquía, y a colocar en el trono a un príncipe europeo.»

Asombro de Ibero, novato en estos cubileteos de la diplomacia; dubitación de Clavería, risa de Beramendi, dejando traslucir que el notición no era cosa nueva para él.

«Te ríes porque crees estar tan bien informado como yo. Por Guillermo Aransis, que llegó anteayer de Viena, sabes el nombre del candidato; pero ignoras cómo se ha fraguado este complot contra la República mexicana, y qué manos han tejido la fina trama. Yo he recogido excelentes testimonios, y hoy le mando al general un protocolo curiosísimo para que se divierta y rabie un poco... Ya verá en la que se ha metido.

—El candidato es el archiduque Maximiliano —dijo Beramendi—, hermano del Emperador de Austria. Para mí no es ya rumor, sino hecho positivo. Maximiliano será Emperador de México. ¿De dónde ha salido esta candidatura? Para mí no es difícil precisarlo... Ya sabes que en la gestación de las revoluciones, así como en la de las restauraciones, veo siempre manos femeninas. Es una manía, si quieres. Por algo la divinidad de la Historia es mujer: la musa Clío. Pues en París, hace ya algunos años, he visto de cerca la acción mujeril trabajando fieramente por la monarquía mexicana. ¿Conociste a la bella Errazu, a la Guibacoa, a la Uribarren, damas mexicanas, tan ricas como hermosas, y por añadidura furiosamente ultramontanas? Ya en los salones del Elíseo conspiraban contra la libertad de su país, y esas y otras, también fastuosas y bellas, han reanudado en Tullerías la intriga para cambiar en México la forma de gobierno, condensando ya sus ideas en la persona de Maximiliano.

—No han sido señoras, Pepe, sino hombres de fuste; ha sido la clase aristocrática y rica de la República, expatriada voluntariamente a la muerte de Santana, el único que allí contuvo los desvaríos democráticos; ha sido el arzobispo Labastida, que no se resignaba a la desamortización eclesiástica, llevada a efecto por Comonfort; ha sido el alto clero, la Curia romana...

—Iniciadores fueron tal vez; pero sus planes habrían quedado reducidos a declamaciones de un coro sentimental, si las damas elegantes... ¡cuidado con ellas, que son de Caballería!... No se hubieran lanzado a la pelea. En estas campañas solo la bandera es de los hombres; a las mujeres pertenece la gloria del combate y del triunfo.

—No dudo que influya el bello sexo, Pepe; pero esto, según mis indagaciones, viene de más alto. Napoleón, por farolear en Europa y fascinar a los franceses, inventa las empresas militares más fantásticas. Un imperio en México, ¡qué bonito! La bandera tricolor plantada en el árbol de la *Noche triste*, ¡qué teatral! Además, el hombre quiere hacer buenas migas con Austria... puesta la mira en el Rhin y en la Prusia Renana... El niño no tiene ambición que digamos... Luego, mi señora la Emperatriz Eugenia, ante quien me postro con toda la admiración y el respeto del mundo, gusta de improvisar tronos... ¡ella, que subió al de Francia con increíble suerte!... y ahora se solaza haciendo Emperador a un príncipe austríaco, y Emperatriz a una princesa belga... Es un bonito juego... Póngote de soberano en México, aunque te ponga prendido con alfileres...

—¿Lo ves, Manolo?... Y luego negarás que las faldas empollan los imperios... Para tu gobierno, te diré que la idea de llevar un Rey a México es antigua. En mis mocedades de Roma conocí yo a un mexicano extravagante, Gutiérrez Estrada, que tenía por ídolo al príncipe de Metternich, y procuraba imitarle hasta en el vestir. Usaba unas corbatonas formidables y unos cuellos altísimos. En casa de Antonelli le vi algunas noches, con su levita color café, muy ajustada, y una placa de brillantes en el pecho... A lo mejor se lo encontraba uno en el Pincio, lleno el faldón de periódicos ultramontanos, *L'Univers*, *La Civiltà Cattolica*; leía febrilmente, y hablaba solo cuando no tenía con quién hablar. Yo le abordé algunas veces por pasar el rato, pues el hombre admitía conversación del primer paseante desconocido con quien topaba, y no hacía la menor reserva de sus pensamientos y sus planes. A vueltas andaba con una idea fija, que era cambiar la forma de gobierno en México, con lo que ganarían mucho el orden y la religión. En Viena pasaba largos meses dando matraca al príncipe de Metternich, y por variar se iba después a Roma y la emprendía con Antonelli. Era un hombre afable y bastante instruido... ¡Pues, digo, si trabajó el hombre para plantar una corona sobre el escudo de su país! Muchos le tuvieron por loco. Luego ha venido la Historia a darle la razón, que esto está muy en la naturaleza de la Historia: dar la razón a los que no la tienen. Pero lo repito: ni Gutiérrez

Estrada, ni los ricos mexicanos que trabajaron después por la misma idea, Sánchez Navarro, Hidalgo, Arroyo, ni Almonte últimamente, habrían visto en México monarquía del tamaño de una lenteja, si las señoras no sacan del pecho el Cristo, y de la liga la navaja...

—Oigame usted, marqués —dijo a esta sazón Santiago Ibero—, y perdone que hable de mi pleito. Si tan grande es la influencia de las damas en los asuntos públicos, ¿por qué no ha de serlo en los privados? Pequeñísimo, insignificante asunto es este de la desaparición de mi hijo, pues solo a mí y a mi familia interesa. Y pues nada hemos conseguido de las autoridades ni de los altos o medianos poderes, ¿sería locura que nos encomendáramos a una, o tres, o veinte señoras de esas ricas y guapas que según usted todo lo pueden?

—Es una idea, es una idea —respondió Beramendi risueño y pensativo—; hay que pensar en ello... Yo pensaré...»

VII

Corrían las horas, arrastradas suavemente por la conversación amena, y Tarfe anunció que concluiría su correspondencia en el despacho del marqués. Aún le faltaba lo mejor para dar al general Prim un informe interesantísimo, y era que doña Isabel, al enterarse de que los franceses, llevaban un príncipe austríaco al trono de México, puso el grito en todo el sistema planetario. Su Majestad habló así: «¿Cómo se entiende? ¿Un soberano a México, y no es la reina de España quien lo elige? Ya verá Napoleón cuántas son cinco. ¡Como si no tuviera yo en mi familia príncipes para surtir a toda América! No daría yo poco, bien lo sabe Dios, por tener algún trono lejano donde colocar a Montpensier; a don Juan, mi primo, que acaba de reconocerme; a este otro primastro don Sebastián, y a los demás que me vayan reconociendo.» ¿No crees que esto dijo doña Isabel, Pepe?

—Tan bien la imitas, que me parece que la estoy oyendo. Pero no te entretengas; acaba tu carta. Me figuro que lo que le escribes a Prim de la candidatura de Maximiliano ya está harto de saberlo. También sabrá, por las cartas de Muñiz, toda la menudencia política de aquí, el cariño que le tienen los vicalvaristas, que esperan ver cómo se estrella en México. Vete al despacho... y no te olvides de que has de poner en pliego aparte recomendación muy expresiva, para que se tome el trabajo de averiguar si entre las tropas, o entre los paisanos que siguen al ejército, está el hijo de este señor. Toma la nota con la filiación exacta.»

Retirose Tarfe a escribir, y con Beramendi quedaron solos Ibero, Clavería y otro comensal, no mencionado antes, porque durante el almuerzo no desplegó los labios más que para pronunciar tímidamente algún monosílabo de urbanidad o aquiescencia, y parecía estatua puesta a la mesa, con mecanismo para comer pausada y limpiamente. Era más que viejo, un hombre de buena edad, desmedrado y encanecido prematuramente, fláccido y chupadísimo el rostro, barba y bigote en parte rasos por alopecia, y lo demás rapado a filo de navaja; los ojos agobiados por párpados que se abatían como si fueran de plomo, el cuerpo todo ángulos, trémulas las manos y un poco gafos los dedos. Comía el misterioso sujeto callando, sin más señales de vida que el engullir con ceremonia, el modular alguna palabra insignificante, y el desparramar vagamente alguna mirada oblicua, a medio descorrer del párpado, sobre los otros comensales. En cuanto se fue Tarfe, levantose, desdoblando lentamente su estatura y dijo con voz ultraterrena: «Si el señor marqués no me necesita, me retiro con su venia.» Despidiole Beramendi con afabilidad y estas palabras cariñosas: «Hoy no leeremos, amigo *Confusio*. Yo tengo que salir con estos señores cuando Manolo despache su correspondencia. Vete a trabajar, y vuelve mañana por aquí.» Hizo a todos reverencia el extraño sujeto, y salió como una sombra.

«Quien conoció a este hombre hace un año y ahora le vea —dijo Beramendi—, no comprenderá que así podamos saltar de la juventud alegre a la triste vejez. El que se llamó Santiuste, ahora lleva el nombre de *Confusio*, que él mismo se aplica olvidado de su verdadero apellido. Una enfermedad terrible de la que escapó mal curado, para caer luego en un tifus horroroso, deshizo su naturaleza física y mental. Y el que ahora ven ustedes es un guapo mozo comparado con el que me encontré hace meses, cuando salió del hospital, y se arrastraba por los declives de Gilimón como un pobre animal moribundo. Yo le había perdido de vista: ignoraba su paradero y sus enfermedades... Pues Señor, le recogí; le puse en una vivienda saludable, al cuidado de personas caritativas. Se le reconstituyó lo mejor que se pudo. Fue como cadáver que resucitamos trayéndolo un poco más acá de los

45

linderos de la vida. A fuerza de cuidados recobró la acción muscular, el uso de la palabra con torpeza de pronunciación y penuria de voces; luego vino la escritura, que con el ejercicio gradual llegó a ser lo que fue, a medida que se iba corrigiendo el temblor de la mano. La reparación del entendimiento fue más perezosa, y las facultades del hombre muerto reaparecieron en el resucitado como destello de la luz de otros días. Casi todas sus ideas habían volado; olvidó su nombre y los anteriores sucesos de su vida, que fueron complejos y muy interesantes, dramáticos los unos, otros graciosísimos.

—Fue muy enamorado —indicó Clavería—. Yo recuerdo haberle visto cuando cortejaba a la Villaescusa...

—Otro más mujeriego no conocí: sus pasiones pertenecían al reino de la novela romántica. En Madrid no le faltaron conquistas; en Tetuán robó judías, moras en Tánger, y de regreso a España hizo estragos en las amas de cura, que, según él, son lo más tentador del mujerío contemporáneo. Pues aquellas aficiones y aptitudes han quedado muertas en él, y hoy vive y procede como si no hubiera mujeres en el mundo... De su ser anterior y del desplome de su entendimiento y de su memoria, no resta más que el sentimiento patrio, y una idea, una sola idea y propósito, escribir la Historia de España, no como es, sino como debiera ser, singular manía que demuestra el brote de un cerebro brutalmente paradójico y humorístico. Como entiendo que la ociosidad ha de perjudicarle, en vez de combatir esa manía, le estimulo para que trabaje en eso que él llama *Historia lógico-natural de los españoles de ambos mundos en el siglo XIX*... El hombre lo ha tomado con ahínco, y cuanto más trabaja, más se afianza en la fortaleza de su ser nuevo, y más aguza las dotes paradójicas y *lógico-naturales* que le han salido ahora... Cada dos o tres días despacha un capítulo, que me lee antes de ponerlo en limpio. En su estilo no se advierte ninguna extravagancia; en la narración de los hechos está lo verdaderamente anormal y graciosamente vesánico, porque *Confusio* no escribe la Historia, sino que la inventa, la compone con arreglo a lógica, dentro del principio de que los sucesos son como deben ser. Anteayer me leyó un capítulo que me hizo morir de risa. Describe los sucesos del año 23, las artes solapadas de Fernando VII para ahogar en España el espíritu liberal, la intervención de los Cien mil hijos de San Luis para restablecer el absolutismo, los acuerdos de las Cortes, la declaración de la locura del Rey.

Al llegar aquí, el hombre se quita de cuentos, y... ¿qué creerán ustedes que proponen, discuten y votan al fin las Cortes? Pues procesar al Rey. Toda la tramitación del proceso es tratada por el historiador lógico-natural magistralmente, con gran prolijidad de documentación sacada de su cabeza. Pásmense ahora: Fernando es condenado a muerte... y como no resulta decoroso ahorcarle, ni tenemos verdugos que sepan degollar, es fusilado con muchísimo respeto en Cádiz, en el baluarte próximo a la Aduana... ¿Se ríen ustedes? Pues si leyeran la solemne escena de Fernando en la capilla, su conferencia patética con Argüelles, Martínez de la Rosa y Toreno, su invocación a los juicios futuros de la Historia, y luego la marcha al suplicio al son de tambores destemplados, y lo que el augusto condenado dijo al cura que le auxiliaba, admirarían al historiador, que, según dice, no tiene por musa a la vieja Clío, sino a la conciencia humana.

—¡Demonio de hombre!... —dijo Ibero riendo—. Bueno: muere Fernando VII, por sentencia de las Cortes. ¿No querías Constitución? Pues toma tiros... ¿Y los Cien mil niños de San Luis, qué se hicieron?

—Esto no lo sé... pero ya se las compondrá mi *Confusio* para escabullirlos o evaporarlos por el sistema lógico-natural.

—¡Ajusticiado Narizotas!... Hombre, me gusta. Ese historiador loco es atrozmente simpático. Y yo pregunto: condenado el Rey, ¿dónde está Cromwell?

—Pues él verá de dónde lo saca y a quién da este papel, porque él inventa los hechos, y si es preciso, las personas.»

Y no se habló más de este asunto, porque volvió Tarfe del despacho con su correspondencia terminada y lista para el correo. De la expresiva recomendación a Prim quedaron Ibero y Clavería muy satisfechos, así como de la carta de Beramendi al Capitán general de Cuba. Al retirarse, iban los dos militares esperanzados y en extremo agradecidos. Debe decirse ahora que Manolo Tarfe y Pepe Fajardo, unidos en amistad estrecha, se hallaban, por aquellos días, a ceremoniosa distancia política de don Leopoldo, cabeza y pontífice de la Unión liberal. La culpa de esta frialdad no fue de la cabeza, sino del brazo, Posada Herrera, que desatendió las recomendaciones de los dos en asuntos locales, y privó a Tarfe, en las elecciones últimas, de aquel apoyo que hipócritamente llamaban *influencia moral*.

Claro es que no se separaron ostensiblemente de la *Familia feliz*; pero solo ponían un pie en ella; el otro lo tenían alzado sin saber aún dónde sentarlo. En el campo moderado no podía ser; en el progresista, tampoco. ¿A dónde irían, pues? Prim no era un partido; pero sí una incógnita sugestiva, una bella esfinge, cuya postura majestuosa y mirar profundo anunciaban poder, fuerza, dominio. Desde que volvió de la guerra de África, adquirió ese respeto con que las clases intermedias de aquella sociedad miraban al futuro y probable caudillo militar, repartidor de mercedes, engarzador de voluntades, y clave de una situación política. Mezclando en sus largos coloquios la realidad tangible con las intangibles conjeturas, Tarfe y Beramendi construían la figura de Prim en los venideros espacios de la Historia, y después de engrandecerla a su gusto, se ponían a su lado, con perspicacia de hombres prevenidos.

«La Unión Liberal no le traga —decía Tarfe con hondo convencimiento—. ¿Pues por qué le han mandado a México? Por alejar un peligro: esto es bien claro. Lo que hace falta es que vuelva pronto. Cuando quiera será jefe del nuevo partido liberal, sinceramente liberal dentro de la Monarquía... A la inglesa. ¿No crees que será liberal a la inglesa? De su monarquismo no podemos dudar, después de lo que dijo a la reina en el acto de cubrirse como Grande de España.

—No te fíes, Manolo —replicó Beramendi, hombre de vista muy larga y atrevido sondador del alma humana—. Yo veo en la ambición de Prim lejanías que tú no ves. Te diré además que no veo en mi protegido *Confusio* un perturbado de tantos como andan por el mundo; téngole por una inteligencia de fuerza irregular y ciega, que se lanza sin tino a la cacería de las verdades distantes. Yo me siento algo *Confusio*; mis corazonadas se confabulan con mis desvaríos para no ver en Prim un general político y jefe de bando como los que ya tenemos... Ojalá vuelva pronto. Yo, cuando le vea, le diré: «Hola, Cromwell, ¿ya estás aquí? Me alegro de verte.»

Creyó Tarfe notar en su amigo un ligero amago del achaque mental que en ocasiones le acometía, y discretamente llevó la conversación a otro asunto.

VIII

Pasaron días, y el buen Ibero, ocioso en Madrid y atribulado por la inutilidad de sus pesquisas, se volvió a Samaniego, a donde le llamaban el cuidado de su familia y atenciones de su hacienda y labranza. Clavería quedaba en la Corte a la mira del asunto, aguardando noticias de La Habana y Veracruz... Siguió visitando a Beramendi una o dos veces por semana: el trato del marqués, como el de Manolo Tarfe, le agradaba en extremo. Pero su trinca favorita, a más del Casino, era el café de la Iberia, donde diariamente se veía con Muñiz, Sagasta y Calvo Asensio, paisanos, con Moriones y Lagunero, militares. En aquella tertulia pudo hacerse cargo de que el verdadero confidente y corresponsal del general Prim era Muñiz, que le informaba de las menudencias políticas, por menudas importantes en esta sociedad más gobernada por la intriga que por las ideas.

De México llegaban noticias favorables o adversas, según venían por la vía francesa o la vía inglesa. Hoy: los jefes de las tres Potencias aliadas operaban en perfecta armonía. Mañana: Sir Charles Wike, Prim y Jurien de la Gravière andaban a la greña. Como hecho cierto, se supo que los aliados habían celebrado convenio con las autoridades de México para instalarse en lugares menos insalubres que Veracruz. Franceses y españoles acamparon en Orizaba y Tehuacán... En sucesivas conferencias, Inglaterra y España reconocieron explícitamente la autoridad presidencial de Juárez, tratando con él por mediación de los ministros mexicanos Echevarría y Doblado. Uno de estos era tío de la marquesa de los Castillejos. El general de las tropas francesas, Lorencez, secundado por Almonte, ministro de México en París, que a la sazón desembarcó en Veracruz, se negó a todo trato con Juárez, y apuntó la idea de que al amparo de los aliados se convocase un Congreso nacional con carácter de constituyente. La intención de Francia no podía ser más clara ni más napoleónica. Asamblea de amigos y cacicones, reclutada más que elegida entre los pocos adictos a la idea monárquica; plebiscito a gusto de Francia; retablo mexicano movido por el Maese Pedro de las Iullerías.

Trinó el inglés y bufó Prim. El primero, emisario de un país constitucional, determinó retirarse con las naves inglesas; el segundo, representante de otro país formalmente constitucional, aunque con *obstáculos*, se retiró con sus tropas a Veracruz, no pensando más que en embarcarlas para volver a España; y como no tuviese buques especiales a mano, embarcó en los ingleses, y a casa, es decir, a La Habana. ¡Cristo, la que se armó en Madrid cuando se supo la retirada de Prim, con la agravante de no consultar al Gobierno ni pedirle instrucciones! Los que fueron partidarios de la expedición, creyendo que íbamos a una gloriosa campaña militar que diera mayor fuerza y mangoneo al *Vicalvarismo*, o *Familia feliz*, no se paraban en barras. Lo menos que pedían era Consejo de guerra por abuso de atribuciones, severo castigo del general... Pero este, más avisado y perspicaz que todos sus contemporáneos, no hizo caso de la malquerencia y desvíos del Capitán general de Cuba, recogió a su esposa y familia, y partió para Nueva York, despachando previamente para España a sus ayudantes, coronel conde de Cuba y teniente coronel Campos, con un protocolo dirigido a la reina. En él le daba cuenta de los motivos de su retirada, acompañando antecedentes y papelorios para ilustrar la cuestión. En tanto Serrano, que como O'Donnell y los pájaros gordos unionistas temía rabietas de Napoleón, y aplacarlas creía *castigando severamente* a Prim por su retirada, despachó a don Cipriano del Mazo con otro cartapacio para el jefe del Gobierno, en el cual acumulaba fieros cargos contra el héroe de África.

La suerte de Prim dependía de que su mensaje llegase antes que el de Serrano. Bien hizo en recomendar a sus ayudantes que no perdieran tiempo, y que llegados a España no pararan hasta Aranjuez, donde seguramente estaría la reina, por ser la época de jornada en aquel Real Sitio. Su agudeza, su rápida visión de las cosas le sugirieron aquel arbitrio, fundándose en un hecho positivo, que amigos leales le habían comunicado desde Madrid. El ardiente españolismo de Isabel II se sublevaba y enfurecía viendo elegido para el trono de México a un príncipe austríaco, con desprecio de los españoles príncipes. ¿Podía España tolerar tal vilipendio? No se concebían en América Majestades que no fueran de acá, de la raza y pueblo que descubrió, conquistó y civilizó, como Dios le daba a entender, aquellas doradas tierras. ¿No habían de ser españoles los soberanos de América? Pues quedárase esta con sus repúblicas, que bien españolas eran por sus dictaduras y sus pronunciamientos. Esto pensaba Isabel, y Prim supo que así pensaba.

Ved ahora el gracioso paso de Aranjuez, que aunque parece inventado por el diablo de *Confusio*, es de incontestable realidad. Recibió el duque de Tetuán a Cipriano del Mazo, que le llevaba el mamotreto enviado por Serrano, y al punto fue extendido un decreto desaprobando la conducta de Prim e imponiéndole una corrección proporcionada a la magnitud de su culpa. Al día siguiente, se celebraba Consejo en Aranjuez. Ya tenéis a los ministros encajonados en el tren-carreta, pues no merecía otro nombre la comunicación ferroviaria de aquel tiempo... Llegaron al Real Sitio y a Palacio, y en la antecámara hubieron de sufrir un plantón como para ellos solos, pues la reina, que comúnmente no descollaba por la puntualidad, tuvo aquel día la humorada de dar la coba a los que se llamaban sus consejeros responsables. Estaban de guardia aquel día el Grande de España duque de Vistahermosa y la marquesa de Belvís de la Jara. Otras dos damas, la Navalcarazo y la Villaverdeja, acompañadas de Manolo Tarfe y de Riva Guisando, permanecían a la expectativa en la Saleta, pues ya se sabía que O'Donnell llevaba en su cartera el tremebundo rapapolvo contra Prim. Así dábamos gusto al coco de Napoleón III, que se comía las naciones crudas... Pues Señor, después que hubo frito la sangre a los ministros con tan larga espera, apareció Isabel II sonriente, y sin dar tiempo a que O'Donnell le dirigiese la palabra, le dijo estas memorables: «¿Pero has visto qué cosa tan buena ha hecho Prim?... Ya estoy deseando verle para felicitarle...» Don Leopoldo masculló una respuesta. Su rostro, que había ostentado una serenidad majestuosa en la jornada del 4 de febrero ante los muros de Tetuán, se turbó y descompuso: en sus labios fluctuaba la sonrisa conejil, singular mueca de los hombres graves, cuando se ven obligados a tragarse a sí mismos.

Amplió la reina sus conceptos con razones que anulaban toda opinión contraria; los ministros asintieron entre tosecillas, y el toque final de la escena fue que el de Tetuán no se atrevió a desenvainar su decreto, y que al regresar a Madrid se redactó otro que decía: «S. M. la reina se ha enterado con el más vivo interés de los despachos de Vuecencia, etc... y *oído el parecer de su Consejo de ministros*, se ha dignado aprobar la conducta observada por Vuecencia, etc., etc...»

La escena de la cámara fue referida puntualmente por el duque de Vistahermosa a las damas y caballeros apostados en la Saleta, que no se rieron poco del gracioso torniquete con que doña Isabel volvió del revés los propósitos de su primer ministro. Prim había ganado la partida por la feliz llegada de sus edecanes dos días antes que el señor Mazo, mensajero de Serrano. El acto de la reina, de puro gobierno personal, fue aquella vez una feliz enmienda de la ligereza del Gobierno. Este, que solo era constitucional a ratos, fluctuando a merced de la Providencia o del Acaso, si a veces erraba por su cuenta, acertaba siempre que sus decisiones coincidían con el regio capricho... Retiráronse los curiosos comentando el suceso de la cámara; Tarfe contentísimo, como partidario de Prim y su corresponsal de chismes políticos y sociales; otros y otras trinando en competencia con los ruiseñores de aquellas arboledas. Las damas entusiastas del Imperio francés, por moda política y *dilettantismo* fastuoso, ponían a Prim como un trapo, y la Navalcarazo llegó a decir: «Está visto que no ha querido apoyar al de Austria, porque es él su propio candidato. El hombre ha dicho: ¿Un rey en México? Pues Prim o nadie.»

Almorzó Tarfe con Riva Guisando en el palacete de la amiga de este, la duquesa de Gamonal, y con ambos y con Bermúdez de Castro sostuvo terrible discusión, abogando por Prim. Salió de esta batalla bien comido, pero mareadísimo del largo disputar sin convencer a nadie, y por la tarde se fue a visitar a la marquesa de Villares de Tajo, pues Pepe Beramendi le había dicho: «No dejes de ver a Eufrasia, y entérate bien de lo que piensa de estas cosas.» La viuda de don Saturnino del Socobio, ya cuarentona y ganando en inteligencia y travesura todo lo que en belleza perdía, le recibió amablemente, y le propuso dar un paseo, visitando de paso a las monjitas de San Pascual, a lo que se prestó Tarfe, que a todo sabía plegar su flexible espíritu. No le desagradaba la visita al convento, porque en los tiempos que corrían, las relaciones monjiles eran de buen tono y aseguraban el favor de las personas más elevadas.

Fueron, pues, allá, y en el plácido locutorio charlaron cuanto les dio la gana con las benditas y elegantes reclusas. Satisfecho vio Tarfe que las esposas del Señor opinaban lo mismo que la reina en el caso de Prim. Tenían conocimiento del mensaje traído a S. M. por los ayudantes, y declaraban que por obra de Dios habían estos llegado dos días antes que el señor Mazo... ¡Vaya que querer encajarle a México un rey austriaco! ¿Pues no teníamos aquí para esa plaza al Infante don Francisco, a la Infanta Luisa Fernanda con su Montpensier, que mejor estaría en América que en España, y a otros príncipes descarriados y costosos? En fin, que Prim había hecho muy bien en decir «ahí queda eso.» Con su retirada se acreditaba de buen español y de leal amigo de la reina. Todo esto le supo a Tarfe a las puras mieles. Para mayor amenidad de la visita, charlaron las monjas de todo lo mundano, en mixtura graciosa con lo político.

De regreso a la casa de Eufrasia, se recluyeron en un saloncito decorado a la chinesca para charlar de cosas reservadas que nadie debía escuchar. Habló primero Tarfe, ampliando lo que ya dijo a su amiga cuando iban hacia el convento. Eufrasia, que, por la fácil rutina de politiquear en la intimidad, adquirido había un cierto retintín oratorio, dio esta entonada respuesta: «Claro es que Prim podría formar una situación con liberales o progresistas templados. Harta de unionistas y moderados está ya la reina. Con esto de habernos mandado a México de comparsa de Napoleón, don Leopoldo y los vicalvaristas han tocado el violón a toda orquesta. ¡En buena nos había metido! La Señora está contentísima de Prim, y no desea más que empujarle... Él es adicto leal a la reina y a la Monarquía; tiene talento; ambición noble no le falta; parece aristócrata sin serlo; es un hombre cortado para reconciliar al pueblo con la Corona... La reina, bien lo sabe usted, ama al pueblo... Su corazón tierno y generoso simpatiza con los humildes. A Pepe Beramendi lo he dicho mil veces, y a usted se lo digo ahora: la reina es liberal de corazón... No se asombre ni se ría. Es liberal; se paga muy poco de las grandezas heráldicas... Esto me consta; puedo asegurarlo... y vería con gusto que gobernaran a España hombres liberales, aun de estos nuevos que, como jóvenes, son algo alborotados... Pero... Aquí viene el pero... La Libertad entra de lleno en el alma de la reina, y avanza, posesionándose de sus afectos, hasta el momento en que dentro de dicha alma se encuentra con el confesor... En este encuentro se acabaron las amistades; la Libertad sale despavorida del alma de la reina...

—Si es así, amiga mía, no siga usted... ¿De qué vale a la Libertad entrar en ese corazón, si allí se encuentra con un huésped a quien no puede arrojar fuera?

—Intentar arrojarlo sería locura. El confesor, cualquiera que sea, hace allí su casa. ¿No sabe usted por qué hace su casa? Los que absuelven, los que prodigan la indulgencia recaban de la voluntad sometida concesiones proporcionadas a la magnitud del indulto. La reina es creyente: ya lo sabe usted. Teme que por ser demasiado dichosa en la tierra pierda el Cielo. La mejor parte del Cielo es para los que aquí sufren. Los poderosos, a poco que se descuiden, se quedan sin un rincón celestial en que guarecerse... Isabel es mujer de conciencia: cree en las penas eternas y en el eterno galardón. ¿Cómo alcanzar este? Haciendo concesiones tan grandes como los perdones que recibe... Ya comprenderá usted por qué Isabel II no quiere reconocer el reino de Italia.

—Ya, ya lo veo... Lo que no entiendo, Eufrasia, es cómo ha pensado usted que nosotros, liberales... Seamos poder; vamos... teniendo tal enemigo en el corazón regio.

—En política todo se hace y todo se puede con habilidad y trastienda, amigo mío. No se asuste. Déjeme que le explique... En el corazón de la reina pueden entrar ustedes siempre que no pretendan echar de allí al confesor... y entrarán como por su casa si el propio confesor les lleva de la mano... ¿A qué ese asombro? ¿Qué quiere decirme con esa boca tan abierta que parece el buzón del correo?... Lo que acabo de decirle no tiene nada de absurdo... Ni vaya usted a creer que el confesor se come a los liberales en salsa de Concordato... Si es usted amigo de Prim, aconséjele que escoja en el Progresismo un par de docenas de hombres sentados y de buen criterio. ¡Los hay, vaya si los hay! Cantero, Santa Cruz, Perales, Cirilo Álvarez, Gómez de la Serna, Roda, Madoz... Con Olózaga no cuenten, porque ese... ya usted sabe... Es de todo punto incompatible... Tampoco deben contar con don Manuel Cortina, no porque sea incompatible... todo lo contrario. Pero él ni a tiros quiere entrar en ninguna combinación de Gobierno... Pues sigo: una vez que haya juntado el amigo Prim un buen hatillo de progresistas serios y templados, tiene que pensar en construir su pirámide política sobre una base ancha, anchísima, Manolo... Pues... En el Ministerio que forme ha de entrar algún hombre significado en la retaguardia política; por ejemplo, don Pedro Egaña... ¿Qué? ¿se ríe usted... Cree que estoy loca? ¿Pero, alma de

Dios, no ha reparado que don Pedro Egaña y su periódico han sido los más entusiastas apologistas de Prim por su retirada de México?

—No ha sido por amor al general, sino por el odio que los *neos* tienen a Napoleón.

—Sea por lo que fuese, Tarfe amigo, tenga usted por cierto que sería viable, como ahora dicen, un Ministerio de Progresismo tibio con tropezones de *neísmo* ilustrado. Me consta también que don Pedro Egaña no haría *fu*, y que se dejarían querer otros que han comido con Narváez, como Alejandro Castro, quizás Benavides... Ayer mismo, hablando con Carriquiri, hicimos un recuento de los moderados que están rabiando por deshacerse del *Espadón*... ¿Qué dice usted? ¿Se ha quedado lelo? La gramática política, que es parda como usted sabe, tiene por regla principal aprovechar las ocasiones... Recoger a los descontentos es otra regla muy práctica. Si usted no lo entiende, Prim, que es listo, lo comprenderá... Con que, ¿he dicho algo?

—Más de lo que yo esperaba, y todo sustancioso, como de quien conoce a fondo la realidad de las cosas y ve en la política un arte culinario, no para dar de comer a los pueblos, sino para matar el hambre de cuatro vividores... No creo, amiga mía, que esté el país para esos pistos o bodrios indecentes. Cuando Prim sepa la comida que usted le prepara... Creo que se le revolverá el estómago... Y hasta otra tarde, mi dulce amiga. Me voy: temo perder el tren.»

Despidiéndole en la puerta, Eufrasia con fría serenidad sonriente le dijo: «El guiso que les ofrezco es el único. No hay otro, Manolito. Pruébenlo: no sabe mal. Todo es acostumbrarse... La cuestión es ir viviendo...»

IX

Cuando Tarfe contó a Beramendi la entrevista con Eufrasia, no advirtió en el rostro de su amigo sorpresa ni disgusto, sino más bien una tranquila indiferencia de las cosas reales. «Hace un rato —dijo el marqués—, estaba yo embelesado con la *Historia lógico-natural* que escribe el gran *Confusio* para uso y enseñanza de los espíritus superiores, y vienes tú a darme un tirón para que descienda de las verdades sublimes a las verdades puercas, de lo estético a lo vulgar... Sabrás, carísimo Manolo, que con la muerte que mandaron dar nuestros constitucionales a Fernando VII, se produjo un estupor grande en toda la Nación; surgieron armados y feroces, los dos partidos apostólico y liberal, y estalló una nueva guerra de la Independencia, porque unidos los franceses de Angulema a nuestros absolutistas, los constitucionales se adjudicaron el nombre de *españoles*, y consideraron a los otros como extranjeros o afrancesados. Cinco años duró esta guerra, que *Confusio* describe con brillante colorido y verdad, refiriendo las acciones campales, sitios de plazas, sorpresas de guerrillas y demás incidentes de tan heroica tragedia. Tuvimos en esta campaña el auxilio de Inglaterra, y al cabo de mil peripecias quedó triunfante la bandera de la Constitución, y deshecho el malvado absolutismo. Luego viene el reinado de Isabel...

—Pero tú y tu *Confusio* estáis locos. Muerto Fernando VII el 23, quedan descartados de la Historia el matrimonio con Cristina y el nacimiento de Isabel.

—No, porque el historiador sapientísimo nos presenta a la actual reina nacida de Isabel de Braganza. Desaparece, pues, la napolitana Cristina, y yo te juro, querido Manolo que no hemos perdido nada con la evaporación de esta figura. La Princesita Isabel, que solo tenía meses a la muerte de su papá, es llevada a Portugal, donde la crían amorosamente sus tíos los Braganzas, y cuando tocan a restauración... El toque lo dio el partido más sensato entre los constitucionales... Cuando tocan a restaurar, digo, hacia el 30, si no estoy equivocado, se forma una Regencia trina compuesta de Mendizábal, Istúriz y Zumalacárregui...

—Basta, basta... ¿Cómo te diviertes con esos desatinos?... Yo me atengo a la realidad, y te pregunto cómo se arregla el historiador para explicarnos la guerra de Sucesión, y la disputa sangrienta entre los partidarios y los enemigos de la Ley Sálica.

—No ha habido tal guerra. Suprimiéndola de un tajo, ha revelado el historiador su profundo ingenio. Hícele yo la misma pregunta que tú me haces ahora, y como le viera en gran perplejidad para responderme, le dije: «Lástima que al *abolir* a Fernando nos dejaras aquí a su dichoso hermanito.» Y él: «Eso lo arreglo fácilmente, señor marqués.» ¿Qué se le ocurre al hombre? Rehacer el capítulo de la ejecución del Rey, agregando otros cuatro tiros para don Carlos... Ya ves de qué modo tan sencillo se deshizo el escritor de esa vergonzosa guerra civil que tanto había de afear y ennegrecer su historia. No hubo más guerra que la que te conté llamándola de Independencia, y en ella quedaron liquidadas y finiquitas todas las cuentas del absolutismo con la libertad, y del pasado con el presente. Naturalmente, como el mote o lema que encabeza la obra de *Confusio* es *Aquí que no peco*, el hombre altera fechas y lugares, modifica personas y caracteres, escamotea las figuras que le estorban, crea las que le convienen, infunde la vida en los organismos moribundos, todo lo embellece, todo lo ilumina... *(Pausa.)* ¿Qué quiere decir, Manolo, esa cara de idiota que pones oyéndome? ¿Te burlas de mis desatinos? ¿Te inspiro lástima? ¿No sabes que me revuelvo en la vulgaridad, yo, poseedor de todos los bienes materiales sin haberlos ganado por mí mismo? ¿Sabes que sufro un inmenso mal, la conciencia de no haber hecho en el mundo nada bello ni grande, nada que me diferencie del común de los hombres de mi tiempo? ¿No te he dicho mil veces que cuando me ennegrece el alma el tedio de la inacción, de la inutilidad, tengo para mi consuelo un remedio que tú no tienes, y es inflar mi globo, meterme en la barquilla, y subirme a las nubes, desde las cuales te veo como una pobre hormiga que se afana en la realidad, mientras yo respiro y gozo en las altas mentiras?

—Basta, basta... Baja un poquito, Pepe, y hablemos de...

—¿De qué? Déjame en paz. Cierto que te encargué visitar a Eufrasia... No debí darte a ti tal encargo, sino a *Confusio*, para que juntos trazaran el reinado glorioso de Isabel... ¿Qué vienes a contarme? No te escucho. Si vuelves a ver a esa desorejada de Eufrasia, le dices que se acuerde del tiempo en que ella y yo íbamos juntos por los aires... Otra cosa: ¿y de ese Iberito, has averiguado algo? Me interesa ese pájaro, que se ha soltado a volar con tanta bravura. Si yo lo encontrara, me guardaría mucho de volverlo a la jaula... Que no parece: mejor. Que estará en alguna partida de bandoleros: mejor. Que andará por los mares pirateando o contrabandeando: mejor. Que se habrá pasado al Rif y tendrá su harén: re-mejor. Todo es preferible a ser aquí teniente de Infantería, abogado picapleitos o empleado en Loterías con ocho mil reales. Las ambiciones de ocho mil reales merecen ochenta mil azotes. Admiro a ese chico que no quiere que le cuenten cómo es el mundo, y apretándose los calzones ha dicho: «Vamos a verlo.»

Entró en este punto María Ignacia, atraída de la vertiginosa cháchara de su marido, y con gesto gracioso y semblante risueño le mandó callar. Era la única persona que en él sabía calmar aquel hervor del pensamiento antes que llegase a la exaltación morbosa. Despidiose Tarfe. Saliendo con él hasta la antesala, María Ignacia le encargó que cuando Pepe se remontaba en el globo, le llamase al descenso con suaves modos, no con voces destempladas. A lo que respondió Manolo que lo más conveniente para el amigo sería cortarle toda comunicación con aquel chiflado *Confusio* que le llenaba la cabeza de disparates.

«¡Ay, no, Manolo! No está usted en lo cierto. Si no fuera por ese cuitado de *Confusio*, mi marido andaría muy mal. ¡Pobre Pepe! Entregado a sus manías en la soledad, sin un chiflado de talento que alegre su espíritu, es hombre perdido. *Confusio* es para él el oxígeno, créame usted, el oxígeno.»

Sobre estas menudencias del orden privado y otras del orden político, no más trascendentales, cayó pronto el verano, ahogando en una ola de fuego ideas, sentires y propósitos. Prim, que había llegado a Madrid en mayo, viose rodeado de mucha y diversa gente que en él veía un caudillo probable. Los españoles de la rama política y burocrática, que es la más numerosa, no pueden vivir sin capataz, es decir, sin una acción personal que supla la acción colectiva. Pero el de Reus, hombre cauto en las ocasiones que pedían cautela, como era el más arrojado cuando venía la oportunidad de obrar rápidamente, pensaba que, ante todo, debía defenderse en el Senado de las acusaciones que sobre él llovían por la retirada de México. Llegó, por fin, el momento que Prim deseaba, en diciembre del 62. Tres días duró el valiente discurso ante los senadores, que lo escucharon con la atención y el respeto que merecen los hombres que saben hacer grandes cosas, o dejar de hacerlas. Supo el general defender con maestría política y militar un acto negativo, y el que había sido héroe cautivó al Senado con las razones que dio para no desenvainar su espada victoriosa. Sobrio y elocuente estuvo el hombre, admirable en la defensa y en las réplicas que dio a los enamorados del Imperio francés, Bermúdez de Castro, don José de la Concha, los Marqueses de Novaliches y Miraflores, y otros. Y a pesar de tan dura lección, incurrimos en nuevas fanfarronadas, que tal fue, además de la anexión de Santo Domingo, la insensata campaña naval contra Chile y el Perú. En mal hora vino acá la moda imperial, con sus miriñaques primero, sus polisones después; vanidad de formas femeninas, vanidad de pompas bélicas.

Poblaron las tribunas del Senado, en las tres sesiones que duró el alegato de Prim, damas elegantes, aficionadas al torneo de la palabra, y a ver sangre de reputaciones en la candente arena parlamentaria. La Navalcarazo y la Campofresco fueron de las madrugadoras para coger buen sitio; la Belvís de la Jara y la Gamonal, que eran de libras, ocupaban cada una dos lugares, y sudaban la gota gorda en pleno diciembre. Aunque en la risueña bandada de señoras dominaba el criterio napoleónico, algunas, por agradar a la reina, se iban del lado del de los Castillejos.

Conviene mencionar aquí a una mujer hermosa, muy conocida en Madrid y sus aledaños por el carácter público de su liviandad, aunque no más liviana que las emancipadas dentro de la ley, mujer graciosa y despierta, Teresa Villaescusa, ya conocida del desocupado lector. Esta tal, con harto dolor suyo, no fue a las tribunas del Senado, porque en aquel tiempo la ilegalidad no tenía el fuero de exhibición en lugares destinados a la decencia pública; pero tuvo quien le contara *ce* por *be* todo lo que dijo Prim respondiendo a sus detractores, y devoró luego el *Diario de las Sesiones*, gustándolo como embriagadora novela o dulce poesía. Era frenética española y neta castellana; había declarado la guerra al Imperio francés en el terreno de las cuchufletas, y lanzaba toda su voluntad hacia las soluciones progresivas, sin saber lo que eran, por simpatía innata de lo nuevo y vibrante, o por concomitancias del corazón con hombre de ideas radicales. En fin, que se declaraba *masona y descamisada*, diciéndose con secreta presunción: «Amando las revoluciones, somos las mujeres más bonitas.» Así, después de despotricar donosamente contra O'Donnell y Narváez, se miraba al espejo. Y a pesar de esto, tenía debilidad por la reina; a su modo la quería, sin haberla visto nunca de cerca; disculpaba sus errores, y alababa el intenso espíritu democrático y absolutamente expansivo que la señora ponía en su existencia particular. La gloria presente y los venideros triunfos de Prim le quitaban el sentido; se revolvía contra los que le apoyaban con tibieza, y se dejaba decir: «No le defendemos resueltamente más que la reina y yo.»

En tanto el vencedor de los Castillejos y retirado de México visitó a la reina. Así doña Isabel como don Francisco se mostraron muy amables;

oyéronle referir curiosos pormenores de sus conferencias con los representantes de Francia en la expedición, y celebraron su entereza y españolismo. En sucesivas pláticas cordiales con la reina sola, sacó Prim la impresión de que Isabel acariciaba en su mente el plan de gobierno adulterado expuesto por Eufrasia. Pero el general no se dio a partido: repugnaba formar Gabinete con fianza de unos cuantos clérigos de capa corta. Esto era humillante: su ambición no se satisfacía con vanos esplendores. No quería ser pavo real, sino águila; remontaba su pensamiento a las altas cumbres, y desde allí veía el inmenso páramo que esperaba nuevas ideas que lo fertilizaran... Con certera visión de la realidad, se hizo cargo de la extensión social del bando progresista, de la fuerza que le daban la candorosa fe y el entusiasmo de sus adeptos. ¿Por qué entre esta vigorosa familia y la Corona se interponían los famosos obstáculos? Sin duda, por no tener el *Progreso* una cabeza militar. Pues si Espartero se metía en su concha de Logroño, allí estaba Prim para plantar su cabeza sobre los hombros del formidable cuerpo progresista.

En esto se metió por las puertas del mundo el año 63. Habló Prim en el Congreso, cerrando nuevamente contra los napoleónicos, y cuando menos se pensaba, cayó el Gobierno de O'Donnell, sin que se supiera por qué, ni se molestaran los ciudadanos en averiguarlo, hechos como estaban a las mutaciones telónicas del escenario político, las cuales removían el doloroso tumulto de los heridos por la cesantía o de los esperanzados de colocación. Cada crisis traía estridores de infierno y crujido de maldiciones. La bondadosa y antojadiza reina no veía ni oía nada de esto. Descuidada dormía en sus esparcimientos por la virtud de las opiatas que le daban sus mayores enemigos, que eran los más próximos, sin que una voz patriótica gritara en su oído: «Mujer, las reinas no duermen tanto.»

El pueblo, en cambio, despertaba. Muchedumbre de voces airadas o burlonas, en toda la haz de la Península desde Pirene a Calpe, contaban los desvaríos de la Corte, la inepcia de los gobiernos, el abandono en que miserablemente yacía la vida nacional, como pupila recluida por sus tutores en un rincón de la casa. Las voces resonaban en las ciudades populosas, en las villas que parecían muertas, en las aldeas labradoras. Del conjunto de ellas resultaba un zumbido de inmenso moscardón que vagaba con vuelo de ondas inciertas, aquí más tenue, allá más profundo. Si lo aventaban, sonaba más fuerte. En todo tiempo ha flotado sobre los pueblos este invisible y runflante insecto; mas nunca, en lo que llevábamos de siglo, había expresado cosas tan feas ni tanto desprecio de los altos poderes. Nadie como el amigo Beramendi tuvo el oído más despierto para entender lo que decía el moscón en aquellos días de marzo del 63. No mencionaba al nuevo Ministerio, ni a su presidente Miraflores, ni al marqués de La Habana, ministro de la Guerra, ni al de la Gobernación, don Florencio Bahamonde. Figuras insignificantes eran estas. El abejorro hablaba de más significativas personalidades, diciendo con zumbido: «Ya pareció Iberito... ya se sabe que vive y alienta el atrevido, el grande Iberito.»

X

Era verdad lo que el abejarrón, con intenso run-run, cantaba en el oído que jamás dejó de percibir la voz pública. Las primeras nuevas del endiablado chico las tuvo en marzo Maltranita por una carta sin firma ni fecha. El carácter de letra, no disimulado, declaraba la mano que la escribiera. Decía: «Alta mar a bordo del *vapor de don Ramón*. Estimado majadero: no estoy muerto. Vivo navegando y voy a donde me da la gana. Si me buscan, no parezco; si me siguen, no me cogen. Soy pez... Abur.» Otra carta de la misma letra recibieron en abril los padres, redactada en esta forma bien explícita: «Santiago Ibero y de Castro-Amézaga participa a sus buenos padres que está vivo y sano. ¿Dónde? No quieran averiguarlo.» Firmaba *Libertad*.

En cuanto Clavería tuvo conocimiento de las cartas habidas por Ibero y Maltrana, se lanzó a prolijas averiguaciones en los llamados *Centros*. De Gobernación no sacó ninguna luz; de Correos tampoco, porque la estampilla de la estafeta de origen estaba, como suele suceder, borrosa y confusa. En Marina trató de averiguar qué vapor era el que el anónimo designaba como de un *don Ramón*. ¿Era este el capitán, el armador o el consignatario? Nada se puso claro. Quedaba la esperanza de que nuevas cartas del caro vagabundo dieran luz y derrotero para cazarle o pescarle... En el tráfago de sus indagatorias, llevado además del gusto de la comidilla revolucionaria, fue a dar Clavería en la bonita, recatada y casi masónica vivienda de Teresa Villaescusa, donde buscaban cierta oscuridad para ideas y planes algunos progresistas de los llamados *de acción*, como Leal, Calvo Asensio, Muñiz,

Montemar; los militares Moriones, Gaminde y Milans del Bosch, y a veces los demócratas Figueras y García Ruiz. En aquella reunión se incubaban las de mayor fuste que habían de celebrarse en la casa de don Joaquín Aguirre o en la de Olózaga. Había levantado el Gobierno gran marejada con su aviesa circular limitando las reuniones electorales. Los agraviados vociferaban amenazando con el retraimiento; dieron un Manifiesto a la Nación, documento larguísimo, quejumbroso, de intensa amargura, en el cual no se nombraba a la reina. Esta seguía ciega y sorda. Aquel hermoso nombre que había sido emblema de libertad, alegría de los pueblos, corrompidos estaba ya en el corazón de las muchedumbres, y no sabía salir a los labios con ningún sentido respetuoso.

Triste fue aquel verano. Murió Calvo Asensio de traidora enfermedad que hubo de rendirle y acabarle en pocos días, dando con todo su vigor físico y mental en la sepultura. Era un hombre de grande empuje para la destrucción política: para el construir habría sido seguramente un hombre útil, pues en su voluntad existían seguramente las dos caras de la acción. Su talento no era florido, sino adusto, genuinamente castellano; su palabra de secano, sin verdor ni lozanía; pero sabía, como pocos, imprimir a las ideas el germen fecundo y sembrarlas luego en millares de entendimientos. No había venido, como casi todos los políticos, de los campos abogaciles: era un farmacéutico que administró a su país enérgicas drogas tónicas y estimulantes. Su farmacia se llamaba *La Iberia*.

Como no hay manera de separar aquí lo público de lo privado, digamos que la hermosa y desenvuelta Teresita Villaescusa fue atacada de la misma enfermedad que dio con Calvo Asensio en la sepultura. Pescó la pobre mujer su tifoidea en pleno verano, y con tal furia fue acometida de la terrible infección, que desde los primeros días se perdió la esperanza de sacarla adelante. Su madre, la *sutil tramposa* Manolita; su amigo contratista, González Leal, y su criada Felisa, asistíanla, rivalizando en cariño y esmero. Iban a velarla, por las noches, amigas y algún pariente; aunque la pobre con brava naturaleza se defendía del fiero mal, este podía más y se la llevaba, se la llevaba a rastras a la muerte. Espantoso era su delirio de media noche en adelante. Quería saltar de la cama; hablaba con imaginarias personas, monstruos o fantasmas; reía histéricamente, y se figuraba estar perseguida de gitanos o demonios. Repetía con absurdos trueques de nombres lo que había oído a los amigos que en los últimos meses iban a *ojalatear* a su casa. Había que oírla: «¿Ya está formado el Ministerio Prim-Gabino Tejado? No es esto, *caraflis*: es Prim-Cándido Nocedal. Este va a Gobernación, y a Fomento no se sabe: o Manuel Ruiz Zorrilla o González Bravo... No te fíes de los *neos*, Prim... Me ha dicho la reina que te quiere mucho, que eres muy bravo... Su marido es el que no te traga... Cuando seas poder, hazme a mí de la camarilla... yo quiero ser de la camarilla...» «Esos que ahora entran, ¿quién son? ¡Ah! Pepe Alcañices y el padre Claret. Adelante: ¿tanto bueno por aquí?...» «Hola, Carriquiri, ¡qué caro se vende usted!... ¿Pero qué hace? No se meta debajo de la cama, que ahí está el gitano viejo esperando a que yo me muera para llevarme a enterrar. ¡Pero si todavía no me he muerto, *caraflis*! No me entierren, que estoy viva... La reina me ha dicho que me llevarán al Escorial, donde tengo mi panteón, orilla del de los Reyes Magos... Como magos, no; de los Reyes de copas... Eh, tú, dile a Prim que le van a matar... Los gitanos le matarán como me han matado a mí... Solo que yo estoy muriéndome y resucitando a cada momento. Me da la gana de resucitar, aunque no sea más que para dar un susto a ese *neo*, a ese padre Cirilo, que allí está mirándome y saca toda la lengua para hacerme burla... Pues yo te saco la mía, que es más larga, *caraflis, caraflis*...»

Viéndola sin remedio, se determinó, por indicación del médico Augusto Miquis, darle los Sacramentos. Acogió ella con regocijo esta idea, pues en los instantes de remisión inclinaba su espíritu a lo religioso y al arreglo de su alma. La confesó el padre Laforga, hombre para el caso y de manga anchísima, que hubo de perdonar a la pobre mujer todos sus pecados; y en verdad, el arrepentimiento y contrición que mostró ella, viéndose casi cogida ya por la mano esquelética de la muerte, no eran para menos... Lleváronle después el Viático, a que asistieron devotamente don Serafín del Socobio, Rafaela Milagro y otras personas muy calificadas de la vecindad (Plaza del Ángel). Y transcurridas no muchas horas desde este magno suceso, cuando ya esperaban todos ver a Teresita dando las boqueadas, he aquí que se determina una sedación intensa, que la enferma descansa, que su cerebro se normaliza, que la muerte no llega, que pasa un día, luego una noche, con mayor descanso y alivio, y en fin... que no se muere, que no la quiere la muerte. «Nada, Teresa —le dijo Augusto Miquis al declararla fuera de peligro—, que no puedo con usted... que no hay medio de matarla como no le pegue un tiro.»

A los quince días de esto, ya en franca convalecencia, su rostro había quedado como un pábilo, y los ojos engrandecidos parecían espantarse de su propia hermosura. Cortáronle el pelo: habría pasado por un lindo muchacho enflaquecido por los afanes del estudio, o víctima de ardientes pasiones. Viéndose viva, la pobre samaritana no cabía en sí de gozo, y agasajaba su espíritu en el abrigo consolador de las ideas religiosas. Su mantenedor González Leal dispuso llevarla a Valencia en la temporada de otoño, con lo cual Teresa completaría su reparación orgánica, y además podría cumplir la promesa que en las ansias de la muerte hizo a Nuestra Señora de los Desamparados. Había ofrecido visitarla en su santuario, costeando una misa solemne y nueve rezadas en diferentes días, y de añadidura una novena con toda la suntuosidad que se pudiera... A Valencia partieron, y Teresita cumplió con creces todo lo prometido, pues su tierno corazón comúnmente se excedía en la generosidad. A las ofrendas rituales, añadió el regalar a la Virgen todas sus alhajas, quedándose con solo una sortija de poco valor. Hermosos pendientes, dos aderezos de bastante valor, tres pulseras, alfileres de pecho y otras cosillas, pasaron íntegramente al camarín y joyero de Nuestra Señora; y entendiendo que la humildad era de cajón en tales circunstancias, Teresa hizo voto de vestir durante un año hábito y correa de los Dolores. Cumplidos estos deberes de piedad, instaláronse los amantes en un risueño pueblecito de la costa.

El año marchaba con apagados pasos a su fin, sin grandes sucesos, sin más ruido que el de los ejes chillones y desengrasados de la máquina gubernamental, y el zumbar unísono del moscardón, o sea *vox populi*, monólogo de un pueblo que se aburre y se despereza en los albores de la desesperación. Prim se fue a Vichy; después pasó una temporadita en París, tomando inhalaciones de fluido europeo, y regresó a España con su amigo Carriquiri... En otoño vino la Emperatriz Eugenia a visitar a doña Isabel. Madrid acogió a la hermosa granadina con la cortesía entusiasta que merecían su ideal belleza y su rango. El 63 acabó sus días lánguidamente... Se cuenta que los mazapanes de Toledo empezaron a presentarse aquel año en la forma de culebras enroscadas. Fue moda iniciada por el amigo Labrador...

No pasaron muchos días después de la inocente diversión de los *estrechos* (entre Año Nuevo y Reyes), cuando se oyó gran estrépito cual si se derrengara una mesa y cayeran en cascos platos y botellas. Era el Ministerio del marqués de Miraflores, que caía de un empujón dado por el Senado. El respetable hombre de la *insaculación* y de los templados procederes, fue sustituido por don Lorenzo Arrazola, con Lersundi, Benavides y Moyano, todos ellos de lo que se llamaba *moderantismo histórico*.

Traían los *históricos* la idea de hacer elecciones honradas, sacando a los progresistas de su retraimiento. Cándidamente lo creyeron estos, que como pobres provincianos eran víctimas de diestros timadores. En efecto: Benavides reformó las listas electorales a petición de la gente del *Progreso*, y recomendó a los gobernadores que no fueran verdugos de los candidatos de oposición. Parecía que iban las cosas por buen camino; pero en esto se le ocurre a doña Isabel ponerse fuera de cuenta; llega el día del alumbramiento; delega sus poderes en el Rey don Francisco, y mientras Su Majestad daba a España una Infantita, ¡pataplum! abajo el Ministerio histórico, y venga otro con don Alejandro Mon a la cabeza. La subida de Mon, con Pacheco, Mayans, Cánovas y Ulloa, no era, según los progresistas, más que la descocada y provocativa erección de los infames *obstáculos*. Ya no era solo el engaño sino la burla. Prim estaba volado. Dicen que, cerrando el puño, gritó a sus amigos: «Caballeros, a conspirar.»

Lo que ordenaba Prim, tiempo hacía que lo efectuaban sus adeptos en una forma confortativa, sabrosa y reconstituyente. En grupo alegre se reunían ocho, diez o veinte amigos, y con cualquier pretexto que sirviera de pantalla, almorzaban juntos en el entresuelo de este o el otro café, o en un merendero de las Ventas. Comunicábanse así sus recelos y esperanzas, y pasaban revista a los corazones bravos con que se podía contar, en este y el otro punto, para un nacional alzamiento. Eran los *ojalateros* de la libertad. Pero llegó un día en que pensaron algunos, luego muchos, y por fin todos, que de aquellas comilonas parciales y desperdigadas debían hacer una sola tan grande, que fuera ostentación o parada del vigor de la comunidad, y catálogo de la innumerable gente que la componía. Esta idea cuajó del modo más feliz en el monstruoso banquete de los Campos Elíseos, el 3 de mayo de 1864, fecha memorable, porque lo que allí comieron y hablaron tres mil personas, venidas de todas las regiones de España, se le indigestó al Gobierno y a los altos poderes. Prim, en una perorata fulgurante, pronosticó que los *obstáculos* serían arrollados dentro de dos años y un día. Clamó la multitud arrebatada por tan arrogante vaticinio.

Ofrecía la explanada del teatro un conjunto soberbio, de grandeza imponente, casi aterradora. Bajo toldos mal empalmados que daban paso a rayos del Sol, se tendían las mesas para tres mil españoles, inhabilitados infamemente como raza maldita para toda función política en la patria común. Entre ellos había no pocos hombres respetables, cargados de méritos; muchos que atesoraban saber y cultura; la gran masa era gente honrada, crédula, generosa, sin las cuquerías y malas mañas de los políticos de oficio. Representaban la fuerza social más grande que aquí se había visto reunida y alineada en son de batalla. Sin pronunciar una sola palabra subversiva, sin ultrajar a nadie, ni poner en su queja más que una ligera inflexión de amargura, solo con el respirar, solo con la multiplicidad ingente de los rostros, en que dominaba la expresión bonachona, produjeron en las clases privilegiadas y en todo lo de arriba un hondo miedo, el vértigo de los abismos.

Una sola desafinación turbó la armonía de aquel gran concurso. Olózaga no estuvo feliz al regatear a Espartero, con eufemismos corteses, el Pontificado de la Libertad. Terminó, pues, la reunión con una disonancia de pareceres sobre punto tan importante. Esta fue la única sombra que aprovechar pudieron los de arriba para aliviarse el miedo... No asistió Manolo Tarfe al banquete, por impedírselo su pudor de unionista; pero bien cerca estuvo, dentro del perímetro de los Campos. Terminada la función, corrió a dar a su amigo Beramendi cuenta de todo, y este, oída la descripción del lugar y del ágape solemne, dijo así: «Por grande y decorosa que haya sido la solemnidad de esa cuchipanda, no se la puede comparar con la fiesta majestuosa de la *Federación de los Estados hispanos*, celebrada en mayo del cuarenta y tantos (del pico no me acuerdo), en el espacio comprendido desde la Puerta de Atocha hasta la de Recoletos, según se describe en el capítulo XXIV de la *Historia lógico-natural*. De todas las ciudades, provincias y reinos vinieron los síndicos, procuradores y príncipes, asistidos de numerosa representación de gremios, clases o estamentos. Era un espectáculo por demás grandioso ver tan bizarra muchedumbre, con los estandartes y oriflamas que cada cual traía, desfilando a ocupar los puestos que con arreglo a un plan lógico-topográfico se había trazado. Allí no se comía, Manolo, pues cada cual lo había hecho en su casa o donde pudo, ni los discursos se pronunciaban entre restos de tortilla o paella, o entre huesos de aceituna y palillos de dientes... Porque has de saber...

—Sigue, Pepe, que tu historia es tan bonita, que casi no parece mentirosa.

XI

—Pues has de saber, Tarfe amigo, que el comer es función doméstica, y el opinar y el resolver en lo tocante a la vida de las naciones es función pública, que forzosamente se ha de menoscabar y empequeñecer si con ella se mezclan regurgitaciones de estómagos ahítos... Sin que nadie pensara entonces en asociar los ideales políticos a la *vaca estofada*, los confederados de 1840 y tantos, hombres de gran patriotismo y de altas miras, echaron las bases de la sociedad española y la constituyeron y afianzaron para gloriosos destinos. La Asamblea de las Federaciones duró cinco días, celebrando sus sesiones al aire libre, rodeada del pueblo. Fue la más grandiosa fiesta de concordia, de paz y alegría que han visto las generaciones... Ya sabes que esto ocurría a la terminación de la cruenta y larguísima guerra civil, en la cual absolutismo y teocracia fueron reducidos a cisco impalpable, arrebatado y esparcido del viento. Pelearon los antiguos reinos, quedando al fin condensados en las dos grandes síntesis históricas de Aragón y Castilla. Reunióse la magna Asamblea para ver de construir el nuevo estado español sobre los escombros del despedazado régimen autocrático.

—Trabajillo les costaría la construcción; que los buenos demoledores abundan más que los malos arquitectos.

—No lo creas: del hervor de aquella guerra honda y salutífera, salieron hombres de empuje, hombres de iniciativa y de sólido conocimiento de las cosas. Aragón, que, como sabes, es la tierra madre del Derecho público, y el más fecundo plantel de voluntades viriles, dio de sí en aquella guerra un príncipe valeroso, tan bien dotado de ardor guerrero como de prudencia y maña para manejar la sutil máquina del Gobierno. Nació de las nobilísimas casas de Azlor y de Aragón; creció y se endureció en las batallas; se templó en el consejo de próceres maduros, confundidos con el pueblo, en cuyo corazón sano anida el sentimiento jurídico. Llamábase este príncipe Fernando María del Pilar Jaime Alfonso de Azlor y Aragón, y por tener en la cáfila de sus nombres el de la sacrosanta Virgen que idolatran los aragoneses, se le llamó siempre el Príncipe Pilar, de que luego se formó el *Pilarón*, con que figura en la Historia, nombre que a más del significado religioso y mariano, tiene el de *columna robusta*, sobre la cual puede asentarse toda la pesadumbre de un Estado. Vinieron a la Asamblea los confederados de aquel Reino con la idea de hacer proclamar a *Pilarón* (que frisaba en los veinticinco años, y era el más gallardo cachorro que podrías imaginar) príncipe de todas las Españas, con el carácter de *Soberano con las Cortes pan-ibéricas*, y siempre sometido al omnímodo poder de estas... Los castellanos alegaron el mejor derecho de su princesa Isabel. Esta niña inocente personificaba la tradición y el engranaje de Reyes que han venido calentando el trono desde los godos hasta el absoluto y nasón Fernando, ejecutado de orden de las Cortes soberana...

—Ya, ya. No repitas. Adelante.

—Tres días duró la discusión entre castellanos y aragoneses, defendiendo los unos el derecho de Isabel, otros el de Pilar o *Pilarón*, hasta que al fin, del largo discutir y del acumular razones y argumentos, salió la idea sintética, salvadora...

—Acabáramos... Ya sé... Casaron a los dos candidatos, y al trono con ellos, para que reinaran mancomunadamente, como el Fernando y la Isabel de antaño.

—Así fue. Pero has de fijarte en lo esencial, Manolo, y es que quien verdaderamente reinaba era la soberana Nación, o dígase las Cortes, y que los príncipes no tocaban más pito que el de la ejecución y aplicación de las leyes... ¿Lo quieres más claro?

—No te pido claridad, porque esas cosas inventadas, o si se quiere poéticas, más ganan que pierden envolviéndose en la oscuridad.

—Convendrás conmigo en que es más divertido escribir la historia imaginada que leer la escrita. Esta suele ser embustera, y pues en ella no encuentras la verdad real, debemos procurarnos la verdad lógica y esencialmente estética.

—Te admito tu historia *confusiana* como un licor que embelesa, transportándonos a la región de dulces ensueños.

—No te digo que no. Abstráete, y llegarás a ver en esta historia algo tan sustantivo como los mismos hechos. Todo es cuestión de ver hacia fuera o ver hacia dentro... Figúrate que han pasado mil años, y que los habitantes del planeta, en esa fecha remota, conocen las dos historias. ¿A cuál darán mas crédito: a la de *Confusio*, o a la que estarán escribiendo ahora Rico y Amat o don Antonio Flores? Yo creo que la de *Confusio* será más leída, y acabará por gozar concepto de única historia verdadera... Y si así no fuese, tendremos otra cosa mejor, y es que los caballeros de 2864 no se cuidarán de averiguar cuál es la verdadera o cuál la falsa, porque una y otra les importarán tanto como un higo chumbo... Bueno, Manolo: ya me mareo un poco en mi globo, que he dejado subir muy alto. Bajo a la tierra, bajo a la realidad, que bien pudiera ser una ilusión como otra cualquiera, y te pregunto: después de esta demostración del banquete, que es como un desafío a los *obstáculos*, ¿qué harán?... Conspirar como demonios.

—Ya están en ello hace meses. Confían en que podrán lanzarse en junio... Los trabajos en el ejército no cesan... Lo que yo te digo queda entre nosotros, Pepe. Lo sé por algo que me ha dicho Muñiz, y otro algo que he sorprendido a Lagunero. Cuentan con dos regimientos acuartelados en la Montaña: *Constitución* y *Saboya*. Manda el primero el coronel Rada.

—No se fíen... Rada es convenido de Vergara. En *Saboya* manda uno de los batallones López Guerrero, que es amigo mío.

—Y mío. Se cuenta con él incondicionalmente. El plan es que *Saboya* y *Constitución* den el grito, sorprendiendo el cuartel de San Gil y apoderándose de la artillería... En el cuartel del Soldado se sublevará *Cuenca*, que destacará un batallón al Ministerio de la Guerra y otro al cuartel del Retiro. Parece que Amable Escalante y Lagunero tienen bien trabajada a la Caballería, que se establecerá en el Prado, vigilando a los Ingenieros...

—No sigas... Todo es soñar... Muñiz y Amable Escalante sueñan, aunque de distinto modo que mi *Confusio*. Al menos los sueños de este alegran el ánimo... Verás cómo todo se disipa, cómo los comprometidos se descomprometen, cómo los vigilantes se amodorran y los valientes se acoquinan...»

Según opinaba Beramendi, abortó el *movimiento*. Pero la infatigable conspiración, como los maestros de guitarra, decía: «Patilla, cruzado y vuelta a empezar.» Prim se fue a Panticosa, y en su ausencia se le preparó otro parto con los mismos regimientos, sin que los profesores de obstetricia tuvieran más suerte que en el caso anterior. Pero se escandalizó lo bastante para que se alarmara el Gobierno: los Cuerpos sospechosos fueron trasladados a ciudades lejanas, y vinieron *Príncipe, Asturias, Isabel II,* con lo cual nada se adelantaba. Prim fue desterrado a Oviedo, que vino a ser el telar donde la urdimbre del ejército se tejía con la trama del pueblo. La tela iba cundiendo: casi se la veía y se la tocaba, violado ya el secreto que comúnmente encubre estos trabajos contra el orden establecido... De improviso, y cuando más descuidados tejían tropa y pueblo, ¡pim! cayó el Ministerio Mon. *¿Quare* causa? Nadie lo sabía, y lo que era peor, nadie lo preguntaba. Ya nos habíamos acostumbrado a que los Gobiernos cayesen y se levantasen sin otro motivo que la corazonada o el antojo de la Señora. Andaba ya esta muy confusa y amargada con las nuevas traídas de París por el Rey don Francisco, que fue a pagar la visita de la Emperatriz Eugenia. Napoleón y su mujer le habían calentado las orejas por la tenacidad con que España se negaba a reconocer el Reino de Italia, *hecho consumado* que ningún país europeo podía considerar como no existente, so pena de quedarse fuera del ruedo de las naciones. La conducta de España era sencillamente un *quijotismo intolerable*. Esto, palabra más, palabra menos, le dijeron a don Francisco de Asís los Emperadores, y lo mismo que se lo encajaron lo transmitió él a su esposa, que se llevó las manos a la augusta cabeza, repitiendo trémula y aterrada: «No puede ser, no puede ser.»

Como si lo viéramos, Isabel II comunicó inmediatamente a sus ángeles tutelares Sor Patrocinio y el padre Claret las tremendas conminaciones que don Francisco le había traído de París. Es fama que ambas personas reverendas alargaron los morros y fruncieron las cejas... Mandara Napoleón en su casa, y dejara que nuestra reina gobernara en la suya... Sostuviérase España en su acuerdo tocante al *llamado Reino de Italia*, y con la protección de la Virgen nada debía temer del concierto ni del desconcierto europeo. Claramente se vio que aquí el Gobierno constitucional era un figurón con careta grave y casaca reluciente. Solo creían en él algunos cándidos políticos, y los vagos que en la Puerta del Sol se estacionaban para ver caer la bola de la torrecilla de Gobernación... Bien puede estamparse aquí, sin temor de atropellar la verdad histórica, este breve dialoguillo:

«Narváez...

—¿Qué, Señora?

—Ahora, más que nunca, te necesito. He despedido a Mon. Fórmame un Ministerio a tu gusto. Todo te lo permito con tal que no me traigas el reconocimiento de Italia, y que me amanses a Prim y a esos endiablados progresistas.»

Cogió Narváez el timón del averiado cachucho del Estado, después de meter en él a González Bravo, a Llorente, a Alcalá Galiano, al general Córdova y a otros de menos fuste... Hombre muy ducho en política, y bastante lince para ver el nublado que se venía encima, levantó el destierro de Prim y anuló los traslados de algunos coroneles y tenientes coroneles. Por mediación de Córdova, mientras este permaneció en el Ministerio, después valiéndose de Carriquiri y Salamanca, negoció con el de Reus, empezando por ponerse en un buen terreno de conciliación; condonó las multas por delitos de imprenta, y levantó las penas recaídas sobre algunos periodistas. Vacilaron los del *Progreso*, sensibles a estos halagos; no pocos se inclinaron a que cesara el retraimiento; pero dominó al fin la opinión viril que preconizaba la retirada al Aventino, y el Manifiesto de 20 de noviembre quitó a Narváez y a la reina toda esperanza de encadenar por buenas a la Libertad, y amarrarla a una pata del trono, donde podrían escupirla reverendamente los tutelares ángeles de Isabel.

«No cogeréis al monstruo en trampa ni con lazo —dijo Beramendi a Eufrasia una noche en casa de la Campofresco—. Ahora va de veras. No puede Isabel impunemente renegar de la idea que tuvo más fuerza que las espadas para llevarla al trono y asegurarla en él. Aconséjala tú, gran filósofa; dile que deseche el terror del Infierno, que sus culpas no son tan graves como ella cree o le hacen creer los que viven y medran a la sombra del miedo de la Majestad pecadora. Culpa mayor que todas las culpas es el desprecio que hace de los intereses y de la vida de su pueblo. Si quiere ir al Cielo, no nos haga un pisto con su conciencia, que es toda suya, y su corona, que es suya y nuestra.

—Su alma es muy compleja, Pepe, y cuantas veces intenté dirigirla por mejor camino del que lleva, me dejó mal. Es bondadosa, es generosa; pero se diría que nació y la criaron en la calle de Embajadores. Tiene todas las supersticiones de la mujer del pueblo... No creas que teme a los progresistas: a Prim le quiere, le daría con gusto el poder... Haría ministros a Sagasta, a Fernández de los Ríos, a Montemar... Todos esos que escriben no le inspiran cuidado... A Olózaga sí le teme más que al cólera. Ya sabes que ese no se recata para decir que es abiertamente antidinástico... Pero el mayor temor de doña Isabel, ¿sabes cuál es? La Democracia... Esos hombres que te hablan de república como de la cosa más natural del mundo, y se atreven a poner en sus programas nada menos que la libertad del pensamiento; ese Rivero, ese Figueras, ese García Ruiz, ese Becerra, y otros que dicen con toda la poca vergüenza del mundo: "Soy demagogo". Pues yo, qué quieres, en esto le doy la razón a la reina y participo de su temor. ¿Quién te dice que, llamado Prim al poder, no vendrá, tras de la turba progresista, la *ola democrática* que arramblará por todo?

—Ya pareció la *ola*. ¿Dónde te has dejado la *piqueta incendiaria* y la *tea demoledora*?... Al revés he querido decirlo.

—Al revés o al derecho, ya verás, Pepe, cómo Narváez se entiende con Prim, y lo del retraimiento será una broma... Te apuesto lo que quieras.

—Yo no apuesto contigo, porque siempre te gano y nunca me pagas. Tienes conmigo una deuda enorme.

—¿Qué te debo, pillastre?

—La reputación de virtud que te estoy formando a fuerza de mentiras.

—Cállate la boca, tontaina, que estás bien pagado con el bombo que te doy cuando hablo de ti con tu mujer.

—Inútiles embustes. Mi mujer no te cree.»

Nada más hablaron aquella noche. Adelante. Dice la *Historia ilógica y artificial* que González Bravo hizo unas eleccioncitas como para él solo, sacando de las urnas con suave mano una mayoría de carneros, con perdón, todos de familia y marca moderada; pocos unionistas, y ni un solo borrego progresista, por más lazos que tendió para coger alguno. Y del mismo modo metió en el Senado una hornada o hato de morruecos que le aseguraban la sumisión del llamado Alto Cuerpo. Cogió doña Isabel el cielo con las manos, viendo que Narváez no le abría camino para amansar al furioso *Progreso*... Nada, nada: había que licenciar a Narváez. Esto pensó dos días antes de reunirse las nuevas Cortes, y como lo pensó lo hizo, molesta y agriada, no solo por lo expuesto, sino porque Narváez había decidido el abandono de Santo Domingo, único remate posible de tan dispendiosa guerra. Sin temor de atropellar la verdad, puede estamparse aquí otro breve dialoguillo:

«Istúriz...

—¿Qué, Señora?

—Narváez me ha engañado; tengo que prescindir de él. Además, no estoy conforme con el abandono de Santo Domingo. Me formarás un Ministerio con elementos unionistas que no estén muy gastados...

—¿Yo, Señora...? Yo...»

El anciano ilustre, que tan grandes servicios había prestado a la Monarquía española, así en la política como en la diplomacia, vacilaba entre el respeto y su desgana de prestarse nuevamente a tales obras de pastelería pública. Hombre de vastísima ilustración, volteriano de añadidura, no había sido nunca más que el remedión de todas las situaciones de difícil salida, y el constructor de Ministerios-puentes para pasar de una orilla a otra. Y cuando el amador platónico y puro de la reina Cristina ya descansaba tranquilo en su Presidencia del Consejo de Estado, la voluntariosa reina le pedía que viniese a armar otra pasadera. No le valieron las excusas con que su modestia y cansancio quisieron eludir el encargo; su exquisita amabilidad y dulzura le perdieron.

«Nada, nada: te pido este favor y no has de negármelo. Mañana a esta hora me traerás la lista de tu Ministerio.»

Pasadas veinticuatro horas, llegó a Palacio el bueno de don Javier con la lista de ministros.

«¿Está completa? ¿A ver, a ver...?

—Ros de Olano, Salaverría, Bermúdez de Castro, Calderón Collantes, el general Ibarra, don Isidro Argüelles...

—Bien, bien: estoy conforme. ¿Qué hora es? Las doce. Pues a las tres en punto pueden venir a jurar.»

A las tres menos cuarto:

«Istúriz...

—¿Qué, Señora?

—Que no hay nada de aquello. Ha venido Narváez... ¡Ay, qué cosas me ha dicho!... Dejémoslo para otra ocasión.

—¡Ay, dejémoslo!... Respiro.»

Al día siguiente se reunieron las Cortes, y se presentó a ellas el Gobierno que con suave tirón electoral las había traído.

XII

La figura de Prim, que en la mente de muchos tomaba proporciones no comunes, por la firmeza con que seguía contra viento y marea un plan político esencialmente negativo y demoledor, permanecía indecisa, vagamente apreciada por los ojos de la muchedumbre. Perdíase la figura en sombras lejanas. Por un momento salía entre relámpagos que iluminaban una fase de su persona, y a esconderse volvía como fantasma obediente al canto del gallo, o a las campanadas de media noche. No había llegado el tiempo de su desembozada presencia en el mundo; pero los días tediosos, de ansiedad incierta y vagas esperanzas, anunciaban el día luminoso de Prim.

No así Castelar, que en aquellos años brillaba con todo su esplendor en el zenit mental de España. Su oratoria opulenta, de lozanía plateresca, exuberante de formas paganas enlazadas graciosamente con formas góticas, enloquecía los cerebros juveniles. En el Ateneo y en la Universidad, aquel supremo artista de la palabra construía la arquitectura espléndida de sus discursos, nunca fatigosos por largos que fueran, áureos y relumbrantes de piedras preciosas como la Custodia de Toledo, como ella gentiles y teológicos. Gente había que admiraba su retórica y ponía en cuarentena sus ideas, viendo en ellas un ariete contra las posiciones, los privilegios y las sinecuras; otros lo aceptaban todo y alababan fondo y forma. La doctrina democrática iba con tal apóstol penetrando en los entendimientos, y extendiéndose por ciudades y campos como los sones de un órgano potente. El alma de los pueblos gusta de esta música oratoria, y se abre con embeleso a las ideas expresadas con ritmo y cadencia. Siempre hubo poetas que enseñaron las verdades; siempre la música política y filosófica precedió a las grandes mudanzas en el ser de las naciones.

El Ateneo era entonces como un templo intelectual, establecido, por no haber mejor sitio, en una casa burguesa de las más prosaicas, donde se hicieron naves, presbiterio y capillas a fuerza de derribar tabiques, suprimiendo alcobas y gabinetes para formar espacios donde la multitud pudiera congregarse. Era una iglesia pobre, una casa holgona, donde años antes habían vivido señores enriquecidos en el comercio, y que nunca supieron ni una palabra de Filosofía ni de Literatura ni de Historia. Y con ser tan chabacano el edificio, y tan mísero de belleza arquitectónica, tenía un ambiente de seriedad pensativa propicio al estudio, y sus techos desnudos daban sombra semejante a la de los pórticos de Academos. Iban allí personas de todas edades, jóvenes y viejos, de diferentes ideas, dominando los liberales y demócratas, y los moderados que habían afinado con viajatas al extranjero su cultura; iban también *neos*, no de los enfurruñados e intolerantes; las disputas eran siempre corteses, y la fraternidad suavizaba el vuelo agresivo de las opiniones opuestas. Sobre las divergencias de criterio fluctuaba, como el espíritu de una madre cariñosa, la estimación general.

Entrábase, por la calle de la Montera, a un portal amplio que, si no estuviera blanqueado y limpio, sería igual a los de las posadas de la Cava Baja. A mano derecha, la escalera nada monumental conducía en dos tramos al piso primero; una mampara de hule claveteado daba ingreso al templo. Pasado el vestíbulo en que hacían guarda el conserje y porteros, llegábase a un luengo y anchuroso callejón pasillo, harto oscuro de día, de noche alumbrado por mecheros de gas. Divanes de muelles que ablandó la pesadumbre de tantos cuerpos, convidaban al descanso a un lado y otro, y en las cabeceras del extenso corredor. En verano, no faltaba un botijo en algún rincón, y en invierno los paseantes medían de dos en dos, con las manos a la espalda, la dilatada estera de cordoncillo. Andando en la dirección de la Red de San Luis, a la izquierda caían la sala que llamaban *Senado*, con balcones a la calle; la Biblioteca y una salita de conversación; a la derecha, el paso a los salones de Lectura y al de Sesiones... Más abajo, en derechura de la Puerta del Sol, abríase un pasadizo estrecho que a las estancias inferiores y de servicio conducía. En el *Senado* hacían tertulia señores respetables, fijos en los divanes como las ostras en su banco, y otros que entraban y salían parándose un rato a platicar con los viejos. Comúnmente allí no se trataba de asuntos técnicos ni didácticos, sino de los sucesos del día, que siempre daban pie a ingeniosas aplicaciones de los principios inmutables.

En la Biblioteca, carpetas para escribir y leer, estantería de estas que se estilan en las casas burguesas para guardar libros que no se leen nunca: allí se leía, sí; pero los libros tenían cierto aire de no querer dejarse leer, prefiriendo su cómodo resguardo entre cristales. En el fondo de la sala, apenas visible por el estorbo de las altas carpetas, se acurrucaba un hombre. En invierno se inclinaba tarde y noche sobre un brasero, puestos los pies en la tarima; en todo tiempo tomaba café a ciertas horas... Café traído del café y en vaso. Era don José Moreno Nieto, para quien la Biblioteca que regentaba era poca cosa en comparación de la que él tenía en su cabeza. Había metido en ella todos los sistemas filosóficos conocidos y los que aún estaban por conocer. A esta desaforada erudición correspondían una facilidad, una fluidez de palabra como el chorro de fuente inagotable. Más meritorio debía de ser en él el silencio que la elocuencia, pues esta le salía de la boca sin esfuerzo alguno, como la constante erupción de un entendimiento que no cabe en sí mismo. Era de corta estatura, picado de viruelas, erizado el bigote, el pelo echado hacia atrás. Solo, callado y sin oyentes, hablaba con la movilidad de su temperamento nervioso, con el espíritu que no esperaba la palabra para salirse por los ojos. No existió jamás hombre más puro, de más recta conciencia, ni una vida en que tan bien incrustadas estuvieran, una dentro de otra, la filosofía sabida y la virtud practicada.

El salón o salones de lectura eran un gran espacio irregular compuesto de dos distintas crujías, comunicadas una con otra por arcadas de fábrica, con buenas luces al patio interior; recinto vulgar, que lo mismo habría servido para obrador de modistas que para cajas de imprenta, o para capilla protestante. Largas mesas ofrecían a los socios toda la prensa de Madrid y mucha de provincias, lo mejor de la extranjera, revistas científicas, ilustradas o no, de todos los países. Era un comedero intelectual inmensamente variado, en que cada cual encontraba el manjar más de su gusto. En aquel recinto blanco, luminoso, beatífico, sin más adorno que algún mapa o cuadros de estadística, habitaba como huésped fijo un silencio de paz y reflexión, y al amparo de él se apiñaban los lectores, todos a lo suyo, sin cuidarse ninguno de los demás. Nadie interrumpía con vanos cuchicheos aquella tranquilidad devorante de gusanos de seda, agarrados a las hojas de morera. Oíase no más que el voltear de las hojas de los periódicos, armados en bastones para más comodidad del leyente.

Allí se veían extraños tipos de tragadores de lectura. Un señor había que agarraba el *Times* y no lo dejaba en tres horas. Otro tenía la manía de coger seis u ocho periódicos de los más leídos, se sentaba sobre ellos, y los iba sacando uno por uno de debajo de las nalgas, y dejándolos en la mesona conforme los leía. Otros picaban aquí y allí, en pie; los más comían sentados, sin quitar los ojos del plato exquisito como buenos gastrónomos. Por aquel vasto local desfilaron todas las celebridades literarias y políticas del siglo, sin excluir buena parte de las militares. Los que recordaban a Martínez de la Rosa leyendo *Le Journal des Debats*, veían casi a diario, en los días de esta historia, a don Antonio Alcalá Galiano recreándose con las donosas caricaturas del *Punch*, y explicando el texto de ellas, poco inteligible para los que no habían hablado el inglés en la propia Inglaterra. El buen señor, ya viejo, de cara fosca y larga, enfundado en luengo gabán gris, entraba paso a paso y se situaba en la mesa de las Revistas; hojeaba algunas, picando aquí y allí, buscando las mejores golosinas en la bandeja de los conocimientos novísimos. El ruedo de admiradores que junto a él en ocasiones se formaba, oía su palabra ronca, que aun en lo familiar tiraba siempre a lo oratorio, engalanada con las formas gramaticales más perfectas. En la ironía sazonada no hubo maestro que le igualase, y a veces su intención dejaba tamañitos a los toros de Miura.

También iba alguna vez don Antonio Ríos Rosas, que a los jóvenes imponía respeto con su cara de tigre, y su entrada silenciosa, el andar lento, sin hablar con nadie, hacia el salón de lectura. No picaba, como Alcalá Galiano, en diferentes revistas, sino que cogía una sola, el *Correspondant* o la de *Ambos Mundos*, y metódicamente se tragaba uno de aquellos ingentes estudios de arte político o de controversia religiosa. Este y otros señores graves no iban más que a leer, y rara vez entraban en los sitios de tertulia, como otros ancianos o jóvenes maduros, que amaban el sabroso toma y daca de la controversia. Fermín Gonzalo Morón, en el declinar de sus años, el padre Sánchez, en su madura existencia vigorosa, se pirraban por armar altercados con la juventud en el pasillo o en el *Senado*. Entre la muchedumbre de hombres hechos, bullían mozos en formación para personajes, estudiantones ávidos de aprender, que se ejercitaban en la intelectual esgrima, tirando a perorar y a discutir con los espadachines mayores; los había también tímidos, que laboraban en la muda gimnasia de la observación y la lectura. Para que nada faltase, había un grupo de cubanos que exponían sus ideas de autonomía y aun de emancipación de las Antillas, sin que nadie de ello se asustara.

En aquel espacio, no más grande que el de una mediana iglesia, cabía toda la selva de los conocimientos que entonces prevalecían en el mundo, y allí se condensaba la mayor parte de la acción cerebral de la gente hispánica. Era la gran logia de la inteligencia que había venido a desbancar las antiguas, ya desacreditadas, como generadoras de la acción iracunda, inconsciente. Por su carácter de cantón neutral, o de templo libre y tolerante, donde cambian todos los dogmas filosóficos, literarios y científicos, fue llamado el Ateneo la *Holanda española*. En aquella Holanda se refugiaba la libre conciencia; lo demás del ser español quedaba fuera del vulgarísimo zaguán del 22 de la calle de la Montera.

En los primeros días de abril de aquel año (andábamos en el 65) creció la animación en las tertulias y mentideros de la ilustre casa. Las cháchara rumorosas casi llegaron a invadir el primer espacio del sosegado Salón de Lectura, y aun llegó algún eco de ellos al de las Sesiones o Cátedras, donde unas noches explicaba *Paleontología* el sabio geólogo señor Vilanova, y otras hacía Gabriel Rodríguez la crítica acerba del *Sistema protector*. El *Senado* dio por agotado el tema de la encíclica *Quanta cura*, en que Pío IX condenaba el liberalismo y lo hacía responsable de todos los males que afligían a la humanidad. ¿Cómo habían de gobernar a España los liberales, si su doctrina era pecado? Declarándolo así, el santo padre nos exhortaba paternalmente a dejarnos gobernar por él.

Sucedió en aquellos días que la reina doña Isabel cedió al Estado el 75 por 100 de algunos bienes del Patrimonio que debían venderse para socorro de la Hacienda pública. En esto iba comprendida una parte del bajo Retiro, entre la Puerta de Alcalá y el Prado. Vieron algunos en esto una martingala en que salía beneficiada la Casa Real; los ministeriales dieron en sus periódicos un descomunal bombo al proceder de la reina, y Castelar soltó en *La*

Discusión un artículo titulado *El Rasgo*, que puso de uñas a toda la caterva moderada y palatina. ¡Vaya un escándalo! Ciego y disparado de coraje, el Gobierno privó a Castelar de su cátedra de Historia en la Universidad, ganada por oposición. Rezongó el Claustro, chillaron con furiosa algarabía los estudiantes. ¿Cómo no había de repercutir este nervioso estremecimiento escolar en las circunvoluciones del Ateneo, la bóveda pensante?

Aquella noche (primera semana de abril) restallaban en el *Senado* diálogos vibrantes. Salió al pasillo Moreno Nieto, y rodeado al punto de muchachos, les dijo que la cátedra ganada por oposición es propiedad más sagrada que la camisa que llevamos puesta. En su opinión, las demasías de los Gobiernos autocráticos proceden siempre de una levadura demagógica. González Bravo fue siempre un demagogo, y ni él ni Narváez tenían idea de las funciones augustas del Profesorado. Los jóvenes no se recataban para soltar ante don José las opiniones más radicales: la bondad del maestro les daba confianza para todo. En esto llegó el padre Sánchez, que venía del Salón de Lectura, y antes que le preguntaran su opinión, dijo a los muchachos, a don José y a Ramos Calderón, que en aquel momento se incorporó al grupo: «Soy enemigo de Castelar, y de su democracia y de su lirismo histórico y político. Pero reconozco que es un atropello quitarle su cátedra por un artículo de periódico... Y esto traerá cola. Acabo de hablar con Montalbán. Dice que será firme defensor de la dignidad universitaria, y que no dará curso a la destitución de Castelar.»

Apenas dicho esto, vieron salir del Salón de Lectura, pasito a paso, a un anciano de afeitado rostro, dejando en su maxilar la menor cantidad de patillas blancas. Usaba gafas de présbita, muy fuertes; andaba con precaución, y sus plegados ojos no respondían de reconocer lo que miraban. Era el Rector de la Universidad... Saludáronle; contestó él con ligera inclinación, y ninguno se atrevió a interrogarle, porque pudo más el respeto que la curiosidad. Al día siguiente apareció en la *Gaceta* la destitución de Montalbán y el nombramiento del marqués de Zafra, que fue como prender fuego a la hoguera del enojo estudiantil y desatar sobre ella un huracán. Se necesitaba poco en aquellos días para que una pavesa se trocara en incendio, un juego de chicos en motín pavoroso.

XIII

Movidos los estudiantes de un pensamiento generoso, que era proyección del pensamiento general, resolvieron obsequiar con una serenata al Rector saliente. Pedido y otorgado por el gobernador el necesario permiso, se dispuso la música para las nueve de la noche, y un público espeso acudió a la calle de Santa Clara con bullicio y animación de fiesta. Si la serenata era en aquella ocasión un acto corriente y usual como otros de la misma índole y objeto, ¿por qué a presenciarla y a gozar de ella acudía tan inmenso gentío? Beramendi, que con su amigo Guillermo de Aransis asomó las narices por las inmediaciones del teatro de Oriente, sin otro móvil que curiosear, dijo así: «Cuando un pueblo tiene metido el motín en el alma, basta que se reúnan dieciséis personas para que salgan dieciséis mil a ver qué pasa.»

No obstante, motivo no había para temer desórdenes... De improviso vieron los amigos que se arremolinaba la multitud. A la claridad de los farolillos de los atriles, junto a los cuales estaban los músicos, algunos con la boca pegada ya a los instrumentos, se vio que los guardias de seguridad mandaban suspender la tocata... ¡A enfundar los instrumentos, a recoger los atriles, y a casa todo el mundo! ¿Serenata dijiste? No fue mala la que dieron los silbidos de la muchedumbre, el maldecir a la política, y el prorrumpir hombres y mujeres en soeces injurias contra el Gobierno. Resguardáronse Beramendi y Aransis del empuje de la turba enojada, que retrocedía enroscándose como culebra, y arrimados estaban a la pared, no lejos de la calle de la Escalinata, cuando se les plantaron delante dos mujeres gritando y manoteando. Eran las *Hermosillas*, dos hermanas de vida airosa o aireada, guapas: la mayor, Rafaela, ya marchita; Generosa, todavía bien redondeada. En su vivir azaroso, vestían a la moda señoril o a la de pueblo, según el estado de su voluble hacienda. Aquella noche iban en la forma más achulapada; habían salido de sus madrigueras con la idea de que era noche de libertad y palos. En los barrios del Sur eran conocidas con el apodo de *las Zorreras*, por ser hijas de un fabricante y vendedor de zorros que figuró en la revolución del 54. A Guillermo de Aransis conocía la mayor, por pasajeros tratos, y con Beramendi había tenido Generosa algún encuentro no casual, grato sí, pero pronto olvidado.

Abordaron a los dos caballeros sin miramiento alguno, saltando de golpe enorme distancia social, y Rafaela interpeló a Guillermo en los términos de la mayor confianza... En tanto, Beramendi les decía: «¿Qué hacéis aquí, oh mujeres del bronce? ¿No teméis que os estrujen?

—Ya estamos bastante estrujadas.

—¿Y que os pisen?

—¡Más pisadas de lo que estamos...!

—Idos a casa, que os puede alcanzar algún palo, sin querer.

—O queriendo... Que *haiga* palos, don José. Para eso hemos salido, para verlo.

—Os han dejado sin serenata... Fastidiaos.

—Nos ha dicho un chico de Farmacia que ha sido por un *rasgo* que echó Castelar.

—El Gobierno hace bien en no permitir escándalos. Con pretexto de una serenata, salen a rebuznar los revoltosos de oficio.

—¡Pues, hijo! ¿También tú, Guillermito, sales a la defensa de ese perro de González Bravo?

—¿Pero qué os ha hecho a vosotras el bueno de don Luis, que os permite corretear a todas horas?

—¡Así le den morcilla... Así reviente! ¡Vaya con el tío!

—Que lo arrastre el pueblo. ¡Que lo pinchen y lo mechen, hasta que veamos correr por el arroyo la última gota de su sangre!

—¿Y la sangre del tigre de Narváez, para cuándo la dejas?

—Ea, seguid... No va por ahí poca patulea...

—Seguiremos... que estamos llamando la atención.

—Podían decir: "¡Vaya, qué amigas tienen esos caballeros!". Guillermo, abur.

—Adiós, don José... Cuidarse. Lo primero es la salud.»

Por los claros de la multitud defraudada, rugiente, avanzaron los dos caballeros. ¿A dónde irían a pasar la prima noche? «Vámonos al Ateneo —Propuso Beramendi, pensando que allí oirían buenas cosas, por ser aquella trapatiesta obra de estudiantes y profesores.» Apenas entraron en el largo pasillo, vieron grupos que comentaban con viveza lo que los dos caballeros habían visto en la calle. Una de las primeras personas con quienes topó Beramendi en el grupo más próximo, fue su hermano Gregorio García Fajardo, el cual era en el palacio de la inteligencia parroquiano reciente, novato fresco.

En cuanto la usura le dio riqueza bastante para pavonearse en la sociedad, el primer cuidado de Gregorio fue abonarse al Real y hacerse socio del Ateneo. Así, su esposa Segismunda se daba en público el lustre correspondiente a su improvisada posición, y él se barnizaba con unos toques de cultura, indispensables para figurar dignamente en el círculo de hombres de negocios y grandes capitalistas. Pensaba que su persona adquiría respetabilidad e importancia poniéndose a leer *La Época* u otro periódico de los grandes, y teniéndolo un buen rato desplegado ante los ojos en toda su extensión tipográfica. Y era también cosa muy entonada, como la buena ropa, llegar al café y decir: «Vengo del Ateneo de oír la conferencia que nos ha dado Moreno Nieto sobre *El estado actual del pensamiento europeo.* ¡Qué discurso, señores... qué hombre tan pensador!»

Apenas los dos caballeros se agregaron al grupo, Gregorio Fajardo soltó esta grave opinión: «De todo esto tiene la culpa ese loquinario de Prim, que ha soliviantado a los progresistas, los progresistas a los demócratas, y estos al populacho y a los estudiantes. También digo una cosa: yo González Bravo, no habría consentido que el gobernador diera permiso para esa cencerrada o serenata... Ha sido una pitada horrible dar el permiso y luego prohibir la música... Y digo más, señores: yo Narváez, no hubiera destituido al Rector, que es un anciano; a Castelar sí... porque la democracia es una perturbación, y no está preparado el país para esas novedades... Yo doña Isabel, daría el poder a los progresistas, para que se desacreditaran de una vez... Tres o cuatro meses de gobierno nos librarían de ese fantasma...»

Antes que el orador terminase, apareció el padre Sánchez en el grupo. A una interrogación cariñosa de Beramendi sobre el suceso del día, el buen cura don Miguel se expresó con esta ruda sinceridad: «Son tan torpes estos moderados, que ni saben ser déspotas. Narváez ha perdido los papeles. Ustedes dicen: ya no hay liberales. Yo digo: ya no hay tiranos. Exponerse a un conflicto grave, a una crisis, a un trastorno político, porque toquen o dejen de tocar cuatro músicos sus trombones y clarinetes delante de un rector, es lo último que me quedaba que ver para comprobar nuestra decadencia. Yo les diría a los estudiantes: «Señores estudiantes, ahí tienen ustedes todas las bandas de la guarnición de Madrid. Llévenlas a la calle de Santa Clara, y que estén tocando siete días con sus noches...» Y dicen ustedes: "¡Inicua represión!". Ya sabemos todos que aquí conspira todo el mundo, paisanos y militares, de la manera más descarada. Hasta los chiquillos le dicen a usted: "*Constitución* está comprometido... *Arapiles* está al caer... Se cuenta con el *Inmemorial del Rey*". ¿Saben ustedes de muchos coroneles y tenientes coroneles, de muchos progresistas y demócratas, que hayan ido a aprender el camino de Fernando Poo?»

Rivero, que entra y pasa junto al corrillo, oye, se detiene, se agrega. En su cara de gladiador, tostada, terriblemente enérgica, brota con chispa fugaz una sonrisa. Con un periódico que doblado trae en la mano, golpea el hombro del sacerdote ateneísta, y dice: «A Fernando Poo nos quiere mandar este cura... Pues el que va a ir pronto a Fernando Poo es usted, don Miguel, y no le mandará González Bravo, sino yo, yo.

—No digo que así no sea, don Nicolás. Las Democracias fueron siempre más tiránicas que las Monarquías.

—Pero nunca tanto como la Iglesia.

—Poco a poco, don Nicolás...

—La Iglesia, la primera y más sanguinaria opresora del mundo. Lo discutiremos cuando usted quiera.

—Ahora mismo.»

Enredose la discusión, elevándose de un vuelo a las altas regiones, que en aquella casa (pórticos de *Academos*) lo que empezaba en disputa familiar concluía por guerra de principios... Aransis se había separado del grupo, y aparte parloteaba con un diplomático amigo suyo, que quería saber la impresión producida en Viena por la Encíclica *Quanta cura* y el *Syllabus*. Díjole Guillermo que las cuestiones romanas interesaban poco en Austria. Toda la atención estaba en el problema internacional. Debilitado el Imperio por la pérdida de Lombardía y el Véneto, buscaba medio de fortalecerse con las alianzas. La Cancillería austríaca gestionaba secretamente una alianza ofensiva y defensiva de Austria, Francia, Italia y España, contra Prusia, que se crecía y engallaba, amenazando a Francia por el Rhin, y al Austria en la frontera de Bohemia. A la sordina trabajaba el zorro de Antonelli contra este pacto. Todo menos robustecer a Italia. Para Roma, el peligro más visible de tal alianza era que los Estados del Papa perderían el amparo de Francia. Y España, ¿qué vela llevaba en este entierro? Ninguna, porque la Santa Sede, que se consideraba dueña de la voluntad de Isabel II, no consentía que nuestro país entrase en tal combinación, y por de pronto se le prohibía, como caso de conciencia, el reconocimiento del reino de Italia...

Y como en aquella casa, que no solo era los *pórticos*, sino también los *portales de Academos*, se trataban todas las cuestiones, así las más elevadas como las más humildes y familiares, Pepe Beramendi, viendo salir del Salón de Lectura a un amigo suyo, militar, se fue derecho a él, abandonando el corro en que el padre Sánchez y don Nicolás Rivero acometían un tema histórico tan claro como la inmortalidad del cangrejo. Arrimados a un sitio solitario, Beramendi y el militar, que era joven, vestía de paisano y usaba lentes, hablaron así:

«¿Pavía, eh?... perdone un momento. ¿Sabe usted algo de Clavería? Hace dos semanas que no se le ve en el Casino ni en ninguna parte.

—Creo que está en Valencia.

—¿Preparan algo allí?

—No sé... *(La sonrisa del militar más bien indica discreción que ignorancia.)* No he dicho nada... tampoco aseguro que esté Clavería en Valencia, sino que allá pensó ir. Me lo dijo Teresa Villaescusa.

—¿Pero está aquí Teresa?

—Estuvo unos días... Muy bien de salud.

—Algo tronada, según oí.

—González Leal está rebañando las ollas de su fortuna.

—Pobre, conspirará con más fe... Otra cosa: ¿y Prim, está aquí? *(Afirmación del militar.)* ¿No habrá este verano *tirada de patos* en la Albufera?

—No sé... *(Vacilando.)* Creo que no... En fin, ya veremos.

—Habrá tirada... Crea usted que todos los patos la deseamos. *(Sonrisa del militar.)* ¿Y qué piensa usted de este revoltijo de los estudiantes?

—Que es una chiquillada. Yo lo arreglaría con las mangas de riego.

—Yo con el himno... Con el himno de Riego. Verá usted cómo viene a parar ahí.

—¡Quién sabe! Todas las revoluciones empiezan con música...

—Y con música acaban. Son un emparedado musical... Con los tiros en medio.»

A cada hora se animaban más el pasillo y el *Senado*. No eran pocos los que opinaban, como el teniente coronel Pavía, que contra la estudiantil asonada bastaba la artillería de las mangas de riego. Otros creían ver ya chorros de sangre; quizás los deseaban... Con tal que no fuera la suya la que se derramase... Pasó el día 9, que era domingo, sin grandes novedades por estar cerrada la Universidad, y el lunes 10, día en que celebran su santo los profetas Daniel y Ezequiel, presentó antes de mediodía síntomas de borrasca. La tarde fue bochornosa, relampagueante. Todo Madrid divagaba en las calles, con la esperanza, el temor y el deseo de sucesos trágicos. El menor ruido hacía correr a los transeúntes. En la Puerta del Sol grupos de gente risueña con grupos de gente ceñuda se cruzaban. Creyérase que aquellos decían a estos: «Atreveos. ¿Qué teméis? Aquí estamos nosotros para elogiaros y decir que sois la salvación de la patria.» Los grupos risueños requerían los portales a la menor ondulación de los que venían ceñudos.

Poco después de anochecido, los rincones y salas del Ateneo presentaban la propia animación que en la noche del sábado. Beramendi, que acudió también al olor de las noticias motinescas, no encontró allí a su hermano Gregorio, sino que fue con él. Dígase entre paréntesis que, existiendo una distancia enteramente planetaria entre la rastrera vulgaridad de Gregorio y el sutil talento de José María, este no siempre miraba como inferior a su hermano, y en ocasiones se sentía vagamente impulsado a tributarle cierta admiración o respeto. ¿Por qué? Porque Gregorio había sabido, por fas o por nefas, labrarse una fortuna y ser el creador de su propia personalidad. Aun amasada con la usura, la riqueza de Gregorio era timbre o diploma de voluntad, y un sillar sólido en la social arquitectura. Podía permitirse ser tonto, con cien probabilidades contra una de no parecerlo... Convidole su hermano a comer aquel lunes, y luego, tirando de buenos puros, se fueron al Ateneo. A poco de arrellanarse ambos en los divanes del *Senado*, entró jadeante Luis Navarro, diciendo: «¡Menuda bronca en la calle del Arenal! Corre la gente desalada; los hombres braman; las mujeres chillan; algunos caen... Pisadas, estrujones, batacazos...» No había concluido esta relación, cuando llegó Tubino limpiándose el sudor: «Señores, la Puerta del Sol es un volcán. Ha salido González Bravo a exhortar a la multitud. Le han contestado con silbidos horrorosos... Y a toda tropa o autoridad que pasa, allá van silbidos, insultos... una cosa atroz...» Manifestó don Antonio Fabié que él había observado los grupos al pasar por la calle del Carmen. No eran ya estudiantes los amotinados; era el pueblo, la plebe... Se veían esas caras siniestras que solo aparecen camino del Campo de Guardias en los días de ejecución de pena capital... Se veían caras de revoltosos de oficio y de patriotas alquilados. Era un horror...

Llegó don Laureano Figuerola con la habitual placidez de su rostro y su expresión austera y benigna. Acompañábale Gabriel Rodríguez, alto, barbudo, bien encarado y con antiparras de oro. Venían del Suizo. Desahogadamente pudieron llegar hasta la Academia de San Fernando; pero desde allí el paso era imposible. Hubieron de retroceder, dando un rodeo por la calle de la Aduana. En la Puerta del Sol, el tumulto y vocerío eran espantosos. Los dos esclarecidos economistas oyeron contar que una cuadrilla de obreros, que bajaba a la calle del Carmen por la de los Negros, apedreó a los soldados de Caballería, y que el gobernador militar mandó hacer fuego... Figuerola y Rodríguez sintieron la descarga; pero ignoraban si había sido al aire... Las voces que de esto llegaban al Ateneo eran contradictorias. Pasó tiempo... Declinaban las horas con lenta rotación que acrecía la ansiedad... Sanromá entró diciendo que la Guardia Veterana repartía sablazos en la Puerta del Sol... En efecto: oíase desde la *Holanda española* un rumor como de oleaje impetuoso, lejanos apóstrofes, estridor de silbidos...

Algunos ateneístas de los que se arremolinaban en el pasillo pensaron salir y aproximarse a la Puerta del Sol para ver de cerca la jarana; pero en esto llegó casi sin aliento un precoz filósofo, González Serrano, y dijo: «No salgan ahora; no salga nadie... Por poco me gano un sablazo... El dolor que tengo aquí, ¡ay! es de un golpe ¡ay!... Se me vino encima la cabeza de un caballo... Ya cargan, ya vienen cargando por la calle de la Montera...» Acudió a los balcones del *Senado* y de la Biblioteca gran tropel de curiosos. Calle arriba iban hombres, mujeres y muchachos huyendo despavoridos. Centauros que no jinetes, parecían los guardias; esgrimían el sable con rabiosa gallardía, hartos ya de los insultos con que les había escarnecido la multitud. No contentos con hacer retroceder a la gente, metían los caballos en las aceras, y al desgraciado que se descuidaba le sacudían de plano tremendos estacazos. Chiquillos audaces plantábanse frente a los corceles, y con los dedos en la boca soltaban atroces silbidos. Al golpe de las herraduras, echaban chispas las cuñas de pedernal de que estaba empedrada la calle costanera. Un individuo a quien persiguieron los guardias hasta un portal de los pocos que no estaban cerrados, cayó gritando: «¡asesinos!», y el mismo grito y otros semejantes salieron de los balcones del Ateneo. En la puerta de la sacristía de San Luis había dos muchachos que, después de pasar los últimos jinetes hacia la Red de San Luis, gritaban: «¡Pillos! ¡Viva Castelar... viva Prim!» Hacia la esquina de la calle de la Aduana, dos sujetos de buen porte retiraban a una mujer descalabrada... La noticia, traída por un ordenanza, de que en la Puerta del Sol y Carrera de San Jerónimo había muertos, hizo exclamar a Beramendi: «¡Sangre!... Esto va bien.»

XIV

Y no disimulaba su júbilo al decirlo. Si la revolución era necesaria, inevitable, mientras más pronto viniera, mejor. Y sin sangre no había de venir, porque las revoluciones nutridas con horchata o zarzaparrilla criaban ranas en el estómago de los pueblos... Los ateneístas más impacientes por regresar a sus domicilios dejaron pasar algún tiempo, y en tanto planeaban itinerarios extravagantes. Hombre hubo que para ir a la calle de Atocha, discurrió tomar la vuelta grande del Retiro. A última hora quedaban pocos en la docta casa, comentando los hechos y reconstruyéndolos conforme a datos fidedignos. Por la calle de Sevilla y Carrera de San Jerónimo había pasado la tragedia, dejando en las baldosas huellas de sangre. Los que allí perecieron, no eran gente díscola y bullanguera, sino pacíficos señores que en nada se metían; iban a sus casas; salían del Casino o del café de la Iberia, pensando en todo menos en su fin inminente... En el pasillo grande del Ateneo permanecían dos corrillos de trasnochadores. El más nutrido y bullicioso ocupaba el ángulo próximo a la puerta del *Senado*; allí analizaban la bárbara trifulca un antillano llamado Hostos, de ideas muy radicales, talentudo y brioso; otro americano, don Calixto Bernal, diminuto, maestro y apóstol de las cuestiones coloniales; Manuel de la Revilla, grande espíritu en un cuerpo mísero; Luis Vidart, artillero, filósofo, escritor, poeta... y otros. En el segundo corrillo, junto a la entrada de la Biblioteca, Tubino, Fulgosio, Moreno Nieto, y unos cuantos jóvenes que en aquel nido de la inteligencia se criaban para la oratoria y la política, embriones de afamados repúblicos, determinaron que la consecuencia inmediata del sangriento motín era la crisis... ¡crisis total! En el Salón de Lectura solo quedaba una persona, gravemente silenciosa y abstraída, los ojos clavados en una revista extranjera, y el espíritu a mil leguas de las sangrientas colisiones de aquella noche nefanda... Algunos del corro primero se acercaron a la puerta del Salón, movidos de curiosidad, y vieron la figura menuda, melancólica y calenturienta de Tristán Medina.

Estruendoso fue el vocerío de los partidos, de los periódicos, del ciudadano alto y bajo. Desatada la opinión sectaria, gente había que deploró no fuera mayor el número de muertos. Hablaban los madrileños en los cafés y en medio de la calle con un ardor que revelaba el desasosiego del cuerpo social. Transcurridas las vacaciones de Semana Santa, desfogaron en el Senado los hombres públicos, aprovechando la mejor ocasión que podía ofrecérseles para tirar certeros chinazos a la frente del Gobierno. Prim, Gómez de la Serna y don Cirilo Álvarez pronunciaron tremendos discursos. El más hermoso fue el de Ríos Rosas en el Congreso. Uno tras otro, disparó contra los responsables del suceso de la noche del 10 (que bautizada quedó con el nombre de *San Daniel*), los más formidables cantazos que recibieron en todo tiempo cabezas ministeriales; y como en el pasaje más ardiente, al llamar con voz de trueno *miserables instrumentos* a los guardias de la Veterana, le soltase la mayoría la rutinaria muletilla *que se escriban esas palabras*, se revolvió como un tigre, y estampó con un manotazo esta respuesta grandiosa y clásica en la frente de la Representación nacional: «Si no fueran mías, pediría que se esculpieran.» González Bravo, con titánico esfuerzo de su fecundo numen oratorio, pronunció dieciocho discursos en las dos Cámaras.

De algunos incidentes lamentables del día 10 quedó memoria por mucho tiempo. El respetable ministro don Antonio Benavides, que vivía en la calle de Carretas y salió tranquilo de su casa, fue atropellado por los guardias en los momentos de mayor confusión y barbarie. A la misma hora, pasaba en su coche por la Puerta del Sol el ministro de Fomento, don Antonio Alcalá Galiano, y fue tal su emoción al oír los silbidos y ver el tumultuoso y amenazador oleaje de la plebe iracunda, que ya no volvió a su ánimo la tranquilidad.

A los pocos días murió casi repentinamente de un ataque apoplético. Así acabó aquel maestro de la oratoria, en su juventud ardoroso evangelista de la Libertad. Su muerte fue, en cierto modo, una muerte oscura; pues apagada estaba ya su fama mucho antes de que llegara la última hora de su existencia honrada, voluble, y al fin más prestigiosa en la esfera literaria que en la política.

Desfilaban sobre la memoria de estos acontecimientos las horas grises y los días insulsos, y el bueno de Beramendi entretenía sus ocios con el arte, y singularmente con la música. Dos o tres noches por semana iba Rodrigo Ansúrez a casa de su protector; admiraban sus adelantos Guelbenzu, Monasterio y no pocas damas que en el arte veían el más noble de los lujos. Se improvisaban conciertos amenísimos; tocaban Monasterio y Rodrigo con Guelbenzu admirables sonatas clásicas de violín y piano, y una baronesa muy linda cantaba como los ángeles. En la vaguedad de su solitario pensamiento, relacionaba el soñador Beramendi la música de Beethoven y Mozart con la *Historia lógico-natural* del eminente compositor *Confusio*, y descubría entre uno y otro arte semejanzas notorias, que saltaban a la imaginación y al oído.

Una tarde, el marqués dijo a *Confusio*: «Necesito dilucidar un punto oscuro de Historia fea y prosaica, que todo no ha de ser Historia estética y soñada. ¿No me has dicho que en tu casa de huéspedes vive ese Carlos Rubio, redactor de *La Iberia*? Es amigo mío. Quiero hablar con él. Haz por traérmele mañana. Procura desinfectarle, pues ya sabes que es tan grande su suciedad como su talento. Aquí estuvo una tarde, y mi mujer, al verle salir, me llenó la casa de sahumerios.» Volvió Santiuste al día siguiente, despachado el encargo. «El amigo Carlos Rubio salió para Valencia, digo, para Alicante. A punto fijo no se sabe para dónde ha salido. Llevaba por equipaje su capa llena de remiendos, y unas prendas de ropa envueltas en un número de *La Iberia*.

—Coincide —dijo el marqués—, la desaparición de Carlos Rubio con la de Manolo Pavía. La *tirada de patos en la Albufera* es un hecho. Allá estará Prim cazando, dígase conspirando. ¿Y qué regimientos y batallones se han comprometido?»

Alzando sus miradas al techo, expresó Santiuste del modo más significativo su ignorancia de todo acontecimiento sedicioso, pues en su Historia, para él la única verdadera, no se sublevaba el ejército. La palabra *pronunciamiento* solo figuraba ya en el Diccionario como arcaísmo, a disposición de los pedantes. Aquel mismo día comprobó el marqués la salida de Prim y de Lagunero para la cacería, y observó en algunos progresistas caras de ilusión. No había pasado una semana, cuando recibió una esquela de Teresa Villaescusa, pidiéndole entrevista para hablarle de un asunto reservado y de mucho interés. ¿Interés para quién? Para ella, sin duda. En la carta, que era un dechado de mala ortografía, decíale que no se determinaba a visitar al señor marqués, porque podría la señora marquesa *escamarse, etc...* Le haría el señor don José un gran favor pasándose a tal hora por la casa de su madre de ella, doña Manuela Pez.

Pues allá se fue el hombre con la conciencia tranquila y sin otro estímulo que el de la curiosidad, pues nunca tuvo devaneos con Teresita, ni temía caer en sus bien tendidas redes. La encontró muy guapa, todavía un poco marchita de las resultas de su grave enfermedad, o quizás desmejorada por recientes amarguras. Pero con su palidez y pérdida no muy sensible de carnes, conservaba Teresa hechizos imponentes, y un juego de ojos que daba la desazón al más austero. Solos en la sala, bien apañada de muebles incómodos, de floreros hórridos y candelabros siniestros, dio principio la pobre mujer a la exposición de su asunto. Los tropiezos de la cortedad iban desapareciendo a medida que entraba en materia, y llegó al dominio completo de la dialéctica y a una dicción fluida, como la que un experto letrado que informa ante la Audiencia.

He aquí el triste caso: González Leal estaba tronadísimo. Gastando con exceso sus rentas, había tenido que desprenderse de las fincas rústicas y de las casas que heredó de sus padres. La pícara afición a caballos y coches, el juego, de añadidura, fueron las primeras causas del desastre. Luego vinieron otros despilfarros y calaveradas... Al llegar a este punto, afinó Teresa su elocuencia y enardeció su acento para decir: «No haga usted caso, señor marqués, de la calumnia indecente que me atribuye a mí la ruina de Leal... que si mi lujo... que si lo que gasto en tocador y en perfumes... que si mis vestidos, que si mis alhajas... No, señor marqués: como Dios es mi padre, no he sido yo quien se ha tragado, así lo dicen, todo aquel caudal tan saneadito... ha sido él: los caballos de él, los malditos faetones, el juego, señor marqués; las comilonas de tanto y tanto amigo en el soto de Rebollar... ha sido también la política y la conspiración, porque... verá usted... Era un chorro continuo... Tanto para tal periódico... tanto para imprimir discursos... tanto para un almuerzo a donde iban los patriotas con hambre atrasada... tanto para los presos o deportados... tanto para la corona fúnebre que se había de poner a las víctimas... tanto para el viaje de este conspirador, o para la familia del condenado a muerte... En fin, señor marqués, que no he sido yo, no he sido yo, se lo juro: tan cierto, como que le pido a Dios la salvación de mi alma. Me acosan con calumnias, malos decires y falsos testimonios. Es la envidia, señor, que no desmaya, que no perdona...»

Suspiró Beramendi; tomó aliento Teresa, prosiguiendo así: «Hemos llegado, señor mío, al ahogo constante, y a no tener ni un día ni una hora de sosiego... Si en poco tiempo se acabaron los bienes, más pronto se acabó el crédito... Comprenderá usted la situación, aunque nunca se ha visto en ella... Ni quiera Dios que se vea... Aunque hablando a usted con toda sinceridad, no tengo vocación de pobre, ni puedo aceptar sin violencia tantas privaciones y afanes, no quiero abandonar a Leal... ¿Verdad, señor marqués, que no puedo ni debo? No: él ha compartido conmigo su bienestar; compartiré yo ahora con él la pobreza... De Valencia he venido hace dos días para arreglar un asunto de Leal, y allá me volveré en cuanto lo arregle... ¿Será un atrevimiento mío contar con la bondad de usted?...» (*Pausa.*) ¿Qué era, señor? Pues muy sencillo. Teresa puso en su lenguaje toda la caridad del mundo para enterar al caballero del terrible atascadero en que se veía. «Entre los acreedores de Leal, hay uno, señor marqués, uno, el más molesto diablo de la usura que Satanás echó sobre la pobre España. Después de habernos sacado por réditos y capital como seis veces lo que prestó hace dos años, ahora, con un pagaré que Leal y yo firmarnos y que no se le ha podido pagar, quiere quedarse con todos mis muebles. Le advierto que por ocho mil cochinos reales declaramos haber recibido diez mil; y en fianza los muebles, que me han costado más de dos mil duros. ¿No es esto robar? Por la Virgen Santísima, ¿no es una infamia que venga ese tío ladrón y me embargue y me desvalije?... Pues ahora me falta decirle que ese verdugo, ese asesino y chupador de sangre, es un empleado en Gobernación llamado Telesforo del Portillo... El señor marqués le conoce bien: es feo, con bigote de charretera, y ojos de carnero moribundo.

—Ya: dijera usted *Sebo*, y le habría reconocido más pronto.

—Ajajá... *Sebo* le llamaban cuando era de la policía. De poco acá presta dinero. Él dice que el dinero es suyo. ¡Sabe Dios de quién será!

—Dios lo sabe; pero no lo dice. El infierno pone el dinero de la usura en manos escondidas, hipócritas. Con esas manos se santiguan muchos que pasan por personas honradas y piadosas. En fin, a usted le han dicho que yo tengo influencia sobre ese bárbaro *Sebo*... Es verdad que la tengo, y que la emplearé en hacerle desistir de atormentar a usted... ¿Es eso todo lo que esperaba de mí?

—¡Ay, señor! —replicó Teresa balbuciente y medrosica—: es algo más. Yo... yo... Sabedora de que *Sebo* es para usted como un perro... Me atrevía... perdone... A esperar de usted que a más de ese favor me hiciera otro... Decir a *Sebo* que se resigne a cobrar más adelante... Leal espera una herencia... y que no nos fastidie, que nos dé otros diez mil reales, sin descontarnos nada, con rédito más cristiano que el tres mensual... y a pagar cuando se pueda.»

Conquistado por la intensa amargura con que Teresa relataba su suplicio, y también por la belleza de la prójima, que belleza y desdicha combinadas no hallan resistencia en ningún corazón hidalgo, le hizo Beramendi formal promesa y casi juramento de acudir a su cuita y dejarla resuelta al día siguiente, con o sin *Sebo*... Y fue tan vivo el júbilo de la mundana, que casi llorando intentó besar las manos a su caballeresco favorecedor. Atajó este la demostración, así como el ponerse de rodillas, y Teresa hubo de limitarse a dar suelta a su gratitud con estas nobles palabras: «Ya me decía el corazón, señor marqués, que usted no me dejaría desesperada en manos de ese bandido. Yo he pasado en Valencia y aquí las mayores angustias, discurriendo a quién volvería mis ojos... ¿A quién, señor?... Un día y otro día fui muy devotamente a la Virgen de los Desamparados, y de rodillas me pasaba las horas muertas pidiéndole que me sacara de penas. Confiaba en la Virgen, porque como yo le había regalado todas mis alhajas cuando salí de aquella maldita enfermedad, pensaba que en alguna forma me las devolvería... Nada, señor; no conseguí nada. Y aquí, en cuanto llegué, me fui a la

Virgen de la Paloma... Siempre le tuve devoción... Pues nada, señor; nada... Hasta que me entró de repente una idea... y sin saber cómo pensé en el marqués de Beramendi, y dije para mí: "Dejémonos de vírgenes, y vámonos a los caballeros...".

—¿Y quién le dice a usted, incrédula, que la de la Paloma, de quien soy yo también muy devoto, no le inspiró la idea de venir a dar conmigo y contarme su conflicto?

—Es verdad, señor: así fue. Ahora caigo en ello...

XV

—También ha de saber usted, Teresa —dijo el caballero con jovial cortesía—, que este pequeño favor que le hacemos la Virgen y yo, no es enteramente desinteresado. Siéntese usted, serénese y óigame... Ha dicho usted que de Valencia vino hace días y que a Valencia volverá. ¿Puede decirme qué resultado ha tenido lo que por pudor político llamamos *cacería de patos en la Albufera*?... Usted me entiende. O tenemos o no tenemos confianza uno con otro... Si le da por disimular, disimule; pero no podrá negarme que allá fueron Carlos Rubio, Lagunero y el jefe de la cacería, general Prim... ¿Qué... vacila usted en ocultarme lo que sabe? ¿Me cree capaz de vender un secreto?...

—¡Oh! no, señor marqués... —dijo resueltamente la Villaescusa pasando de la perplejidad a la confianza—. Usted no puede venderme... No es usted del Gobierno, ¿verdad?

—Soy amigo de Prim, aunque no nos tratamos íntimamente. Sus ideas son las mías. Con mi pensamiento y con toda mi admiración, le sigo en sus campañas por la Libertad... ¿Triunfará? Esto preguntó a quien pueda decírmelo.

—¡Oh! sí... Prim... Es el único hombre que tenemos en España... Pues bien, señor: lo que usted llama *la cacería de patos*, ha sido el fiasco número uno.

—Por defección de los que se habían comprometido... ¿Con qué regimiento contaban?

—Con *Burgos*, señor marqués. Al coronel Rada le llamo yo *capitán Araña*. A todos embarca y él se queda en tierra. Hoy habrá regresado a Madrid Carlos Rubio. El general y Pavía no tardarán en volver... Puesto que usted me ha de guardar el secreto, le diré que preparan otra, y esa parece que irá de veras. Entrarán todos los Cuerpos de la guarnición... Ello será para el mes de junio.

—El pobre Leal, tronadito y todo como está, se distraerá de sus melancolías conspirando furiosamente... ¿Recuerda usted qué Cuerpos componen la guarnición de Valencia?

—*Burgos, San Fernando, Extremadura*... Alguno más hay que no recuerdo. Es Capitán general don Juan Villalonga... Como usted dice, Leal se moriría de tristeza si no pasara el rato catequizando militares. Es su fanatismo... Es otra pasión como el juego... Leal no descansa... Dormido, habla con los capitanes; despierto, con los sargentos. En las mismas trapisondas anda Jesús Clavería.

—¡Ah, sí! Me lo ha quitado usted de la boca. Ya iba a preguntar por este simpático amigo mío...

—Ahora que me acuerdo... Clavería y yo hemos descubierto algo que a usted interesa... ¡Qué tonta yo... No habérselo dicho antes!... ¿No se acuerda ya de que usted y Jesús andaban en averiguaciones de un chico que se escapó de su casa y se largó por esos mundos... y nadie sabía de él... y le buscaron en Cádiz, en México, en el Demonio, sin encontrar su rastro?... ¿No recuerda que ese pícaro escribió sin firma diciendo que estaba en el *vapor de don Ramón*? De la tertulia de usted, marqués, llevó a mi casa esta novela Clavería, que es uña y carne del padre de ese hijo pródigo... Pues... hablando un día con un primo de Leal, piloto, llegamos a descubrir que el *vapor de don Ramón* no era otro que el *Monarca*, de que es capitán don Ramón Lagier. Y este señor, que es amigo de casa, vino un día a comer una paella con nosotros, y allí, charla que charla, oyéndole contar cosas notables de su vida, nos enteramos de que por él fue recogido el chico en medio de la mar. Iba en una lancha, navegando solo. Usted, marqués, habrá leído novelas de mil lances maravillosos; pero ninguna leyó jamas como la de ese galopín. Le vimos una tarde que fuimos a bordo, convidados a merendar...»

Díjole Beramendi que el interés suyo por el muchacho fugitivo era de un orden muy secundario, y que si anduvo en diligencias para buscarle, fue por servir a Clavería, amigo muy íntimo del padre de la criatura, un señor de la Rioja alavesa, llamado Ibero... Pero aunque su interés por Iberito no era directo, se alegraba de su reaparición en el mundo de los vivos, pues por muerto se le diputaba. De Lagier dijo que le conocía de nombre, y tenía noticia de su intrepidez, de su exaltado patriotismo y frenético amor a la Libertad, así como del suceso dramático de la pérdida de sus hijos. A esto agregó Teresa que la novela del capitán Lagier y la del atrevido Iberito se habían enlazado, y corrían ya juntas por los mares. Describió al muchacho vagabundo pescado al fin en el Mediterráneo por Lagier, como un hermoso salvaje, que apenas hablaba y todo lo decía con los ojos. El capitán le había tomado afecto; le enseñaba la náutica y los trajines de a bordo, y le daba lecciones de furioso liberalismo.

Para terminar, añadió la mundana declaraciones de orden distinto, bajando la voz con misterioso secreteo. «Tengo entendido... No puedo asegurarlo... hablo sin otro dato que algunas palabras sueltas que oí el mismo día de mi salida de Valencia... pues... Creo yo... que en la que están preparando para junio se ha determinado que el general llegue a Valencia por mar, llevado por el capitán Lagier desde Marsella, no sé si en el vapor que ahora manda o en otro que fletarán para el caso...» Y nada más dijo de estas cosas, que eran como los borradores de la Historia. El júbilo que sentía Teresa por la generosidad del caballero, despertó en su ánimo tal apetito de sinceridad, que si fuese dueña de los más graves secretos revolucionarios, los entregaría de un solo arranque al hombre bueno y próvido, como se entrega a un confesor toda la conciencia. El marqués acogió las confidencias de la guapa hembra con mediana satisfacción, pues si buena curiosidad satisfizo, buen dinero le costaba. Era un platónico de la libertad, un idealista ocioso, que mataba su hastío paseándose por las nubes, o correteando por el suelo pedregoso de la realidad. En lo más alto y en lo más bajo, alternativamente ponía todo su espíritu.

El tiempo restante, hasta las dos horas que duró la conferencia, lo emplearon en chismografía mundana, contando *historias*, líos y trapicheos, materia en que los dos, cada uno en su esfera social, eran buenos sabidores. Despidiose al fin el marqués; quedó Teresa más alegre que unas castañuelas; volvieron a verse al siguiente día para dejar ultimado el negocio, parte con *Sebo*, parte sin él; despachó ella sus quehaceres; partió a Valencia... Beramendi la vio partir melancólico. Era una gentil diablesa que a su modo colaboraba eficazmente en la armonía humana. Arrojaba unos granitos de desenfado sobre tanta corrección enfadosa, granitos de alegría sobre tanto ascetismo.

En su viaje a Valencia no fue Teresita sola; en el mismo tren iban personas que la conocían, alguna en el departamento ocupado por ella, otras en coches más o menos distantes. Tarfe la saludó desde una ventanilla; Sánchez Botín, que iba con su familia, charló con ella unos momentos y le pagó el chocolate en la fonda de Alcázar de San Juan. El que viajaba en el mismo departamento que ella era don Enrique Oliván, funcionario público de subido rango, casado con mujer rica, joven por no pasar de los treinta y seis años, viejo por la respetabilidad de una calva precoz y el cascado timbre de su palabra sensata. En todo el camino fue requebrando a la hermosa viajera, con disimulada expresión y voz de confesonario, pues iban dos señoras y un caballero en el mismo coche. Desagradable fue para Teresa la compañía de Oliván y su pegajoso galanteo. Pero no tuvo más remedio que soportarle hasta la estación donde terminó su viaje don Enrique, que fue la de Almansa...

Bueno será indicar aquí el abolengo del tal, porque no es dudoso que el narrador se tropezará con él páginas arriba o abajo. Era hijo de don Eduardo Oliván e Iznardi, el empleado eterno a quien vimos y celebramos en las oficinas de Hacienda cuando las regía el gran Mendizábal. Hombre de más suerte que aquel don Eduardo no había existido en el mundo; nació de pie, y sus pies echaron, desde la infancia, profundas raíces en la Administración española. Deparole el Cielo una mujer que fue la más allegadora que en ningún hogar se ha podido ver, hembra de peregrina industria para llevar positivos bienes a casa. Nada tenía el hombre; desafiaba las políticas tempestades, se reía de las crisis, y frotándose una mano con otra, repetía la egoísta fórmula: *mi olla, mi misa y mi doña Luisa*. Y estaba en lo cierto, porque la hermosa doña Luisa era un águila para la cacería y cautiverio de hombres públicos, de los cuales recababa protección larga y tendida para su esposo y sus hijuelos. Estos, casi mamando, entraban en las oficinas públicas, y en ellas se criaban agarrándose y ascendiendo como el aprovechado padre. ¡Qué maña se daría el matrimonio, que después de alimentar a los niños en el pesebre burocrático, a los tres los casaron con muchachas ricas, de familia de banqueros o negociantes gordos! Gran mujer era doña Luisa, que ya vieja y retocada de afeites untuosos, sostenía las posiciones de sus hijos, y esperaba la hornada de nietos para colocarlos desde que pudieran andar solos por la calle y encasquetarse una chistera. A su marido, el sufrido don Eduardo, le tenía en un panteón papiráneo del Tribunal de Cuentas, donde no hacía nada y cobraba como un obispo, con una grande y pesada mitra en su cráneo, formada de la vieja sustancia córnea...

Como se ha dicho, quedose Oliván en Almansa, pues en esta ciudad y en la próxima de Montesa desempeña con pingüe sueldo una comisión del Gobierno referente a los bienes que fueron de las Órdenes militares. De allí tendría que trasladarse a Uclés, el priorato de Santiago... No estuvo Teresa mucho tiempo sola, porque en la Encina se le metió en el coche Manolo Tarfe, antiguo amigo suyo, siempre grato y de buena sombra. Iba Tarfe a Chiva, residencia de su tía materna doña Ramona de Zayas, anciana y riquísima, a la cual amaba tiernamente como sobrino y presunto heredero. Charlando de sucesos presentes y futuros, no de los pasados, ya prescritos, llegaron a Valencia, donde cada cual tiró por su lado. Metiose Teresa en una tartana para dirigirse al Cabañal, donde vivía. No encontró a su Leal, que estaba ausente, ni los criados pudieron decirle a dónde había ido. Sospechó que estaba en Alicante o en Tortosa, *trabajando el elemento militar*. Preguntó si había llegado al Grao el capitán Lagier, y le respondieron negativamente. No quiso inquirir más, pues los espías soplones aparecían donde menos se pensaba.

Seis días pasó Teresa en amarga inquietud temblando por su amigo y señor, pues en tales aventuras la pelleja estaba siempre vendida, y al fin apareció Leal en lastimoso deterioro físico y moral, derrengado y con un humor de mil demonios... Había estado con Clavería en Castellón y en Peñíscola; no había encontrado más que tímidos o cucos, de estos que viven *viéndolas venir*, deseando el éxito, pero sin bríos para salir en su busca. Así no se va a ninguna parte. La pobre Libertad no encuentra ya más que amadores que solo la miran con un ojo, mientras ponen el otro en el cochino garbanzo y en quien lo da...

Era Jacinto González Leal un cuarentón gastado por los afanes de una vida artificiosa; se desvivía por adestrar caballos y lucirlos en coches de lujo, paseando en ellos la vanidad ajena; se arruinaba con jiras y convitazos campesinos en que su propio placer tenía mínima parte; derrochaba dinerales con Teresa para tenerla encerrada o mostrarla como una joya, más valiosa que por su mérito por lo mucho que le costaba; jugaba sin arte ni freno, como si el perder fuera la más elegante forma de vanidad; conspiraba por dar gusto a su inquietud levantisca, más que por conocimiento razonado y hondo de los males de la patria; era, en fin, un bruto de excelente corazón, de los que serían felices dominados por una voluntad superior, de hombre o de mujer. Teresa, compañera ocasional, adventicia, no podía o no sabía ser esa voluntad.

«Sé que has venido con Tarfe —le dijo Leal, que en sus días de mal humor era celoso impertinente—. Ya sabes que no me gusta que hables con ese danzante.» Contestábale Teresa lo mejor que podía, rechazando todo motivo de recelo. Lo que mayormente la desconsolaba era que Leal no se mostrase agradecido por la grande hazaña de ella en Madrid, arreglando lo de *Sebo*, y sacándole a este más cuartos. Ni aun con el alivio que le trajo Teresa, se mostraba Leal satisfecho; más bien gruñía, expresando su sospecha con maliciosas conjeturas. «No me cabe en la cabeza —decía—, que *Sebo* haya hecho todo eso de su natural *motu proprio*. Nunca he visto que una pantera se deje pasar la mano por el lomo y se vuelva gatito manso... No Puede ser, Teresa. Tú no me dirás, ya lo sé, cómo domesticaste a la fiera... Ni te lo pregunto más...» Replicaba la pobre mujer con energía, sacando a cuento su dignidad, su honor y qué sé yo qué... Luego lloriqueaba un poquito, y con el agua de este lloriqueo se calmaba la procelosa escama del buen Leal, que era un niño, y fácilmente pasaba de la hosquedad al mimo acaramelado y baboso... Por fortuna para Teresa, la displicencia de Leal se trocó en franca alegría con la presencia inopinada de Carlos Rubio, que entró de rondón una noche diciendo: «Ya viene, ya viene. Esto es un hecho.

—¿Vendrá por mar?

—En un vapor extranjero... Ya don Juan ha salido de Vichy. Debe de estar en Marsella.

—¿Ha llegado Pavía?

—Sí... Ha llegado también don Joaquín... ¡Don Joaquín Aguirre! el presidente del Comité revolucionario... Venga usted conmigo a Valencia... Ahí tengo una tartana.»

XVI

Carlos Rubio, tuerto y picado de viruelas, vestido como un pordiosero, era el contraste más rudo que puede imaginarse entre una facha y una inteligencia. Diógenes no parecía su maestro, sino su discípulo. Aborrecía el agua tanto como adoraba los ideales de Libertad y Justicia. Los que no conocían de él más que su prosa brillante, un poco lírica y sentimental, le habrían dado en la calle un ochavo moruno, si el lo pidiera. Así como otros pregonan con la efigie su importancia, a veces su talento, él no pregonaba más que su extremada modestia. ¿Y qué mejor pregón de patriotismo que aquel pergenio de mendicidad? ¡Pobre Carlos Rubio! Jamás existió quien tan desinteresadamente trabajase por el bien de su patria, a la que no pedía más que un pedazo de pan para comer y un trapo de desecho para cubrir sus carnes. Si España necesitaba de él servicios patrióticos en determinado momento de su historia, y él los prestaba, ¡cuán baratos le salían! Envuelto en su miseria como en una toga, era digno, altanero, incorruptible.

Según dijo Leal a su compañera, con el anuncio de la llegada del general los militares comprometidos se mostraban más animosos, y los mismos guindillas hacían la vista gorda: también ellos, los pobres, se plantaban a *verlas venir*. Supo además Teresa que todos los Cuerpos de Infantería estaban en el ajo: eran *Burgos*, *Borbón*, *San Fernando* y *Extremadura*. Los coroneles Alemani, Rada, Crespo y Acosta se crecerían, alentados por la efectiva presencia del invicto Prim. La Caballería se agregaba al movimiento; la Artillería repugnaba pronunciarse, pero saldría de Valencia, que era como dar un mudo consentimiento.

La fecha aproximada del arribo del general solo la sabía don Joaquín Aguirre, que se alojaba con nombre supuesto en la fonda del Cid. Era este señor una excelente persona, catedrático de Disciplina Eclesiástica en la Universidad dc Madrid, hombre más abonado para empresas de legislación y de paz, que para los trotes guerreros y sediciosos en que le habían metido. No creyéndole seguro en la fonda, lleváronle a una casita pobre entre el

Grao y el Cabañal, habitada por familia marinera de absoluta confianza, y allí quedó el buen señor, disfrazado con un chaquetón grueso de patrón de lancha, botas de mar y una barretina vieja. No se compaginaba con el disfraz el rostro del profesor de Cánones, tristón, afilado y con grueso bigote gris. Por mareante no podía pasar. Disfrazáranle, a ser posible, de carabinero, y el equívoco habría sido perfecto. En la fonda del Cid continuó alojado Pavía, que tenía medios de justificar su presencia en la ciudad, y en una casa humilde de la calle *Trinquete de Caballeros*, se aposentaban Clavería, Carlos Rubio y otros progresistas que vinieron de Madrid.

¿Y Prim cuándo llegaba? Pronto, pronto... Del 8 al 9 de junio lo esperaban; el 9 recaló un vapor francés, y a las tres de la tarde fondeaba en el puerto. Allí estaba... Silencio, disimulo. El general no desembarcaría hasta que cerrara la noche. Poco faltaba ya... Por Dios, que si era valiente el hombre, a perseverante y cabezudo no había quien le ganase, pues apenas fracasado en una tentativa de pronunciamiento, ya estaba metido en otra, sin perder su brío ni la ciega confianza en estas arriesgadas aventuras. Entre la primera de Valencia y la que a la sazón se preparaba, hubo otra desdichadísima, en Navarra. Vestido de aldeano atravesó el Pirineo a pie, desde San Juan de Pied-de-Port a Roncesvalles, y arreando bueyes penetró hasta Burguete, donde le esperaba Moriones para decirle que las fuerzas de la guarnición de Pamplona, que se habían comprometido a *dar el grito*, se llamaban Andana. ¡La historia de siempre, el eterno balanceo de las almas guerreras entre el ardimiento y la ética militar! Colérico, mas no abandonado de su vigorosa constancia, volvió Prim a traspasar el Pirineo. Los reveses le enojaban, pero no le rendían. Dijérase que su desbordada bilis amargaba su voluntad dándole una consistencia irresistible. Era de un temple tal que si mil veces fracasara en aquel propósito, engendro de una convicción profunda, otras tantas pondría toda su alma en realizarlo. El Destino se cansaría, el hombre no.

Y a los pocos días de repasar la frontera navarra, recorriendo después gran parte de Francia para volverse a Vichy, ya estaba otra vez el caballero de la revolución armado de punta en blanco para lanzarse a nueva empresa lejana y peligrosa. Cambiando su nombre, volaba a Marsella; avistábase allí con su amigo el capitán Lagier; este, no pudiendo llevarle a Valencia, por expresa negativa de su armador, le agenció el flete de un vapor francés, que figuraría despachado con carga general para Orán y escala en puertos españoles. El tiempo que se tardó en diligencias reservadas y en arranchar el buque, lo empleó Prim en dar conocimiento a don Joaquín Aguirre, por correspondencia cifrada, de la fecha de su llegada al Grao, y en comunicarle las últimas y definitivas instrucciones para el alzamiento. A su salida de Marsella, tomó un sencillo disfraz para el momento del embarque, pues a bordo no lo necesitaba, hallándose en cordialísima inteligencia con el capitán francés, por *obra y gracia* del *Grande Oriente Universal, del Rito Escocés...* Pero si en la salida convenía tomar algunas precauciones por el acecho vigilante de la policía francesa, al desembarcar en el Grao el peligro era mucho mayor y las precauciones habían de ser extraordinarias. Tratado el asunto con el fiel amigo Lagier, determinó este que en el viaje acompañasen a Prim dos hombres de mar, los cuales no se separarían de él en el acto de tomar tierra española, y a su disposición quedarían luego para lo que pudiese ocurrir, en el caso de que los acontecimientos impusieran una retirada mar afuera.

Ingenioso era el artificio ideado por Lagier. Los acompañantes de Prim eran un marinero viejo llamado Canigó y otro joven que respondía por *Bero*, y ambos figuraron con nombre francés en el rol del barco fletado. Al presentarlos al general, don Ramón respondía con su cabeza de la lealtad de entrambos. El viejo era un experto mareante levantino, pariente de otro que en Valencia poseía dos buenos faluchos, y en ellos hacía con superior destreza el contrabando. El principal cometido de Canigó era disponer en el Grao una embarcación muy velera en que el general pudiera reembarcarse si ocurrían sucesos desgraciados. No era esto probable; pero todo debía preverse... En cuanto al muchacho, no dijo más Lagier sino que era valiente hasta la temeridad, leal hasta el sacrificio de la propia existencia, rudo hasta el salvajismo, y de tan pocas palabras que parecía mudo de nacimiento.

Durante la feliz travesía no salió Prim del camarote del capitán, que le colmaba de finezas y obsequios. Al llegar al Grao, se izaron en el mesana tres banderitas del telégrafo, señal convenida por el general con los de tierra para decirles que había llegado, y que al anochecer fuesen a buscarle a bordo. Cumpliose sin tropiezo esta parte del programa. En una lanchita con dos remeros, llegaron al costado del buque francés don Joaquín Aguirre, con el disfraz ya descrito, y Carlos Rubio, que bien enmascarado iba con su facha de pobre, o de gancho, de esos que en todo puerto andan a la husma de pasajeros. Bajó a la escala Canigó a decirles que podían subir a bordo, pues no había en ello ningún peligro. El general les esperaba en el camarote del capitán, vestido con un sencillo traje azul de maquinista.

Llevaba don Joaquín Aguirre la proclama que se había de lanzar al pueblo y al ejército en el momento de la sublevación. Prim la firmó sin leerla. Todo le parecía bien con tal de que las tropas estuvieran bien decididas y no vacilaran en el momento preciso. Al venir a Valencia, contaba con que las vacilaciones, los miedos y los escrúpulos, que ya tantas veces habían dado al traste con sus esfuerzos, no se repetirían. «Lo que es ahora, espero que mis buenos amigos Alemani, Acosta y Crespo no me dejarán *a la Luna de Valencia.*» Dijo esto gravemente, sin reír el chiste, con aquella voz un poquito parda, de timbre lleno, expresivo sin estridencia, como el dulce sonido del oro... Hallábanse los tres españoles en el estrecho camarote del capitán, alumbrados por un farol cuya luz rojiza daba al rostro de Prim un tono de cálida encarnadura, que alteraba su habitual tinte amarillo bilioso. El óvalo imperfecto de su faz, ancho en los pómulos, afilado en la barba; las ojeras que declaraban sus insomnios, la mirada viva, el pelo mal distribuido en mechones sobre la frente y las sienes, formaban con la ropa de maquinista una figura melancólica, absolutamente distinta de lo que aquel hombre representaba en la realidad.

A las preguntas del de Reus acerca de las disposiciones de la guarnición, contestó don Joaquín que estas eran excelentes; solo que los coroneles habían acordado una modificación del plan primitivo de alzamiento concertado con el general antes de que este saliera de Vichy. Se había convenido en que, a la señal de que el general estaba en el puerto del Grao, se echarían las tropas a la calle, acudiendo a determinado sitio, donde aguardarían la presentación del jefe... Pues ya este plan no parecía práctico a los señores coroneles. Proponían que lo primero debía ser que Prim desembarcase, y luego que en tierra estuviera dispuesto a ponerse al frente de las tropas, estas saldrían de sus cuarteles y... Tan mal le supo al Caudillo esta enmienda de su plan de campaña, que sin acabar de oír lo que Aguirre le decía, se levantó bufando y soltó varias interjecciones catalanas, a las que siguieron estas castellanas quejas: «Siempre he de encontrar hombres tímidos, cuando busco hombres de corazón que arriesguen el grado y el pellejo. ¿Pues qué, don Joaquín, se pescan estas truchas con las manos secas y las bragas enjutas? No he de venir yo jugándome la vida una y otra vez para estrellarme ante... Ante la *comodidad* de estos señores. ¿Quieren que yo desembarque y dé la cara para dar ellos después la suya? Si la dan en efecto, y no salimos con otro fiasco, menos mal. Vamos a tierra.» Despidiose del capitán, que en francés le dio parabienes anticipados por el éxito de la empresa, y con sus amigos y los dos marineros bajó a la lancha. Antes de llegar a la escala, le había dicho Carlos Rubio que el desembarco sería con toda seguridad y sin ningún recelo, porque Leal y Clavería lo tenían arreglado con los carabineros y cabos de mar. Hombre de ardimiento y de previsión, Prim no olvidaba ningún detalle en el complejo organismo de aquellas empresas. Antes de saltar en tierra, reiteró a Canigó, en catalán, el encargo que ya Lagier le había hecho, de tener dispuesto y arranchado de todo un falucho muy marinero, de los dedicados al contrabando. Respondió concisamente el lobo de mar que antes de tres horas estaría lista la embarcación. En ella quedaría él esperando órdenes, y el general podría comunicarlas por *Bero*, que con este fin estaría en tierra.

La del Grao pisaron Prim y los suyos con franca facilidad. Nadie les dijo nada, y algún carabinero los miró vagamente como si fueran lo que parecían. Ya cuando iban cerca del café de la Marina, se les aproximaron Clavería y Leal, y hablando todos, para mejor disimulo, de cosas insignificantes, se encaminaron a la casa pobre del Cabañal en que Aguirre moraba. Ya en ella y sin testigos, el héroe cogió un berrinche de los suyos, cuando le notificaron que por aquella noche no habría nada. *La cosa*, como solían decir en su fabla concisa los conspiradores, sería mañana. «¡Mañana! —exclamó el general, tocando con las manos, y no es figura, el techo de la menguada estancia—. ¡Mañana! ¡Y yo estaba en que esta noche! ¡Veinticuatro horas de ansiedad! ¿Pero qué falta? ¿No estoy yo aquí?» Trataban Aguirre y Carlos Rubio de aplicar emolientes a su ardoroso ímpetu, cuando entró Acosta, coronel de Extremadura, y las explicaciones que dio, seguidas de la seguridad de triunfo, desbravaron un tanto el furor del de los Castillejos. Luego dijo a este que de acuerdo con Pavía había resuelto instalarle en el casco de Valencia, a muy corta distancia del cuartel donde moraban los regimientos de *Burgos* y *Borbón*. Allí encontraría su uniforme, espada y cruces; allí hablaría fácilmente con los coroneles; allí, en fin, si no podían ofrecerle gran comodidad, le proporcionaban la ventaja inmensa de estar casi en contacto con los que pronto habían de ponerse a sus órdenes.

Accedió el de Reus, disponiéndose a entrar en la tartana que había traído Acosta; pero no lo hacía de buen talante, porque habría preferido que le aposentaran en el propio cuartel de las fuerzas dispuestas a sublevarse... Esto, según dijo Acosta, ni él ni Alemani lo creían prudente... Tanta prudencia y tanto ir y venir y requisitos tantos, eran ya inaguantables, *¡voto va Deu!*... Y por Dios, que se le acababa la paciencia... El 3 de mayo de 1864 había dicho solemnemente que *antes de dos años y un día* arrollaría los Obstáculos Tradicionales, y el tiempo corría, ¡caray!... Se deslizaba lento, fatídico, burlón...

XVII

Y he aquí que el buen Leal, que a todo atendía, dijo a *Bero*: «Hasta mañana nada tendrás que hacer... En tanto, vete a casa; duerme, come, y de allí no te muevas hasta que se te den órdenes.» Obedeció el marinero, y aquella noche durmió en la casa de Leal. Al día siguiente se le dio de comer todo lo que quiso. Obediente a la consigna, el hombre no se movió del patio, y pasaba las horas sentadito en un poyo, o acariciando a un perrillo que con él hizo francas amistades. Llegose a él la patrona, movida de intensísima curiosidad, primer estímulo del alma de mujer, y con semblante risueño le sometió a un proceso verbal muy minucioso.

«Tú eres Santiago Ibero.

—Sí, señora.

—Tú te escapaste de la casa de tus padres.

—No, señora: de la casa de un primo de mi padre, don Tadeo Baranda.

—Es lo mismo. ¡Valiente pillo estás! ¿No te da vergüenza de ser tan loquinario y tan andariego?

—No, señora.

—Y parece como que se alaba... ¿Habrase visto...? Tú corre que corre por esos mundos, y tus padres muertos de pena... y el pobre Clavería medio loco buscándote... ¿Pero dónde diablos te habías metido?»

Puso en esta pregunta Teresa todo el fulgor de su mirada, queriendo turbar así la seriedad estatuaria del mocetón. Las respuestas de este caían de sus labios opacas y frías.

«Parece que estás lelo... Y esos ojos de azabache, ¿para qué los quieres? ¿Para no decir nada? Vaya, que no he visto marmolillo igual... Bueno: pues dígnate ahora contestarme con más alma a esta otra pregunta: ¿eras el paisano que con otro paisano y un sargento fue preso en Leganés?

—Sí, señora: yo fui.

—Según eso, no te embarcaste para La Habana.

—No, señora.

—Ya... ¿Con que te prendieron?... ¿Y a dónde te llevaron?

—A Melilla.

—Y allá estarías cautivo meses y meses... y te trataron como a un perro, y... ¿Dices que sí?... Pero lo dices sin indignación. ¿Eres de piedra? Padeciste hambre, malos tratos... ¡Pobrecillo! ¿Y cuándo y cómo saliste de allí?

—El cuándo no puedo decirlo... No tenía yo almanaque para saber eso... Sé que era invierno, que hacía frío...

—¿Fuiste absuelto; te dieron la libertad?

—No, señora: me escapé.

—Vamos, vamos... No te costaría poco trabajo... ¿Y te escapaste solo?... ¿No? Te fugarías con otros presos. ¡Vaya una familia! Asesinos, secuestradores... El que menos habría matado a su padre.

—Sí, señora...

—Ya me contarás otro día cómo fue esa escapatoria. Me gustan mucho las novelas no escritas, sino contadas... Dime otra cosa: ¿qué idea llevabas cuando dijiste al cura "tío, buenas noches", y te fuiste a Madrid?

—Llevaba la idea de hacer alguna cosa grande, como las que yo había leído en la historia de México.

—¡Cosas grandes! —exclamó ella con vago aturdimiento, dejando volar su mirada más allá del espacio que ocupaba la figura que tenía delante. Y al regresar de aquella escapada por el espacio, traía su espíritu esta inflexión burlesca—: Cosas grandes son... las pipas en que se guarda el vino... las velas de los barcos, los rabos de las cometas... ¿A fabricar esto querías dedicarte?... No lo creo. A ti se te habían metido en la mollera otras grandezas... Lo que hay es que te caíste de un nido, y al estrellarte se te rompió la cabeza, como se rompe una hucha, y las ideas grandes se te salieron y se te desparramaron por el suelo. Consecuencia: que no has podido hacer lo grande, porque el mundo no está para eso, ni lo chico ni nada, porque toda la fuerza se te ha ido en querer cosas imposibles... Al fin sonríes... Gracias a Dios, ya veo alguna luz en esa cara, que tiene el color y el viso del café tostado... ¿Te sonríes porque me oyes decir las verdades?... Pues oirás otras... ¿Puedes decirme a dónde fuiste a parar cuando te fugaste de Melilla?

—Anduve por la costa... Me escondía de noche en cuevas que hay... Orilla de la mar... Comía lapas... Una tarde vi lanchas... una muy cerca... y en ella hombres que pescaban... Moros ellos de Argelia... Grité... Me recogieron y me llevaron a un pueblo que llaman Nemours... De allí fui a Orán. En Orán me contraté en un jabeque español que iba al contrabando de Gibraltar... Fui a Gibraltar, metimos el contrabando y fuimos a echarlo en Estepona... Digo que fuimos; pero no que lo alijamos, porque nos salió una escampavía... Era una noche más negra que el morir... ¡con una mar...! No se ría usted, señora, que el caso no es de risa.

—Deja que me ría *(cantando)*. «¡Ay, mamá, qué noche aquella!...».

—La escampavía nos largó un cañonazo... Corría más que nosotros... Nos cogía; casi estábamos cogidos... El patrón y dos marineros echaron al agua la lancha mayor. Yo con otro hombre... Se llamaba Periandro y era griego de nación... Nos metimos en el chinchorro, y bogamos mar afuera, bogamos, bogamos, con toda el alma en los puños...

—¿Y os salvasteis?...

—La oscuridad quería salvarnos, y la mar furiosa nos quería tragar. Bogábamos sin decir palabra... No había que decir más que una: «boga, boga...». Pero el maldito Periandro, que entró en el chinchorro borracho perdido, soltó de pronto el remo, y me mandó achicar. La embarcación hacía agua como un cesto... Yo achicaba... El diablo del griego me dijo que yo pesaba mucho, y que nos ahogaríamos... Yo le dije que yo no me ahogaba... Le vi con intención de echarse sobre mí para tirarme al agua.

—¡Ay, pobrecito! —gritó Teresa piadosa y asustada—. ¿Y tú...?

—Nada, ¿qué había de hacer? Antes que me matara lo maté yo a él... y lo tiré al agua... Un día y media noche más me aguanté en mi chinchorro, hasta que me cogió don Ramón.

—¡Jesús, que peso me has quitado de encima!... Yo creí que te habías ahogado... ¡Demonio de griego!... ¿De veras no te mató? ¿De veras no te tiró al agua?... Esto parece cuento... Con que un día y media noche... y sin comer... y muertecito de frío... A ver, cuéntamelo otra vez.

—Con una basta.

—Don Ramón te trataría muy bien. ¿Verdad que es un hombre buenísimo don Ramón?

—No hay otro como él... ¡Y lo que sabe! ¡Y las tierras y personas que ha visto!... ¡Y las cosas tremendas que le han pasado!... ¡Y lo que ha leído, y las palabras buenas que le dice a uno, sacando el ejemplo de lo malo que él ha sufrido!»

Notó Teresa que el rostro curtido de Ibero y sus ojos negros, luminosos, adquirían singular expresión de arrobamiento hablando de su capitán. Después de repetir los elogios del valiente marino y propagandista liberal, prosiguió así: «A él debes la vida y el pan que comes, y el ser un hombre útil y honrado, aunque sin pasar de simple marinero.» Declaró entonces Ibero que su capitán le había enseñado todo el trajín del oficio de mar y el manejo de los instrumentos náuticos, instruyéndole asimismo en el saber de las estrellas que en la bóveda del cielo guían a los navegantes, y en el giro de los planetas en derredor de nuestro Sol. A más de esto, hábale hablado del grande sufrimiento de los pueblos oprimidos por leyes injustas, y de la obligación en que estamos todos de ayudar a sacudir el yugo... Espejo y norte de todos era Prim. Lagier veía en él como un enviado de Dios; Ibero, la encarnación de un pueblo que lucha por desatarse de ligaduras cuyos nudos estaban endurecidos por los siglos. Él no se daba cuenta del cómo y porqué de estas ligaduras; pero las sentía en sus muñecas y en sus tobillos, y los efectos de ellas veía en cuanto le rodeaba.

«Se conoce que quieres mucho a Prim —le dijo la patrona—. Bien, hombre, bien. Déjame que te haga otra pregunta... Si te parece que soy demasiado curiosa, no contestes, y en paz. Vamos a ver: tú sabes que a don Ramón le hicieron una trastada los frailes de Marsella... En un colegio de aquella ciudad, dirigido por un señor Oliver u Olivieri, puso a sus dos niñas, Teresa y Esperanza, y a un niño pequeño. Las dos niñas fueron arrastradas con manejos hipócritas a su perdición... El niño murió. Sabrás por el mismo don Ramón esta historia negra... Lo que el buen señor padeció viendo aquel desastre de sus criaturas y no hallando en los Tribunales quién le hiciera justicia, también lo sabrás... Él mismo nos ha contado que estuvo a punto de perder la razón, y que su dolor no se calmaba con nada de este mundo. Para distraerse de su pena, se metió más en los trabajos de la mar y en lecturas de cuantos papeles caían en sus manos. Leyendo, leyendo, llegó a dar en unos libros que... No sé si enseñan verdadera ciencia o cosa de magia... Ya comprenderás lo que quiero decir... Ello es que don Ramón se apasionó por lo que leía, y que tuvo por verdadero cuanto dicen los tratados de aquella ciencia, religión, magia o lo que sea. ¿No se llama eso el *Espiritismo*?

—Sí, señora.

—¿Y a ti te ha enseñado Lagier esas cosas, y crees en ellas?

—Sí, señora.

—Según parece, los que creen eso llaman a los espíritus, y estos acuden dando golpecitos con las patas de las mesas... También se les llama con un querer fuerte: vienen las almas de los que se murieron, y habla uno con ellas como yo estoy hablando contigo.

—Sí, señora...

—¿Y tú crees, tú has hablado...?

—He hablado con mi padrino don Beltrán de Urdaneta, un caballero noble, que sabía mucho, y era en todo generoso y grande.

—¿Y qué te ha dicho?

—¡Ah! muchas cosas. Me ha dado ejemplos de su vida noble para que los imite, y me ha dicho que obedezca al capitán Lagier en todo lo que me mande.

—¿Y el capitán te manda...?

—Por de pronto, que vaya a ver a mis padres...

—Te llevará él en su vapor. Ese pueblo tuyo, Samaniego, ¿es puerto de mar?

—No, señora: no hay mar en mi pueblo. Yo iré por tierra. El capitán me ha dicho que si el general Prim sale triunfador en esto que llaman *la cosa*, me ponga en camino para mi pueblo. Después que me vea con mis padres, iré a San Sebastián o a Bilbao, donde me recogerá el capitán.

—Me parece a mí —dijo Teresa risueña y maliciosa—, que lo que tú quieres es corretear un poco tierra adentro... Dime la verdad: ¿tienes por ahí alguna novia, y quieres verla?

—Sí y no... Novia tengo; pero no es mi intención verla por ahora, ni está en el camino de aquí a mi pueblo.»

La sinceridad inocente, casi salvaje, que echaron de sí los ojos negros, profundos y leales del buen Iberito, cautivó a Teresa, dejándola un poco suspensa y desconcertada. Fue su intención interrogarle más, pedirle pormenores de aquella novia, que resultaba inverosímil por tratarse de un hombre que apenas salía del vapor en que marineaba... Porque no había de ser sirena, ni ninguna otra especie de ninfa oceánide, sino mujer efectiva, habitante en poética isla o en algún oasis del litoral. Pero no pudo pasar la mundana de los primeros disparos del interrogatorio, porque llegó Jacinto con tres desconocidos, dos de los cuales eran carabineros, y después Clavería. Para todos fue menester preparar comistraje, y allí estuvieron horas largas dando y recibiendo órdenes, con lo que la casa al mismo infierno se asemejaba... Sobre los afanes y el delirio de los conjurados descendió la noche, que por más señas era serena y alumbrada de un espléndido creciente. Aquella noche traía bajo sus alas de luminoso azul la empolladura de la revolución tantas veces anunciada y nunca salida del misterioso huevo.

Hallábase Prim, como se ha dicho, en una casa de Valencia, cercana al cuartel, acompañado solo de Acosta, pues los demás nada tenían que hacer allí, y el entrar y salir de gente habría infundido sospechas al vecindario. A media noche vistió el general su uniforme, ciñó la espada vencedora, y se puso en el pecho las placas que comúnmente usaba. Corrían los minutos perezosos. El tiempo, remolón, simulaba una inmovilidad burlona y traicionera. Cuando se creía que estaban próximas las dos, los relojes, como instrumentos sobornados por un destino adverso, no querían pasar de la una y media. Prim era la impaciencia misma; sus nervios vibraban; su bilis amarilleaba el blanco de sus ojos, y ponía en su boca el amargor de la pura quina... Pasos la calle anunciaban que alguien venía con la noticia de salida de tropas; pero lo que venía era el desengaño tras extinción gradual de los pasos calle adelante.

La casa era ruin, pequeña, con un solo piso alto, solado de baldosines sobre vigas endebles; la escalera de palo, al aire; vivienda frágil, temblona, tan conductora de los ruidos propios y de los de la calle, que no cesaban de sonar en ella golpes, rasguños, estallidos o lastimeros ayes de seres invisibles. Por la mañana vio Prim al dueño de la casa, llamado Vicente Jiménez, hombre incorruptible, según le dijo Acosta. Hablaba poco, y era de humilde condición. En el resto del día no volvió a verle; a prima noche vio una niña flaca, un anciano, gatos y perros... y durante la noche oyó pasos tenues y lejanos, voces indecisas de algún diálogo soñoliento, y hasta el toque rítmico de la pata de un perro que, al rascarse las pulgas, daba contra las tablas del suelo o de un tabique. Todo se oía menos los pasos y voces de los que tenían que venir a notificar que la revolución yacente se había puesto en pie.

Si al grande hombre, desairadamente escondido en aquella casa de Valencia en la noche del 10 al 11 de junio de 1865, hubiera dado Dios un oído cien veces más extensivo que el que disfrutamos los mortales, habría percibido: primero, la voz del soplón que dijo al gobernador civil, hallándose este en el teatro, que se preparaba un alzamiento de gente de la huerta apoyado por fuerzas del ejército; después la voz del gobernador civil transmitiendo el soplo al Capitán general, Villalonga; habría comprendido, por las medias palabras de este, que no daba importancia a la delación... Villalonga manda llamar al general Segundo Cabo, Larrocha, y le ordena recorrer los cuarteles... Llega el gobernador militar al cuartel donde se alojaba *Borbón*, y lo primero que se echa a la cara es la oficialidad, toda en traje de marcha, y el coronel Alemani, dispuestos para salir con la tropa... La escena fue sencilla y cómica, pues rivalizando en timidez Larrocha y Alemani, el primero se limitó a decir al coronel: «Véngase usted conmigo a ver al Capitán general», y el segundo no tuvo arranque para decir al otro: «Por lo pronto, quédese usted aquí preso, y luego veremos a dónde vamos.» Momento decisivo fue aquel para la sublevación. La blandura con que procedía Larrocha, dando motivo a que se sospecharan condescendencias de Villalonga; la debilidad o turbación de Alemani, que se dejó llevar mansamente, en vez de arrojarse a la resolución temeraria que el caso imponía, descompusieron en un minuto lo que en luengos y laboriosos días se había tramado. Contó Larrocha después a sus amigos que fue al cuartel con la idea de que sería encerrado en el cuarto de banderas. Bien claro se vio que la sublevación palpitaba en el alma del ejército, y que el toque consistía en saber romper con unánime impulso las formalidades de la disciplina. A poco de salir el coronel, vino una orden llamando a los oficiales a la Capitanía general, donde quedaron detenidos. Creeríase que un Rector bondadoso trataba de apaciguar una rebelión de colegiales.

Clavería y un ayudante de *Borbón*, encargados de notificar a Prim lo sucedido, temblaban relatándolo; la cara del héroe se ponía verde, y sus ojos arrojaban un fulgor lívido. De pronto se encaró con Acosta, y echando por delante sus manos, que abofeteaban el aire, le soltó esta rociada: «Yo he venido aquí, yo... yo... he venido aquí porque ustedes me han llamado: usted, Acosta y Alemani, Crespo y Rada... Los cuatro coroneles me han llamado... Yo vine aquí creyendo tratar con coroneles del ejército español, y ahora veo que he tratado con monjas... Esto no se puede sufrir... España no merece más Gobierno que el que tiene, y ustedes hicieron mal en no estudiar para curas... Ya sabían que las revoluciones son actos de violencia. El que no tenga corazón, el que agallas no tenga, que se ponga a rezar el rosario... ¡Ea!, hemos concluido.»

Aún no se había perdido todo, ¡cáspita! según dijeron Leal y Carlos Rubio, que llegaron presurosos cuando Prim esparcía los rayos de su cólera sobre las cabezas de Clavería y el ayudante; aún quedaba disponible *Burgos*, cuyo coronel, Rada, no estaba detenido. Los oficiales proponían sublevarse a las ocho de la mañana, en el acto de salir a misa. Era domingo: en vez de dirigirse a la iglesia, marcharían a la Capitanía general, para libertar a los de *Borbón y Extremadura* detenidos, y apoderarse de Villalonga... No cautivaron el ánimo del de Reus estas fantasmagorías palmariamente *ojalateras*. El plan de los de *Burgos* se consideró desatinado, y más cuando se supo que su coronel no lo patrocinaba... Corrieron allí de boca en boca iracundas recriminaciones contra Rada. Él había sido el soplón, que vació en la oreja del gobernador el secreto de *la cosa*. Prim no dijo nada: su ira era contra todos... De súbito echó mano a la faja y deshizo el lazo en menos que se dice; se desabrochó la levita con tanta furia, que saltaron los botones como proyectiles: unos fueron a chocar en la pared, otros en las barrigas de los allí presentes. «Me voy... ¡Otra vez huir, huir siempre!... Que me traigan esos andrajos... A ver, ¿dónde están mis andrajos?» Cuando esto dijo, amanecía...

XVIII

Amaneció el 11 de junio, revuelto y brumoso, y el aire traía un aliento cálido precursor del Levante. Como domingo, el Grao se adormecía en el descanso de las faenas comerciales. Triste es el día festivo, dígase lo que se quiera, en los puertos de mar; tristes el silencio y quietud de los muelles, las banderas izadas en los barcos sin ruido, los marineros endomingados, las embarcaciones menores, gabarras y botes, metidos todos juntos en estrecha dársena, y apretados unos contra otros dando cabezadas, como el rebaño dentro de las teleras... Así lo pensaba el bueno de Ibero, que después de divagar por los muelles, recorría todo el espigón hasta la farola... Hacia la mar ancha miraba, y no viendo lo que ver quería, tornaba a los muelles y se asomaba a las puertas de los cafetines próximos al puerto. Bien decía su rostro la impaciencia y ansiedad que turbaban su ánimo: buscaba en la mar un barco, en la tierra un hombre, y ni hombre ni barco parecían. Ocurrió que por la mañana bien temprano salió su patrona al patio, despeinada y ojerosa, y con el tono más desconsolado le participó que *la cosa* había salido muy mal... ¡Qué desdicha! ¿En qué estaba Dios pensando?... A poco llegó el señor Leal, también desgreñado, la boca torcida, borrachos de insomnio los ojos y el pensamiento, tartajosa la palabra, el ánimo espantable; y encarándose con Ibero como si tuviera éste la culpa del fracaso de *la cosa*, le escupió estos terminachos: «¿Qué haces aquí, gandul?... ¡Oído a la caja... Marchen! Cada uno a su puesto... Verás: cojo una estaca y te... Corre y di que atraquen... ¿Está listo el falucho? Que atraquen... Ya estás corriendo... ¿Pero aún estás aquí, bigardo?... ¿A que te rompo en las costillas el palo de la escoba? ¿No me has oído? El falucho... Embarcar... Corre... Que atraque... playa del Cabañal, fotre; Cabañal, ¡contrafotre!... ¡Corre y vuelve a decirlo, con cien mil fotres!...»

De estas abominables vociferaciones sacó Ibero en limpio que debía dar aviso a Canigó de que arrimara su embarcación a la playa del Cabañal. Nada más fácil que dar esta orden: ya sabía dónde estaba Canigó, pues con él había pasado la noche a bordo de la embarcación, bien arranchada de todo, víveres inclusive. Pero no contaba con el destino adverso que en aquellos días y noches de *Luna de Valencia* desbarataba los planes del primer revolucionario de estos reinos. La embarcación no estaba en el muelle ni a la vista dentro y fuera del puerto, ni Canigó en el café de la Marina, ni las casas, almacenes y barcos en su sitio, porque con la gran turbación y pavura que el caso produjo en la cabeza de Ibero, todo el mundo visible era un Tío vivo que daba vueltas en torno al atontado marinero. Por esto se le vio vagar en el muelle y esparcir sus miradas por el mar alto desde el espigón. Así estuvo casi todo el día, hasta que al fin, al caer de la tarde, vio aparecer a Canigó como si saliera de debajo de la tierra. Llegose a él con la natural ansiedad, y el viejo, después de desahogarse con procaz estilo en San Pedro, San José y otros santos venerables, le dijo que su sobrino Gasparó le había faltado; que su sobrino era un renegado indecente... Pero al fin, a falta del falucho de Gasparó, ya tenía otro, malo y con los fondos podridos, eso sí; pero a falta de pan, tortas... y vuelta a desahogarse en los santos de más alto copete, y a llorar de rabia y a patear el suelo, que no tenía culpa de lo que pasaba. «¡Tripas mías —dijo con bramido—, haceos corazón, y avante, avante!... Arrimaremos al Cabañal cuando cierre la noche... Avisa para que estén listos... Víveres no tengo; el barco navega de milagro. Pero Dios hará el milagro esta noche, y viva Prim, y yo me descargo en Gasparó y en la perra de su madre.»

Y cuando descendió la noche, llorosa, destemplada y con raudos celajes que ocultaban la Luna, un grupo de hombres de apariencia humilde a buen paso se dirigía desde las casas del Cabañal a la playa cercana. Sin detenerse entraban en el agua hasta media pierna, para ganar una lancha en que se embarcaron presurosos. La lancha se alejó con vivo golpear de remos. Quedaron en la playa tres individuos: don Joaquín Aguirre, Clavería y Vicente Jiménez, inquilino de la mísera casa donde pasó Prim la cruel, angustiosa noche del 10 al 11; hombre modesto y de pocas palabras, de alma bien templada para el sacrificio. Todo el día 11 anduvo la policía en la persecución de los conspiradores, buscándolos en los cafés, casas particulares y de huéspedes. Jiménez, con astucia y sagacidad admirables, desvió la acción policíaca de la persona y guarida del general, y consiguió embarcarle sin el menor tropiezo. ¿Dónde estaban los carabineros, cabos de mar y polizontes? Nadie lo sabía. Se dijo que el propio Villalonga arregló la salida de Prim por un lado, mientras la policía echaba los ojos por otro. Años adelante, hablando de esto con sus amigos, Prim lo negaba rotundamente, y toda su gratitud era para el valiente y oscuro Vicente Jiménez.

Los que en la playa quedaban aguardaron atentos hasta que vieron al falucho dando al viento sus velas rotas, y arando las olas con su quilla podrida. Allá iba Prim, el infatigable revolucionario, a merced de las aguas revueltas y de los vientos furibundos, en retirada de una empresa fallida, y ya pensando en otra, sin que le arredraran los reveses ni en su grande ánimo decayeran la idea destructora y la pasión ardiente que le impulsaban. Allá iba en un barco roto, sin víveres ni abrigo, valiente, inflexible, temerario. Resucitaba en nuestro tiempo la andante caballería, desnudándola del arnés mohoso y vistiéndola de las nuevas armas resplandecientes que van forjando los siglos.

Los demás auxiliares de la conspiración desaparecieron el mismo día, o al promedio de la noche. Cada cual buscó su escondite o cogió la ruta que creía más segura contra persecuciones, y ninguno sabía del paradero de los demás. Teresa y Leal, que escaparon en una tartana poco después de darse a la vela el falucho, no supieron decir a un amigo si Carlos Rubio había embarcado con Prim o se ocultaba con Aguirre en espera de favorable coyuntura para marcharse a Madrid.

Como almas que lleva el diablo iban hacia Requena Teresa y Jacinto, este dado a los demonios, maldiciendo la hora en que vino al mundo. Lo que sufrió Teresa en aquel viaje no es para dicho. Y no era lo peor que fueran desconsolados, desavenidos, iracundos, sino que iban sin dinero, pues lo que ella trajo de Madrid se lo gastó Jacinto en pitos y flautas, dejando de añadidura en Valencia trampas engorrosas, y en aquella triste fuga no tenían santo ni demonio a quien poder encomendarse. Pero como Dios da su amparo a los buenos, y aun a los malos cuando estos van más desesperados de socorro, sucedió que, al parar la tartana en Chiva, se les apareció como bajado del cielo Manolo Tarfe, que vegetaba en aquellas tierras al cuidado de sus viñas y de una tía tan vieja como rica que había testado en su favor. Providencia fue el simpático caballero para los fugitivos, pues generosamente, y antes que se lo pidieran, les proveyó de lo más necesario, y les dio la compañía y guardia de dos criados suyos para que les acompañasen hasta Requena y allí les albergaran en lugar seguro.

Aburridísimo estaba el buen Tarfe en la soledad de Chiva, villa triste habitada por carlistas, campo feraz de robusta vegetación media en que se dan la mano la manchega y la valenciana. Poco aficionado a la vida rústica, trataba de acomodarse a ella, contemplando a su tía medio perlática y los hermosos olivares y viñedos que poseía. De su tedio le consolaban dos veces por semana las cartas que recibía de Beramendi con noticia sabrosa del tejemaneje político y entremeses picantes de gacetilla social. A mediados de junio le escribió el amigo que aterradas doña Isabel y su camarilla por la intentona de Valencia, los ángeles o diablos tutelares de la soberana acordaron despedir a O'Donnell y llamar a Narváez. Leía Tarfe estas gratas correspondencias al pie de un algarrobo o de un peral, en las fértiles heredades cercadas de aloes, y allí espaciaba su espíritu en el comento silencioso de los sucesos transmitidos por la escritura.

Decía la carta: «Aunque lo de Valencia ha sido otro mal parto, en Palacio tiemblan y dicen: *a la quinta o a la sexta va la vencida*. Bien se ve que el ejército se cuartea con la continua sacudida subterránea, y se desmoronará si una mano fuerte no acude a su reparación y fortaleza. Esta mano no puede ser otra que la de O'Donnell... Ya tienes el *Espadón* en la calle, y a don Leopoldo en el Ministerio de la Guerra y Presidencia del Consejo, con su inseparable *Gran Elector*, y con Zabala, Calderón Collantes, Alonso Martínez, Cánovas, etc... Pásmate de lo que voy a decirte. La reina, que ve las orejas al lobo, consiente en reconocer el Reino de Italia. ¡Cuando la señora se decide a reinar por sí, apartando con atrevido gesto la férula de Pío IX, figúrate qué procesiones andarán por dentro! Las damas que incluyen en sus programas de elegancia el Poder temporal del Papal, están que trinan, y la llagada Patrocinio nos prepara uno de los más sorprendentes milagros de su repertorio. Pero es dudoso que podamos verlo, porque el Gobierno (lo sé de la mejor tinta, de la propia boca de don Leopoldo) ha resuelto exportar a la Madre, mandándola a Roma con el padre Claret para que puedan allí milagrear libremente... ¿Logrará O'Donnell amansar a la revolución? Yo lo dudo. Me consta que se ofrecieron carteras a Sagasta y Fernández de los Ríos, y que estos las rechazaron. Tendremos amnistía, libertad de imprenta, reformas electorales, y no sé qué otros anzuelos con que se quiere enganchar a los desmandados peces de la Libertad. ¿Picarán? Yo creo que no, porque con todas esas concesiones a lo que mi hermano Gregorio llama el *espíritu del siglo*, Italia reconocida, la monja y el obispo mandados a freír espárragos, la política llevada por mejores vías, con todo eso y más que hubiera, aún queda en pie la muralla de la China, o sea los *obstáculos*... ¿Y de Prim, qué sabes?»

En otra carta escrita en pleno verano, le decía: «¡Ay, Manolo de mi alma, qué feo está Madrid! Por tu vida, no vengas acá, no abandones tu geórgico apartamiento, duerme tus siestas bajo un olivo, lejos de este infernal freidero. Si ahí te acribillan las moscas, aguántalas con paciencia, y acuérdate de los que aquí sufrimos las picadas de los tontos que en este nefando Madrid con el calor se multiplican y aguzan sus penetrantes aguijones. El verano ahuyenta despiadado a los pocos discretos, y embota las facultades de los que se quedan aquí. La enfermedad de mi señor suegro ha trastornado todos nuestros planes. María Ignacia no se determina a salir, y yo digo como aquel bruto: *Ni se muere padre ni cenamos.*

»La Corte se ha ido a La Granja; la política duerme una lúgubre mona; ausentes los llamados hombres públicos, los vagos de Madrid nos entretenemos vaticinando la próxima sedición militar. El pueblo la siente en su corazón con latido enérgico y profundo... Desde la famosa noche, *¡ay, mamá!...* Del bendito San Daniel, el temor y el gusto de una jarana ruidosa alientan en todas las almas. El pacífico vecino de esta Villa y Corte podrá meterse en la cama sin persignarse, no sin frotarse las manos diciendo: "de mañana no pasa". Un secreto instinto dice al pueblo que las aberraciones existentes no pueden continuar. Rara es la casa en donde la señora no manda a su doméstica, los más de los días, por provisiones extraordinarias: en el momento menos pensado será peligroso salir de casa. ¿Óyese un rumor callejero de granujas revoltosos?... pues hay carreras, y la gente despavorida se mete en los portales. ¿Suena el chasquido de una fusta?... ya que han empezado los tiros.

»Comprenderás, querido Manolo, por los brochazos de realidad que te transmito, que he descendido de mi globo para recrearme pintando las chapucerías pedestres de esta vida ramplona. Mis vesanias son temporales, alternas, rítmicas, y ahora estoy en la humorada de arrastrarme por el bajo suelo, todo baches y polvo. Además, mi buen *Confusio*, que es quien con su dislocada imaginación me saca de paseo por los espacios, hállase estos días algo turbado de sus excelsas facultades, y no acierta, según dice, con el desarrollo y secuencias de los extraordinarios sucesos archi-lógicos que refiere. Quéjase de que la soberana lógica se le pone de uñas; vese obligado a frecuentes enmiendas de su labor, a rectificar lo escrito y a desandar unos caminos para entrar en otros; en fin, que el hombre se ha hecho un lío, y es como una araña que se enreda en sus propias urdimbres... Antes que se me olvide, Manolo, ya he sabido de Prim. Está en Vichy tomando las aguas. Me lo ha dicho Muñiz, que ayer tuvo carta del grande hombre. Por más que apreté a Ricardo para que me dijese en qué lugar del planeta trabajan ahora estos tejedores de la revolución, no he logrado saber nada. Por latidos o vibraciones que llegan hasta mí, sé que hay todavía en el Gobierno esperanzas de inteligencia con Prim, y que se le ha indicado que venga para celebrar entrevista con O'Donnell. ¿Vendrá? ¿Se entenderán? Creo que esto no lo sabe ni el mismo *Confusio*, entendedor supremo de las cosas que no han pasado y deben pasar, o de lo que debiendo ser no es.»

XIX

Entrado agosto, escribía esto Beramendi:

«Te digo bajo mi palabra de honor, y si quieres lo crees, y si no vete al cuerno, que está nuestro Madrid delicioso. Teatros abiertos no existen, ni nos hacen falta para nada; conciertos no hay más que los que nos dan los mosquitos; la horchata de chufas no ha encarecido a pesar del excesivo consumo; los perros no han empezado a rabiar todavía; en casa te sofocas, en la calle te abrasas, aun de noche; y de día, como salgas, hazte cuenta que te has echado a la cara las llamas del Purgatorio. El Ateneo es un páramo: allí me metí ayer, y solo encontré a Moreno Nieto, un poco agostado y afligido del calor, siempre amable y ameno. A poco de estar a su lado, hablando de filosofía y refrescando mi entendimiento con el considerable saber del maestro, entró Castelar. Algo picamos en filosofía y en política. Te aseguro que en la compañía de tan altos ingenios encontré un oasis, y que me extasié junto a ellos a la sombra de las palmeras de su elocuencia, cargadas de dátiles dulcísimos... Otra noche que fui no me favoreció tanto la suerte, porque en el desfiladero hacia la estancia interior que llaman *cacharrería*, me salieron dos *krausistas*, a los cuales hablé de música clásica para cortarles la vena metafísica, y luego di con un economista, con quien departí de cría caballar y de la edad de piedra. Imponiéndoles la conversación más contraria a sus especialidades, les comunicaba una ficticia excitación y yo me quedaba tan fresco. En estos días calurosos, no debemos entablar otras discusiones que aquellas en que seamos mucho más fuertes que el contrario. No siendo así, te expones a la irritación de la sangre. Dímelo a mí, que el verano pasado, por ponerme a discutir con Severo Catalina de literatura hebraica, cogí un sarpullido y me salieron la mar de diviesos.

»Todo es tristeza y soledad en el Casino, donde languidecen, por falta de lenguas, las cátedras de chismografía. Hasta la cátedra del *sacro Monte* está en manos de suplentes chambones, por ausencia de los maestros tallantes... No hay animación verdadera más que en la *Tertulia Progresista*, y esto lo sé por lo que me cuentan, pues yo no voy a esa parroquia. ¡Ay! me entristezco soberanamente. Como en mi casa no hay más que suspiros, temores, médicos y expectación de una muerte inevitable, busco ratos de distracción en la vía pública. Anoche me paré en los corrillos que rodean a *Perico el Ciego*, que es un magnífico trovador, para que te enteres. Al son de su guitarra, canta, no las proezas de los héroes, porque no los hay, sino las vivas historias de bandoleros y ladrones. Atento público le escucha con simpatía y emoción. Yo me he sentido medieval agregándome a ese público. Anoche hicieron furor dos o tres coplas de Perico, harto ingeniosas. O me engañé mucho, o eran alusivas a nuestra reina, que anda ya en jácaras de los cantores callejeros. Desengáñate, Manolo: aquí no hay más cronista popular que *Perico el Ciego*, ni más poetisa que la *Ciega de Manzanares*. A no ser que tengas por poesía la oda de Olloqui a la Guerra de África, composición premiada por la Academia, donde se dice: *Denantes que del Sol la crencha rubia —se esparza, los venciera—, los hijos de la Nubia, los que abortó el Horeb en negra pluvia*. ¿Crees que esta es la poesía española de la *era isabelina*? En tal caso, la tal era sería una *era* para trillar el buen gusto y el sentido común. Nada, hijo mío, que aquí todo es paja, y tiene que venir Prim, con los demagogos que *abortó el Horeb en negra pluvia*, para barrerla o aventarla.

»También entro en algún café para pasar el rato. No una, sino muchas noches, me ha embestido el famoso buscón *Perico Manguela* pidiéndome un duro. Ya comprenderás que se lo he dado. Me inspira más lástima que odio ese infeliz mendicante y pilluelo, y le absuelvo de sus raterías por la gracia con que las hace. Recordarás la cara de aflicción que ponía cuando en el billar te rogaba que le prestases la capa para poder salir y ocultarse de la policía que en la puerta le acechaba. Algunos incautos caían en este timo, y cuando recordaban, ya *Manguela* volvía de empeñar la pañosa en la más próxima casa de préstamos. Como en verano no hay capas, inventa otros chuscos arbitrios para apoderarse de un napoleón o de un par de pesetas. Habrás observado que *Manguela* es popular, y que el público se pone siempre de su parte cuando le ve en la calle, acosado por los guindillas... También he tenido el gusto de encontrarme estas noches al pomposo brigadier Posada, pariente de nuestro *gran Elector*, siempre mascando un puro de estanco que convierte en hisopo, rociando con su saliva a cuantos se le acercan, y promoviendo cuestiones personales con los que se ríen de su facha, de su genio iracundo, de su corpulencia y cómica seriedad, del botón rojo que en el ojal lleva, de su inflada tripa y del levitón negro con las solapas salpicadas de lo que fuma, escupe y habla... He procurado esquivar su presencia, porque es pesadísimo y poco divertido, y enseguida te plantea la cuestión de honor... Otras figuras de neto madrileñismo he hallado en mis caminos nocturnos; pero de ellas te hablaré otro día... ¡Oh, Madrid, metrópoli de vagos y universidad de arbitristas!»

A principios de septiembre, el corresponsal matritense notificaba al proscripto de Chiva que habían fracasado las negociaciones de arreglo con Prim; a fines del propio mes anunciaba el marqués la muerte de su suegro, el considerable patricio y cristiano caballero señor de Emparán, y añadía que pasado el novenario saldría con María Ignacia y su hijo para Zarauz. No se alegraba poco Beramendi de perder de vista a Madrid, porque sobre los horrores del verano entró en la Villa la pestilencia de una endiablada enfermedad que por todas las trazas debía de ser el cólera... Con diferencia de pocos días, partieron para el otro mundo el suegro de Beramendi y la tííta de Tarfe, y bien pudo suponerse que su riqueza no les impidió subir a la morada celestial, porque ambos eran personas de piedad ardiente, y habían terminado su mortal vida en augusta paz, despedidos por innumerables bendiciones e indulgencias eclesiásticas, y por la pomposa solemnidad con que se les administraron los Sacramentos...

Menos dichoso que su amigo, no pudo Tarfe cambiar su residencia, porque la testamentaría le retuvo mal de su grado en Chiva, con frecuentes excursiones a Requena, donde radicaba lo más extenso y valioso de los bienes heredados. En una de sus últimas diligencias de propietario, avanzado ya diciembre, encontró a Leal y a Teresa disponiéndose a partir. Habló con los dos, ofreciéndose en cuanto pudiera servirles, y nada le dijeron del lugar a donde iban. Por personas de su intimidad en Requena, supo que Leal había recibido dinero de Madrid; que le visitó días antes un caballero desconocido, con el cual conferenció largamente, quedando citados para Ocaña. A Tarfe le dio en la nariz olor de cuartelada; pero no quiso hablar de ello con sus amigos, a quienes despidió, viéndoles partir alegres en un desvencijado coche. Eran los días próximos a Navidad.

Gozosa iba Teresa por perder de vista un pueblo en que había padecido crueles inopias, y displicencias agudas de Leal, hombre que se volvía fiera cuando le faltaban sus dos principales elementos de vida, el dinero y la conspiración. Pobreza y paz no se avenían con su alma, enviciada en la dilapidación y en la hormiguilla revolucionaria. Siguieron, pues, su camino por la tierra baja de Cuenca, con mil privaciones y contratiempos, pues el fementido coche se les hizo añicos al salir de Motilla de Palancar, y hubieron de remediarse con un carro, que los llevó en cuatro largos días a Tarancón, villa famosa por sus uvas y sus Muñoces. Había Teresa encargado expresivamente a su madre que le escribiese a Tarancón, y para mayor sorpresa y dicha, encontró, no la carta, sino la propia persona de Manolita Pez, que allá se fue huyendo del cólera (del cual aún había en Madrid casos esporádicos), y vivía con un pariente suyo, administrador de Riansares, en casa holgada, de buen acomodo... Pues, señor, en cuanto Leal echó la vista encima a doña Manuela, que no era santa de su devoción, torció el morro, frunció las cejas, y entre carraspeos y tosecillas, hizo emisión de algunos términos agridulces en que no se sabía si la presencia de la señora le causaba júbilo o un agudísimo dolor de muelas. Total: que apenas llegado, Jacinto dijo a Teresa: «Pues encuentras en Tarancón la compañía de tu madre, aquí te dejo, vida mía, y

120

yo tomo el portante. Ya sabes que hay prisa.» Sin esperar observaciones, alquiló un caballo matalón, y se fue bendito de Dios.

Bien puede afirmarse que si Leal sentía por Manolita una estimación semejante a la que nos inspira una neuralgia facial, la madre de Teresa le pagaba en moneda del mismo cuño, queriéndole como a un tumor maligno.. Prueba al canto: al anochecer del mismo día en que hija y madre se vieron juntas, Manolita echó todo este veneno en el oído de Teresa: «No he venido huyendo del cólera, que ya no existe, sino a prevenirte contra él, contra tu *morbo asiático*, que es Leal. Hija del alma, abre los ojos y convéncete de que seguir con ese hombre es peor que la muerte para ti. Mejor sabes tú que yo su situación. Más tronado está que arpa vieja; a Madrid no puede ir, porque detrás de cada esquina le saldrían siete acreedores furiosos... Si fuera un hombre trabajador o un hombre de idea, podría reponerse con algún negocio. Pero vete con negocios al que toda la vida fue un haragán, y un presumido, y un bruto incapaz de sacramento. Teresa, mi adorada niña, vas a los profundos abismos si no haces caso de tu madre. ¿Qué esperas, qué piensas, qué decides?... ¿A qué vienen esos pucheros? ¿Lágrimas ahora? Cuando se nos quema la casa, lo primero es echar a correr. Tiempo hay luego de sentirlo...»

Siguió la de Pez vomitando ponzoña. Con ser cosa tan mala el no tener Jacinto dinero ni de dónde le viniese, todavía era peor el haber tomado por oficio la conspiración. Bien claro se veía que Prim era un loco, seguido de unos pobres mentecatos o sinvergüenzas... ¿Qué quería Prim, y qué había de traernos si triunfaba? Más hambre, más chanchullos, y motín diario por la mañana y por la tarde. ¿Quién no se reiría de ver ministro a Carlos Rubio, a quien nadie podía dar la mano sin tener que jabonársela después? Y por otro estilo, los demás eran tales que no había por dónde cogerlos. Daba grima pensar que fueran ministros el Becerra, el Sagasta y el Ruiz Zorrilla... En fin, que era un asco el dichoso *Progreso*, y Prim un busca-ruidos, un salta-barrancos, que debió haberse quedado allá en América con los mulaticos y cimarrones... Pues de Leal, el más tonto de los seguidores de Prim, ¿qué podía esperarse? El mejor día lo fusilaban... y bien merecido le estaría por imbécil... Ya le andaban siguiendo los pasos; ella lo sabía de buena tinta... y no daba un ochavo por su cabeza.

Con estos crueles juicios y siniestros augurios, quedó la pobre Teresa consternada; la terrible madre volvió a la carga con saña y pesadez en los días siguientes, apretándola y cercándola de este modo: «Estoy avergonzada, y no sé qué responder a las personas que me preguntan si te has vuelto loca, o si te ha dado ese bruto algún bebedizo. Nadie comprende cómo una mujer de tu mérito aguanta esa vida, esas escaseces... tantas humillaciones y vergüenzas. Me lo han dicho muchas, muchísimas personas respetables, de circunstancias, de gran posición; personas que te estiman, Teresa, aunque no te lo hayan dicho... Lo que oyes: no acaban de entenderte, y te compadecen de todo corazón, por lo que sufres... y por lo que sufrirás cuando veas a ese bárbaro en un patíbulo.»

Llegó Teresa a un grado tal de tribulación y azoramiento, que ni comía ni dormía. A ratos estaba como lela, sintiendo su cerebro vacío de toda razón y discernimiento; a ratos se le crispaban los nervios y se le encendía la sangre; poseída de coraje felino, en sí misma clavaba las uñas y apretaba los dientes. Su respiración era fuego, sus ideas feroces... Hallábase una noche en el humilde cuartito bajo que habitaba, junto al portalón de la casa, cuando tuvo Manolita la mala idea de volver a la carga con redoblada impertinencia y crueldad. Debe decirse, como atenuante de la conducta de la madre, que esta se hallaba en un estado de penuria más lacerante que el de su hija. De Teresa vivía; atendíala esta tarde y mal, por no poder de otro modo. Era el tronicio de doña Manuela furibundo y desesperado. Había venido a Tarancón huyendo, no del cólera, sino del espectro de una miseria degradante. Empeñados todos los objetos de algún valor, había tenido que malbaratar la espada y espuelas de Villaescusa. Para mayor desdicha, los primos de Tarancón habíanla recibido con desabrimiento y grosería, y le pedían que abonase algo por su manutención. Estaba la pobre señora como los gatos hambrientos que en la desesperada embisten a su propia especie, y no reparan en distancias ni obstáculos para satisfacer su ciega necesidad. Acometió a Teresa con formas y apremios más atroces que los que antes usara, y la estrechó furiosamente diciéndole que ya no aguantaba más, que su decoro no era compatible con aquel vivir arrastrado, y que, por fin, quisiéralo o no, su hija tendría que tomar inmediatamente nuevo protector, abandonando al infame y estúpido Leal. La madre, que estaba en todo, le tenía ya preparado el relevo...

No la dejó concluir Teresa, pues la furia insana que en su interior rebullía y pataleaba, no le dio tiempo a pertrecharse de razón y templanza. Con bramido salvaje y zarpazo furibundo, arrojó a su madre sobre el camastro próximo, y le clavó en el rostro las uñas, y le descompuso todo el pelambre recién peinado, y sus roncos acentos remataron la bárbara impensada acción. Palabras de fuego esparcidas en ráfagas y chispas, fueron estas: «¡Bribona, si tú me metiste a Leal por los ojos; si yo no quería, y tú me llevaste a él!... ¡Si decías entonces que era el número uno de los caballeros!... Lagarta, tú dijiste que le querías como a un hijo... ¡Y ahora, porque es pobre... y ahora, porque es conspirador...! Pues lo mismo conspiraba entonces... y tú decías: "¡Oh, qué hombre!... Es el primer talento, el primer punto de la Revolución...". No eres tú mi madre... No lo eres... Toma, toma...»

XX

Acudieron a la nefanda trapatiesta los Bellidos, marido y mujer, que así se llamaban los primos de Manolita, y con tirones vigorosos separaron a la hija y a la madre, manifestando que en su casa no toleraban tales escándalos. Teresa, recobrada de improviso la razón, libre del bestial coraje que la transfiguró eclipsando su ser pacífico, se deshizo en llanto y dijo que su madre tenía la culpa, por haberla enloquecido y precipitado con los horrores que le propuso... Desde aquel lance quedaron una y otra confinadas en sus aposentos. Pasó Teresa una noche de perros, afligida por el recuerdo de su acción odiosa, y diciéndose que daría parte de su existencia por no haber hecho lo que hizo, o porque resultase un caso de pesadilla... Y en verdad que fue horrendo delito y que no podía justificarse alegando que medió trastorno, de donde vino el impulso inconsciente y mecánico. No había disculpa para una hija, ni aun suponiendo en la madre toda la maldad del mundo.

De doña Manolita cuentan las historias que pasó parte de la noche escribiendo larga epístola a persona que residía cerca de la villa; y hecho esto, se curó y disimuló con afeites los rasguños que su desnaturalizada hija le hizo en la cara; se peino con esmero, poniendo en su lugar los arrancados añadidos y descompuestos moños, y por la mañana tempranito, después de mandar a su destino con un muchacho la carta que había escrito, vistiose de negro, con hábito y correa, y se fue *pian pianino* al santuario de Nuestra Señora de Riansares, que está como a media legua de Tarancón. En los colmos de su infortunio, la pobre señora no veía quizás más consuelo que encomendarse a la Virgen para que esta le deparase un honrado medio de subsistencia.

Sola y desatendida de sus parientes quedó Teresa en la triste casa, sin tener a su lado persona alguna con quien desahogar su pena, pues Felisa, la fiel criada desde los tiempos del francés Brizard, ya no estaba a su servicio. En Valencia le había salido un novio, buen chico, que comerciaba en vinos y azafrán. Se casaron y fueron a establecerse a Herencia, lugar de la Mancha. Sin madre ya, sin criada y sin amiga, pasó la dolorida mujer casi todo el día en el cuartucho bajo, cosiendo y arreglando algunos desperfectos de su ropa, el pensamiento fijo, más que en la labor, en las enormes y complejas calamidades que llovían sobre ella; y cuando más absorta estaba en su aguja y en sus negras ideas, sintió ruido combinado de caballería y de persona... y oyó una voz que, de no ser tan ronca, le habría sonado como la de Leal. ¿Era o no era? Antes que pudiera salir de esta duda, entró el propio Jacinto en la habitación, abriendo la puerta de golpe y con estruendo. Si de la súbita entrada se asustó Teresa, no le dio menos espanto la cara que traía el hombre, sudorosa y descompuesta, los ojos enrojecidos, con un mirar que parecía de sangre, y toda la facha y ropa en lastimoso descuido y deterioro. Él, tan pulcro y tan mirado, venía hecho un Adán, lleno de porquería. Antes que Teresa pudiese interrogarle sobre su aparición brusca y su mal pelaje, la cogió de un brazo, la sacudió rudamente y le dijo con ronquera y malos modos: «Déjate de preguntas... Traigo mucha prisa, Teresa... No me irrites... Dame todo el dinero que tengas.

—Aguarda, hijo... Vienes muy cansado... ¿Quieres tomar algo?

—Dame el dinero, Teresa, y no me saques la cólera... No puedo entretenerme. Mañana te diré...

—¿Vienes de Ocaña?

—No... Vengo de Villamanrique, ¡fotre!... No me sulfures más, ni me marees con tus preguntas. Dame...

—De lo que me dejaste, no me quedan más que doscientos cuarenta reales. Los necesito para vivir, pues estos generosos parientes nos piden a mi madre y a mí pago de hospedaje.

—¡Mentira, mentira!» La ronquera de Leal, aumentada por su ira y turbación, ya era más bien afonía. Sus palabras sonaban como el bramido de un rumiante furioso... Plantose Teresa en la resolución de no darle el dinero, y él, runflando y despidiendo fuego por los ojos, sustituyó la palabra indecisa con la acción brutal. La escena que en breves instantes se desarrolló fue de lo más repugnante que imaginarse puede. Hizo ademán la pobre mujer de cortarle el paso hacia el cofre donde guardaba el dinero, y él, con tremenda bofetada que restalló en el carrillo derecho, la derribó sobre la izquierda. Chilló Teresa... Nueva bofetada formidable la enderezó, arrumbándola luego del lado contrario... Segundos no más tardó Leal en abrir el cofre y sacar un envoltorio que contenía monedas. Ya sabía el indino dónde estaba. Precipitose luego sobre Teresa, que había quedado de rodillas apoyada en la cama, y con mano trémula tanteó la cabeza... buscaba los pendientes. Atendió la mujer con movimiento instintivo a la defensa de aquellas joyas humildes; pero él apartó las manos de ella, vociferando con rugido: «Deja que te los quite, o te arranco las orejas.» Obra fue también de algunos segundos. Después le cogió la mano derecha, en cuyos dedos anular y meñique tenía dos hermosas sortijas... El bruto decía: «Yo te lo he dado, yo te lo quito... Déjame... No hables... tengo prisa.» De dos tirones sacó las sortijas, y metiéndoselas en el bolsillo, donde ya estaba el envoltorio del dinero, salió echando resoplidos y taconeando fuerte. A los oídos de la casi desmayada Teresa llegó el trotar del mulo en que Leal partía.

Largo tiempo tardó la pobre mujer en recobrarse del susto y de la indignación, y más aún en traer a su ánimo serenidad bastante para resolver algo y elegir el camino que debía seguir después del infame atropello. Por más vueltas que al problema daba, no veía más que un punto a donde volver los ojos, y este punto era su madre, que al fin resultaba cargada de razón en cuanto le dijo referente a Leal. ¡Y ella, ingrata y desnaturalizada, había puesto sus uñas en el rostro de su consejera y madre, y había deshecho los blancos mechones de aquella venerable cabellera!... Ansiosa ya de verla y de intentar la reconciliación, preguntó hacia dónde caía el santuario de

Riansares y a qué distancia estaba. Apenas la enteraron de esto, echose un pañuelo por la cabeza y en marcha se puso por el camino adelante, y sin equivocarse lo recorrió con tan buena suerte, que antes de llegar a la mitad del sendero topó de manos a boca con su afligida y enlutada madre que del santuario volvía. Con entrecortadas frases angustiosas le contó Teresa la terrible escena, y lo mismo fue oírla doña Manuela que sentirse aliviada de sus rencores, y en la mejor disposición para olvidar los arañazos, repelones e injurias con que la maltrató la hija de sus entrañas. Abrazándola y besuqueándola con zalameras babas y cariños extremosos, le dijo que ya podían las dos respirar tranquilas y perdonarse recíprocamente sus agravios, porque Dios les había deparado el alivio de tantas penas y el remedio de la gravísima escasez que padecían. Por más que Teresa la incitó a que hablase con claridad, no quiso la *sutil tramposa* entrar en más explicaciones. Lo primero era serenarse, olvidar lo pasado, y disponerse para vida de reposo y holgura, libres ya las dos del salvaje dominio de Jacinto Leal.

De regreso a la casa, cenaron hija y madre tranquilamente con los esposos Bellido, a quienes Teresa observó menos adustos que de ordinario. ¡Caso inaudito! Doña Manuela les dio dinero a poco de cenar... Y al verla sacar la bolsa, pudo vislumbrar Teresa de refilón que, pagado el hospedaje, aún le quedaban a la ingeniosa dueña bastantes monises. Retiráronse a dormir, y como la vieja no se clareaba, gran parte de la noche estuvo Teresa devanándose los sesos para encontrar la clave de aquella mudanza que en los horizontes de su destino se aparecía. Este pensar vertiginoso y el quemor de sus mejillas, que aún ardían de las fieras bofetadas que le dio Leal, la privaron del descanso que tan hondamente necesitaba. Por la mañana, después de un profundo aunque no largo sueño, vio claro lo que en su ardiente desvelo no había visto, y atando cabos y descifrando palabras de su madre en los primeros días de convivencia en Tarancón, y entrelazando y entretejiendo diferentes hechos con frases oídas a Bellido y sus criados, vino a poseer la verdad o algo que a la verdad se aproximaba.

Véase, dividida en puntos, la obra de reconstrucción mental. Primer punto: El hombre, señor, caballero o lo que fuese, que por la gestión y altos manejos de doña Manuela resolvería la crisis, entrando en el poder en sustitución de Leal, era don Enrique Oliván, joven campanudo, calvo y pegajoso, de la aristocracia burocrática, que acompañó a Teresa en el tren desde Madrid a Almansa... Segundo punto: Don Enrique estaba a la sazón muy cerca de Teresa, desempeñando una comisión del Ministerio de Hacienda. Hallábase en Uclés, mejor dicho, en la *Casa Real de Santiago*, cabeza que fue de la famosa Orden de Caballería. No podía precisar Teresa, por lo poco que había oído, la misión del caballero calvo y administrativo; pero ello era cosa de desamortizar o de allegar materiales a la desamortización. Don Enrique revolvía archivos buscando fuentes de propiedad, deslindaba territorios... Para esto llevaba consigo dos oficiales de Hacienda y tres agrimensores... Un coche alquilado le llevaba y traía en sus visitas a los pueblos cercanos, y cuando iba a Tarancón, solo distante de Uclés poco más de dos leguas, se aposentaba en casa del señor Arcipreste, que fue grande amigo del respetable y coronadísimo don Eduardo de Oliván, padre de Enrique. Tercer punto: ¿En dónde se veían don Enrique y Manolita para tratar de la solución de la crisis? Sin duda para este negocio se dieron alguna cita en el santuario de Riansares, sin perjuicio de las cartas que menudeaban de Tarancón a Uclés y viceversa...

Levantose Teresa no muy temprano, y supo que su madre había salido de madrugada. Apenas la vio llegar, serían las diez, anticipose a darle cuenta de su adivinación. ¡Qué talento de chica! En todo había sido zahorí menos en lo del lugar de la cita: no fue el santuario, que esto le habría sabido mal a la Virgen, sino la casita del sacristán o santero, hombre bondadoso, pío y servicial. Y en esto vio Teresa que su madre disponía presurosa los dos equipajes, como persona que necesita salir ganando minutos a un apremiante negocio. Sin suspender ni un momento la faena febril de recoger y guardar la ropa y adminículos, satisfizo la curiosidad de su hija con breves explicaciones. «Nos vamos a escape, niña del alma. Ya tengo apalabrado el coche. Ese señor, que reúne las dos excelencias de joven y respetable, no quiere que tú y él os veáis en Tarancón. Aquí empezamos a dar que hablar, y estos primos que me ha deparado Dios no son muy discretos que digamos. Don Enrique, como sabes, es casado... quiere a todo trance que se guarde un sigilo muy conveniente para él y para ti... Lo que me encanta más de Oliván es la circunspección... Ya sabes que el respeto a la sociedad ha sido siempre línea de conducta. Con arreglo a estas bases procederemos ahora y siempre.» La locución *con arreglo a estas bases* revelaba que en las conferencias de la casa del sacristán se le había pegado a Manolita el lenguaje administrativo del perfecto burócrata.

Preguntado por Teresa el punto a donde se dirigían, replicó la vieja que era Fuentidueña de Tajo, lugar no lejano, donde esperarían a Oliván. «Ya he puesto hoy en su conocimiento nuestra partida, para que se dé prisa... Él no desea otra cosa que verte y embelesarse con tu presencia. Habitará en Fuentidueña la casa oficina de la *Remonta y Depósito de sementales del Estado*... Nosotros iremos a la posada, porque allá, como aquí, *nuestra línea de conducta* no puede ser otra que guardar escrupulosamente las formas... Ya lo sabes todo... y comprenderás la razón de mis prisas, porque... ¿quién te asegura que aquí estamos libres de otra embestida de es bellaco de Leal?» No aventuró Teresa objeción ni reparo a lo dicho po Manolita, porque su voluntad, por fatal imposición de lo hechos, había quedado debajo de la de su madre, mujer de iniciativas y de admirable tino y audacia para realizarlas Partieron, pues, impacientes y precipitadas, como si fueran a extinguir un incendio, y al anochecer llegaron a Fuentidueña, albergándose en la posada de *Pastor*, de buen trato y no poca bulla, por el mucho tránsito de arrieros y carretería.

El dechado de la sensatez no llegó aquella noche, como se creía, ni a la siguiente mañana. Manolita, del trajín y fieros disgustos de los días anteriores, tuvo que quedarse en el lecho, afligida por una cruel neuralgia que le cogía todo el lado derecho de la cara, tirándole por el pescuezo hasta el mismo omóplato y entronque del brazo. Toda la noche estuvo en un grito. Por la mañana, después de asistirla y darle unturas dejándola sosegadita, salió Teresa al portalón de la posada, y de allí a la carretera, que era calle mayor o principal del pueblo. Gustosa de observar costumbres y de indagar los medios de subsistencia de la gente campesina, recorrió un trozo de calle. Fuentidueña, a más de la granjería agrícola y ganadera, tenía la industria de preparar y tejer el esparto. En todas las puertas de las casas humildes vio Teresa viejos de ambos sexos y mujeres que trabajaban en la empleita haciendo ruedos, esterillas, serones y otros objetos útiles para personas y animales. Embelesada contempló esta labor humilde, hablando con algunos de los trenzadores, y pensó un momento que sería quizás grato para ella trabajar el esparto a la puerta de su casita, libre de cuidados y sonrojos, comiendo lo que Dios se sirviera darle. Y estando en la vaguedad de estos pensamientos, vio que de una puerta próxima salió un mocetón airoso y alto, comiendo pan y queso... Él la vio y detuvo su paso presuroso; ella le reconoció al instante, y avanzando hacia él hizo con alegre acento esta salutación: «¡Ibero, Iberillo!... ¿Tú por estos barrios?... ¿A dónde vas? ¿De dónde vienes?»

Afable, pero contenido siempre en su rígida seriedad característica, el muchacho le contestó: «No puedo decirle de dónde vengo ni a dónde voy. No me pregunte más, señora.» Sin hacer caso de estos propósitos de reserva, insistió Teresa en sus preguntas: «¿Pero qué es de ti?... Cuéntame. ¡Vaya, que estás robusto y sanote!... ¿Y de don Ramón, qué sabes? ¿Sigues con él?» Ibero, respetuoso, se limitó a contestar: «Perdóneme, señora Teresa. Llevo mucha prisa... He parado un instante para comprar algo que comer.

—¡Y vas a pie, pobrecito!... ¿De veras no te cansas?... Antes corrías por la mar, y ahora navegas por tierra.

—Navego por tierras y mares; hago vida libre...

—Tonto, ven acá... Explícame eso. ¿No te parece que rabian de verse juntas la vida libre y esas prisas que llevas? Dime la verdad: tú andas al servicio de los que conspiran. Tú llevas algún parte, órdenes...»

Con un *adiós señora*, terminante y cortés, se despidió el mozo, tomando con vivo paso el camino que va del Tajo al Tajuña. La mente de Teresa, caldeada y sutilizada por recientes amarguras, había adquirido en aquellos días un singular poder de adivinación. Con los hechos menudos y las palabras sueltas llegaba por inducción al conocimiento de los hechos grandes, como los hábiles naturalistas que construyen un esqueleto con el simple dato de algunos huesos menores. Viendo el paso vivo de Ibero y recordando las escenas de Valencia, pensaba que la maniobra revolucionaria no estaba lejos, y decía para sí con cierto alborozo: «¡Prim, Libertad!»

XXI

Siguiendo a Ibero con la vista hasta que desapareció, envidiaba Teresa lo que el gallardo mocetón semisalvaje entendía por vida libre, y consideraba dignas también de envidia las misiones secretas que a su parecer llevaba...

Al volver a su casa sorteando los baches de la carretera endurecidos por la escarcha, pasaron junto a ella hombres a pie. Teresa les miró: eran caras conocidas; figuras militares vestidas de paisano. Viéndoles seguir la misma dirección que llevaba Ibero, decía para sí: «¿A dónde irán esos?... A mí no me engañan... ¡Prim, Libertad!...»

Después de dar un vistazo a su madre, a quien halló profundamente dormida, volvió a pasear por el camino real, acercándose a la cabecera del puente sobre el Tajo. Antes de que a este sitio llegara, vio venir cuatro jinetes; apartóse para dejarles paso, y uno de ellos, reconociéndola y llamándola por su nombre con muestras de gozo, paró su caballo. Aunque iba vestido de zamarra, al modo de trajinante rico, y se había dejado la barba, Teresa le conoció: era Clavería. El caballero iba sin duda deprisa, y abreviando su saludo, entró en materia con rápida y nerviosa frase. Véase lo que dijo: «¡Qué suerte encontrar a usted aquí, Teresa!... La Providencia anda en esto, de seguro... Óigame un momento, un momento no más... ¿No sabe usted lo que le pasa al pobre Jacinto? No debe de saberlo; la veo a usted tan tranquila. Pues en Villamanrique tuvo la mala suerte de perder el dinero que tenía... y el que no tenía. Locuras, Teresa, que en estas circunstancias graves son la perdición de los hombres... Terribles traspiés y caídas ha dado el pobre Leal desde que anda solo por estos pueblos. ¿Y usted por qué le deja solo?... ¿De veras no sabe que Jacinto fue preso por la Guardia civil a consecuencia del altercado en Villamanrique? Y no es eso lo peor. Acá le traían con dos criminales cogidos en Belmonte... Pararon en una venta. Jacinto y sus compañeros de desgracia acometieron a los guardias cuando estaban cenando, y gravemente hirieron a uno, golpeándole con una barra. De los presos, uno fue muerto; el otro y Jacinto lograron escapar; vadearon el Tajo... Escondidos están en una casa que verá usted como a doscientas varas al lado allá del puente (señaló al Este). Va usted por aquí; pasa el puente; sigue por un arrabal de casuchas pobres... Después por zarzales que costean un prado. La casa está en ruinas y es llamada *del Águila*... No tiene pérdida. La reconocerá usted por un águila de chapa de hierro clavada en una veleta mohosa... que no gira... Lo que yo digo: a usted no le será difícil sacarle salvo de allí, de noche, llevándole ropas de cura o de pastor con que se disfrace.»

Alelada oyó Teresa este relato, sin que se le ocurriera más que esta lógica y natural observación: «Y usted y esos otros jinetes que le acompañan, ¿por qué no le salvan, amigo Clavería?...» Pronta y contundente fue la réplica del militar: «Porque mis amigos y yo vamos disfrazados, Teresa, y esquivamos toda ocasión de ser conocidos y descubiertos. Pasamos como sobre ascuas por los sitios en que puede haber guardias civiles, y aquí los hay. Y además, tenemos que estar sin falta esta tarde en Villarejo de Salvanés. Vea usted a mis amigos camino adelante, a cien varas de aquí... Me aguardan... Están impacientes, están furiosos. No puedo detenerme más, Teresa...

—No se detenga... Yo sé a dónde usted va... ¡Prim... Libertad!

—Ponga usted en salvo al pobre Jacinto. Usted puede hacerlo; yo no... Adiós. Salve a Leal.»

Y sin más conversación picó espuelas, y a trote largo fue a reunirse con sus compañeros que se habían cansado de esperarle. Volvió a su casa Teresa más muerta que viva, y halló a doña Manuela en pie, con la cara hinchada, ceñida de un pañuelo negro, por lo que su rostro tenía aspecto de Luna en cuarto menguante. Juntas pasaron el resto del día arrimadas a un brasero, Teresa taciturna y medrosa, disimulando la turbación de su espíritu; Manolita satisfecha y locuaz, divagando en amenos cálculos acerca de la nueva casa que habían de poner en Madrid. Llegada la noche, la madre dormía como un tronco; echose Teresa sobre la cama, y a cada instante se levantaba descalza para examinar ventanas y puertas, y explorar el exterior oscuro, sombras de edificios, esqueletos de árboles, sobre un turbio cielo débilmente iluminado por las estrellas. Horroroso miedo embargaba el ánimo de la pobre mujer. Su idea fija era que Leal sabía que ella estaba en Fuentidueña, y favorecido de la oscuridad de la noche, vendría seguramente, no a darle un escándalo, sino a matarla... Como consecuencia de sus últimas degradaciones en el juego y de andar a tiros con la Guardia civil, el hombre había pasado de su antigua condición de caballero a la de bandido... Sí, sí: a matarla vendría... Mil veces le había dicho: «Si me dejas por otro hombre, ponte en salvo, Teresa; escóndete, vete lejos. Si no, moriremos, tú primero, yo después.»

Al menor ruido, creía que Jacinto forzaba la puerta, o que escalaba la ventana, trepando por una parra que a ella se le antojaba escalera practicable; le sentía los pasos; le sentía los dedos como garfios, agarrándose a imaginarios salientes de la pared; le veía en toda su espantable catadura de facineroso, tal como se le presentó en Tarancón, y oía su ronquera, lenguaje del furor de venganza... Movida de un instinto de defensa, intentó arrimar a la ventana sillas y banquetas, y con el ruido que hizo puso Manolita punto final en sus ásperos ronquidos y acabó por despertarse... «¿Qué haces, hija; qué te pasa?» Resistiose Teresa a decir la verdad. Pero la madre encendió un mixto, dio luz a una vela que junto a su lecho tenía, y con la mirada inquisitiva y las expresiones cariñosas consiguió que la hija le diera cuenta de los motivos de su inquietud pavorosa. Incorporose la vieja en el lecho, también asaltada de zozobra, y llevándose la mano al dolorido, entapujado bulto de su cara, habló de este modo: «¡Ese hombre aquí!... Bueno. ¿Y qué nos importa? No temas nada... Si viniera, con que le diésemos algún dinero se retiraría tan contento. No conoces tú el mundo, hija del alma... Tranquilízate... De noche no ha de venir aquí... Hay buenos perros en la casa: sus feroces ladridos ahuyentan a los rateros y salteadores.» En esto lo los perros ladraron furiosamente. Corrió Teresa a la ventana y distinguió bultos en la carretera: hombres que pasaban, no uno ni dos, sino en gran número. «Parece gente armada, mamá. Han pasado el puente van hacia allá... Ya sé... ya sé a dónde van... ¡Prim, Libertad!

—Estás desatinada esta noche... Ven, siéntate en mi cama. Charlando conmigo, se te pasará el susto, que no es más que imaginación.» Esto dijo la *sutil tramposa*; mas no logró calmar la excitación de su hija, que no echaba de su alborotado entendimiento la idea de que Leal había de matarla antes que luciera el día. A instancias de la madre amplió las noticias que motivado habían su espanto, el relato de Clavería y la corta distancia de la casa ruinosa en que se ocultaba Jacinto, *la casa del Águila*, a doscientas varas por la parte allá del puente. Aunque la muy lagarta de Manolita no las tenía todas consigo, y hasta sentía que el bulto de la cara en peso y volumen aumentaba, adoptó una actitud serena, y con su labia ingeniosa y los recursos de su mundano talento, entretuvo a la medrosa hija hasta que las luces del alba despejaron la oscuridad del cuarto y los sombríos pensamientos de las dos mujeres. Las ocho serían cuando la reverenda señora ordenó a su hija que se arreglara lo mejorcito que pudiera, porque, o mucho se equivocaba, o antes de las diez había de aparecer en Fuentidueña el espejo de los caballeros sentados y administrativos, don Enrique Oliván... En tanto que la joven se arreglaba, la madre se adecentaría un poco, aliñándose la cara y cubriendo con el mejor de sus pañuelos el doliente y feo bulto. Así lo hicieron. Poco trabajo le costó a Teresa ponerse maja y dar realce seductor a su incomparable palmito y a su airoso talle. Doña Manolita, que en gracias personales era ya terreno esquilmado y yermo, hubo de contentarse con lavar sus legañas con agua tibia y darse una mano de gato en lo demás del rostro lastimado, endilgando luego el hábito y correa, que a su parecer le hacía figura respetable y de notoria dignidad.

En efecto: llegó don Enrique, alojándose en la casa de *Sementales del Estado*, y allá se fue doña Manuela con su bulto y sus marrulleras intenciones. Teresa quedó en casa, en expectación de las órdenes que su madre había de traerle; y como esta tardase más de lo presupuesto, se aburría lindamente en el cuarto ante las sábanas revueltas, las tazas rebañadas del chocolate, los migajones de pan y las servilletas rasponas con que ella y su madre se habían limpiado los morros al desayunarse. El aburrimiento no tardó en sobreponerse a la paciencia de la guapa moza, y al fin se manifestó en una vivísima gana de echarse a la calle. Desde que las luces del día limpiaron de nocturnas alucinaciones su cerebro, el estado psicológico de Teresa dio un brusco cambiazo, como veleta que se vuelve del Norte al Sur, y el miedo a morir a manos de Leal se trocó en piedad de aquel hombre sin ventura. Bajó al portal; díjole la posadera que doña Manuela había ido a la *Remonta* y después a la iglesia, donde estaba oyendo misa.

Alegre Teresa de la probable tardanza de su madre, y sin pensar lo que hacía, dejose llevar de un violento impulso de curiosidad y de otro de caridad, ambos nada nuevos en ella, y se metió por las calles del pueblo. La iglesia quedó a su derecha; pasado el puente, luego el arrabal, anduvo, anduvo, pisando terrenos blanqueados por la escarcha, insensible al frío y sin temor ninguno de verse en tal soledad. Creyérase que sus propios pasos eran guías infalibles del punto hacia donde un misterioso afán la dirigía, porque a los quince minutos de pasar el puente, vio una casa que no era *la del Águila*; luego otra que quizás lo sería... Encontró a un chico que conducía dos cabras; no quiso preguntarle, ni había para qué, pues pocos pasos más adelante, a la vuelta de un matorro de zarzas, vio la ruinosa construcción en cuya techumbre gibosa campeaba el pájaro de hierro sobre un torcido vástago de veleta.

Desde el momento en que vio el signo, quedaron las miradas de Teresa clavadas en la casucha y en un tuerto ventanillo con cruceta de hierro, donde algo distinguió que bien podía ser un rostro humano. Acercose, y en efecto, rostro era; pero no el de Leal... Aproximose hasta tocar una pared de piedra seca, distante como cuatro varas de la casa en ruinas, y el rostro vaciló un segundo, dos segundos; se movía... Miraba hacia adentro... Pasó otro segundo... Se asomó Leal, el propio Leal: su cara redonda y pálida, sus ojazos, su nariz roma... Quedó el hombre atónito... Debió de nombrar a su amante; pero esta no le oyó. Con grande emoción levantó Teresa su mano con la palma hacia adelante; luego la recogió llevándosela a los ojos. Tras mediana pausa, Leal, sin maravillarse de verla, le dijo: «Te escribí a Tarancón; por eso has venido.» Decidida a mentir, respondió Teresa que sí, y añadió una verdad: que supo por Clavería el lugar del escondite, y lo que era menester para sacarlo salvo de allí. «¿Hay Guardia civil en el pueblo?» preguntó él. Respuesta afirmativa... Exhortación de Jacinto a que se retirara. Aunque poca, alguna gente pasaba por aquel lugar desierto. Podían verla... Sospechar... Dar aviso a los guardias. Dijo a esto Teresa que inmediatamente prepararía lo que el amigo le indicó, un vestido viejo de pastor, armas, algún dinero: comida... Esto por el día, y a la noche caballo para salir como exhalación por aquellos campos.

Habló entonces Leal con voz más entonada. Primero dijo: «Dos caballos, pues a mi compañero no he de dejarle aquí.» Y luego, echando toda su voz briosa a los espacios tenía por delante, habló de esta manera: «No, Teresa, no me traigas nada de eso, si antes no me traes tu perdón por las injurias que te dije y las brutalidades mías de aquella tarde... Yo estaba fuera de mí, Teresa; yo llevaba tres noches sin dormir... El juego me emborrachó, y los malos amigos me pusieron de punta el amor propio. Yo era un tramposo y un canalla si no les pagaba... Te aseguro que cuando fui a quitarte el dinero y las alhajas, yo estaba loco y no sabía lo que hacía... Lo que he llorado aquel agravio, no lo sabe nadie más que Dios, que lo ha visto. Fui un miserable; no merezco tu perdón... pero yo te lo pido, Teresa, porque sin tu perdón no quiero ni la libertad ni la vida... No las quiero, no... Dios lo sabe, como sabe

134

antes de la barbaridad de aquel día, y después de ella, y en el momento mismo de mi locura, te quise con toda mi alma... Sí, Teresa... y no te digo más porque me ahogo gusto de verte y del pesar de haberte ofendido... y del sofoco de decirte lo que te estoy diciendo... Vete, mujer: mátenme ahora que te he visto... Amor mío único fuiste y eres... Dios lo sabe, y no me digan que no lo sabe... por yo sé que lo sabe... ¡fotre!, y bien que lo sabe...» Dijo las últimas frases con inflexión de ira, golpeándose la cabeza contra el hierro y la piedra que le servían de marco. No podía Teresa sacar de su garganta una sola palabra: en su cuello sentía un dogal... Pero de alguna manera, con sílabas roncas pudo decirle que de corazón le perdonaba. Vio entre el hierro y la piedra la cara inmóvil de Leal, y brillo de sus mejillas mojadas por las lágrimas... Poco después, no vio más que la mano de Leal que con repetido movimiento le mandaba que se retirase... Así lo hizo, y a distancia miró de nuevo, y otra vez vio la mano, cara no, la mano que decía: «Vete, vete.»

Regresó la pobre mujer al pueblo y a la posada, y no fue poca suerte que su madre no hubiese vuelto aún de la visita y careo con el señor Oliván. Este retraso dábale tiempo para serenarse, componer su rostro, y pensar en el arduo conflicto que Dios le había deparado. Hizo al fin su aparición doña Manuela, sofocada de haber venido con prisa, y se dejó caer en el desvencijado sofá de paja antes de soltar la sin hueso en esta relación: «Cordera, habrás estado en ascuas por mi tardanza. No he podido evitarlo. Figúrate que al llegar a la *Remonta* me dicen que el señor don Enrique está en misa... Corro a la parroquia, y allí le encuentro. Díjome que hoy, 2 de enero, es San Isidoro, el santo de su señora, y que esta le tiene muy recomendado que celebre como de precepto el día de su santo, y los de los santos de toda la familia... Bueno, señor: tuve que cargarme mi misa... Después de todo me alegré, porque con tantos ajetreos viene una retrasada en sus obligaciones para con la Iglesia... Concluido el Santo Sacrificio, pude hablar con don Enrique, aprovechando un momento en que nos dejaron solos los que le acompañaban... ¡Ay, hija! está el buen señor todo asustadico y sobresaltado... Dice que aquí no podéis veros porque viene con él el señor Arcipreste de Tarancón, que no le deja a Sol ni sombra... Nada, que las buenas formas se imponen ahora más que nunca, y que habéis de tener paciencia y disimulo, para que de esto no se entere nadie... Quedamos en seguir hasta

Aranjuez, a donde irá él mañana, en cuanto se sacuda al engorroso Arcipreste y a los zánganos de *Sementales*... Aunque nos contraríen estos aplazamientos, yo alabo la cautela de don Enrique, que nos viene muy bien para nuestro decoro... ¿no te parece? Sí, hija del alma, ya sabe Oliván lo que se pesca... Este no es un tarambana; este es de los que saben hacer feliz a una mujer sin faltar a la circunspección, y con arreglo a los preceptos... Etc...»

XXII

Siempre le fue antipático a Teresa el administrativo personaje. Su alianza con él, gestionada por la *sutil tramposa*, se le hacía muy dura; por fin, en la situación psicológica que le trajo inopinadamente su destino, el hombre la estomagaba... Devolvía su persona o la vomitaba como el bolo gástrico de un alimento indigesto, venenoso. Disimuló heroicamente ante su madre las bascas que sentía, y la dejó concluir así: «Pues ahora, prenda, te dejo otra vez. No he venido más que a calmar tu impaciencia. Don Enrique me ha citado en la oficina de *Sementales* para darme dinero y sus últimas instrucciones... pues en caso de que en Aranjuez encontremos testigos pegajosos, debemos seguir a Madrid, donde, por la reunión y revoltijo de tantas almas, hay más libertad y menos cuidado de criticones... Tú te estás aquí quietecita hasta que yo vuelva, y vas recogiendo todo por si es de necesidad que esta misma tarde salgamos pitando, y luego sabrás el dinero que me da... Pienso que no ha de ser poco, si paga como Dios manda esta vida de vagabundas que llevamos por él.»

Desobediente a lo que su madre le mandaba, echose Teresa a la calle minutos después de Manolita, y a distancia discreta la fue siguiendo hasta el lugar llamado *Sementales*, por una larga calleja transversal que iba a parar cerca de la cabecera del puente. Apostada junto al tronco de un árbol, como a treinta pasos de la portada del *Depósito*, vio entrar a su madre; vio, además, dos guardias civiles hablando con dos paisanos. Los cuatro entraron luego y volvieron a salir. La presencia de los guardias infundió a la pobre mujer pavor intenso y un deseo muy vivo de intentar el salvamento de Leal... ¿Pero cómo, si carecía de todo recurso para tal empresa, y a nadie conocía en el pueblo? Nunca como en aquella ocasión echó de menos a Felisa. Si allí estuviera su fiel criada, en ella tendría un auxiliar poderoso, pues era mujer lista, que se metía por el ojo de una aguja... Privada de tal auxilio, a cuantas personas vio, hombres y mujeres, atentamente miraba, tratando de encontrar en los rostros signos indicadores de bondad y nobles sentimientos... Pero aun contando con las almas caritativas, poco hacer podría, por falta de dinero. Con lo que sustrajo del bolsón de su madre aquella mañana, la segunda vez que esta la dejó sola, no tenía ni para empezar... Y ni su madre ni Oliván habían de darle lo que para tal empresa necesitaba.

Alocada por tales amarguras y ansiedad tan honda, pasó el puente y dejó atrás el arrabal. Por último, en su correr incierto de un lado a otro, con el pensamiento en absoluta indisciplina, sintiendo como si llamas de alcohol, azuladas, se arremolinaran dentro de su cerebro, fue a parar a un lugar desolado, donde yacían sinfín de troncos de chopo recién partidos por el hacha, y en uno de estos se sentó, rendida del incesante caminar. Hallándose en aquel osario del reino arbóreo, sintió que en socorro de su tribulación venía una idea, la única que podía consolarla y dar al conflicto una solución eficaz. La sintió llegar a su mente, entrar con timidez... La incitó a entrar como en su casa, y la acarició después para que no se escapara. Esta idea era compartir la suerte de Leal, y dejarse llevar con él a donde Dios quisiera llevarle. No tardó la voluntad con fuerte vibración en disponerse a ejecutar el soberano deseo. Levantose Teresa del tronco, y con un ojear rápido trató de indagar el mejor camino para trasladarse en breve tiempo a la *casa del Águila*... No pocos pasos de un lado a otro tuvo que andar para orientarse, y lo consiguió al fin, describiendo una gran curva al través de los campos. Algunas casas que había visto antes acabaron de señalarle el derrotero. Su idea, como estrella milagrosa de las que alumbran de día, con certera indicación la guiaba.

En el trastorno de sus sentidos para todo lo que no fuese su idea temeraria, vio, como vagos espectros o apariciones, dos hombres agobiados por cargas de sarmientos, chiquillos vagabundos que apedreaban a los pájaros; se fijó en el vacío nido de cigüeñas prendido en la torre de la iglesia; miró el cielo azul, brumoso en el horizonte, el suelo abrillantado por la escarcha, las ovejas flacas que pastaban en los rastrojos, el lejano escuadrón de álamos sin hoja alineados en las márgenes del Tajo... y al fin, descollando sobre el gris difuso del paisaje, la *casa del Águila*, de ladrillo viejo y quemado, con violentos chorretazos de rojo sanguíneo.

Al cabo, como en la misteriosa ordenación de los sucesos del mundo no suelen ir estos bien acordados con nuestras ideas, resultó que, de súbito, un vago rumor de humanas voces apartó de la *casa del Águila* la atención de Teresa, llevándola a un apiñado grupo, distante un tiro de fusil en dirección contraria al pueblo. Creyó ver la moza en aquel gentío tricornios de la Guardia civil. Maquinalmente corrió allá, delante y detrás de unas cuantas personas igualmente movidas de curiosidad... Poco habían andado, cuando sonó un tiro. Detuviéronse medrosos hombres y mujeres. Alguna gente de la que a los guardias rodeaba, retrocedió con susto y azoramiento... Teresa oyó estas confusas explicaciones del suceso: «Dos bandidos que cogieron en la *casa del Águila*... Nada, que han tenido que matar a uno... que estaba rabioso y se echó sobre el civil, mordiéndole la mano... No fue así, mujer... Como el bandido no quería dejarse llevar, y saltó la zanja, de un tiro le dejaron seco... No, hombre: el bandido sacó un hierro que había cogido de las rejas de la casa, y quiso clavárselo al guardia... vele allí herido... El guardia herido... El bandido muerto... Ese ya no la hace más... A la Guardia con esas bromas... Vamos al pueblo a contarlo... No vayas, que ya está aquí todo el pueblo.»

El corazón de Teresa, con breve lenguaje trágico, dijo a esta que el bandido muerto era Leal. Su propio terror llevó adelante los pasos de la desdichada mujer, y confundida con los curiosos, vio y comprobó con sus ojos lo que el corazón le había dicho. Era Jacinto... Muerto yacía sobre un ribazo, traspasada la sien de un tiro, contraídos aún brazos y piernas del furor que precedió a su muerte... Quiso matar, y pereció al primer intento. En la mueca de su rostro quedó estampada su última exclamación de insana rebeldía. Apagados, sus ojos eran fieros; muda, su boca blasfemaba... Huyó Teresa despavorida en dirección del pueblo; mas luego tomó camino distinto, que si la horrorizó el cadáver de Leal, no menos la espantaba la idea de ver a la sutil zurcidora Manolita Pez. De ella y del remilgado caballero burocrático quería huir para siempre. Voló, pues, con las alas de su pánico; pasó el puente, la calle principal, y aunque el aliento le iba faltando, con esfuerzo de pulmones siguió campos adelante, hasta que desaparecieron de su vista las casas de

Fuentidueña de Tajo. Ya era tiempo de respirar, y así lo hizo, tirándose en el suelo.

En aquel reposo de su cuerpo, yacente en el frío rastrojo, fue acometida de una pena insuperable que abrumaba su espíritu. Claramente veía que ella era culpable de la muerte del pobre Leal, porque con increíble simpleza, movida de un miedo nocturno, reveló a su madre el sitio donde el infeliz hombre se ocultaba. Cierto era como la luz del día que su madre llevó el cuento al señor Oliván, este al alcalde... Lo demás del terrible suceso por sí mismo se reconstruía... ¿Quién le sugirió a ella la perversa confianza que tuvo con Manolita, la indiscreción de aquella noche aciaga? El demonio, sin duda. Y el demonio fue más listo que los ángeles, pues antes que estos la incitaran a perdonar, el maldito había tramado la delación... Sí, sí: todos los agravios fueron perdonados cuando vio a Leal en situación tan miserable, escondido de la justicia como un facineroso. Bien segura estaba de que su intención frente a la siniestra *casa del Águila* fue perdonar, perdonar sin reserva...

Mas ni con estas consideraciones ni con otras que hizo al ponerse en pie para seguir andando, consiguió el menor alivio de la enorme pesadumbre que tenía sobre su conciencia. Con todo aquel peso y el de su cuerpo fatigado siguió a campo traviesa, hallándose al caer de la tarde en un camino real que, a su parecer, era el que partía de Fuentidueña para los pueblos del Tajuña. Desfallecida, pidió socorro en una caseta de peón caminero, donde su bella persona y traje levantaron un vientecillo de sorpresa, curiosidad y murmuración. La caminera y dos vecinas con chiquillos en brazos le dieron pan y aceitunas, y ofreciéronle hospitalidad para pasar la noche, que ya se venía encima. Aceptó Teresa la comida y no el hospedaje, diciendo que tenía prisa por llegar la pueblo próximo, de cuyo nombre no se acordaba. Maravilladas las mujeres de que la hermosa señora bien trajeada no supiese el nombre del lugar a donde iba, dijéronle que era Villarejo de Salvanés... Sin disimular con una breve explicación su extraña ignorancia del pueblo a donde se dirigía, siguió adelante, dejando en la casa caminera un remolino de maliciosas conjeturas.

La noche cubrió de sombras el camino. En la soledad medrosa de su andar lento, oyó Teresa tras de sí formidable rumor de creciente intensidad, como si las aguas de un gran río se desbordasen y corriesen en seguimiento de ella para cogerla y arrastrarla al mar. Asustada se detuvo; el ruido no era de aguas desbordadas, sino de miles de caballos que estremecían la carretera con su trotar vivo, *quadrupedante sonitu*. Apartose, y dejó pasar la ola. Su alterada imaginación le aumentaba la veloz ringlera de corceles, que a su parecer no tenía fin... No iban desmandados; pero sí con menos orden del que se admira en las marchas ordinarias de Caballería. Oyó las voces de los jinetes, raudas, desgarrándose en la velocidad y estiradas por el viento en flotantes hebras. No entendía; más bien adivinaba... ¡Prim... Libertad!

Viendo pasar los veloces caballos, recordó Teresa que en la propia dirección habían ido Clavería con algunos paisanos, y el intrépido vagabundo Santiago Ibero, con su frugal desayuno de queso y pan. Sin duda iban todos hacia el pueblo cercano, cuyo nombre le enseñaron las mujeres en la caseta del caminero. Era Villarejo de Salvanés. Pensando en esto, cristalizó al fin en la mente de Teresa un propósito fijo referente a sí misma, y se dijo: «Por aquí se irá también a Aranjuez, y por Aranjuez pasa el tren de la Mancha. Allá me voy; tomo mi billete de tercera, y me planto en Herencia, donde viviré con Felisa... hasta que quiera Dios aliviar mi alma de este peso que me agobia.»

A Villarejo llegó Iberito al mediodía del 2; al atardecer, Clavería y sus comilitones, que fueron recibidos por amigos disfrazados de paletos. Dijeron estos a Clavería que el movimiento se había preparado en Madrid con arte y precauciones muy sutiles, que forzosamente traerían un éxito loco. ¡Ya era tiempo, vive Dios! Se contaba con tropas de las acantonadas en Leganés, con las del cuartel de la Montaña, y con otras que en el mismo día 3 darían el grito en Ávila y Valladolid, produciéndose de este modo levantamientos simultáneos que el Gobierno no podría sofocar por pronto que acudiese. Se contaba también con la Caballería de Alcalá de Henares y con Cazadores de *Figueras*, que guarnecían aquella ciudad. En cuanto a los regimientos de Caballería, *Calatrava* y *Bailén*, acuartelados el uno en Aranjuez, el otro en Ocaña, ya podían decir que los tenían en la mano. El primero estaba cogido por el capitán Bastos y el coronel Merelo; el segundo traíanlo Terrones y Oñoro: los dos amanecerían en Villarejo. *La cosa* se presentaba esta vez con buen cariz. El general, con *Calatrava* y *Bailén* y las fuerzas de Alcalá, caería sobre Madrid, donde gran parte de las tropas de la guarnición estaría sublevadas.

De madrugada llegó a Villarejo por el lado de Arganda un coche ligero de los que llaman *góndolas*. En la puerta de una casa de buen aspecto, propiedad de un acomodado labrador de la villa, descendieron cinco caballeros vestidos de cazadores: eran Prim, Milans del Bosch, Pavía y Alburquerque, Monteverde y Carlos Rubio. De este último se duda que fuera vestido de cazador, como dice la historia: en todo caso, su traje sería el de los desastrados pajareros que en las cercanías de Madrid persiguen gorriones y pardillos. Prim, sobre las prendas venatorias, llevaba un gabán con el cuello levantado: se había constipado en el viaje y tiritaba de frío. Monteverde y Milans del Bosch llevaban capotes de campo. En cuerpo gentil iba Pavía, insensible a la baja temperatura. Lo primero que preguntó el general al entrar en la casa fue si habían llegado los uniformes. Allí estaban desde mediodía, y no solo llegaron los uniformes, sino algunos comisionados de comités de provincias, y mensajeros que traían interesantes avisos y comunicaciones. Entre estas agradó mayormente a Prim la que trajo de Levante un avispado mozo que por su puntualidad y tino, por la ligereza de sus piernas, parecía el hijo predilecto de Mercurio.

Si Alicante y Valencia, como se anunciaba, respondían al movimiento el mismo día 3, apuradillo se vería el Gobierno para acudir a echar agua en tantos incendios. Llegaron asimismo en el curso de la noche paisanos catalanes, entre ellos uno muy arrogante y decidido, cabecilla de agitadores callejeros, a quien llamaban el *Noy de las barraquetas*. La misión de estos era salir de allí con proclamas que irían repartiendo en todo el tránsito hasta Barcelona... Nadie durmió aquella noche; nadie pudo eximirse del delirio expectante, del presumir y anticipar el suceso futuro, que todavía era un enigma. En las cabezas grandes y chicas ardían hogueras. Las llamaradas capitales, *Prim, Libertad*, se subdividían en ilusiones y esperanzas de variados matices: Prim y Libertad serían muy pronto Paz, Ilustración, Progreso, Riqueza, Bienestar...

XXIII

Desde el amanecer, la humilde Villarejo, comúnmente silenciosa y pacífica, parecía un campamento. *Calatrava* y *Bailén*, y la turbamulta de paisanos, fueron recibidos con grande estrépito de aclamaciones. Acto seguido, las improvisadas cantineras servían a los sublevados: el aguardiente del vecino Chinchón venía como llovido a confortar los ateridos cuerpos, y a encender en las cabezas los sentimientos más patrióticos. Un vértigo de organización corría de un lado a otro, y las órdenes restallaban a lo largo de las calles villanescas, como las tracas de la fiesta valenciana. ¡Caballos, hacen falta caballos!... Cuatro fueron los que con el suyo trajo Clavería; de Huete, de Tarancón y Aranjuez vinieron como dos docenas, parte montados, parte conducidos por patriotas.

Al fin, como se pudo arreglose que tuvieran cabalgadura los amigos más inmediatos a Prim, y los demás, los que venían de mirones o para hacer bulto, *que se apañaran borricalmente, o en los camellos que la Casa Real había instalado en Aranjuez*. Esto decía Milans del Bosch, siempre inquieto y jovial, multiplicándose en los sitios donde había dificultades que vencer. Era corto de estatura, vivísimo de genio. Vistos una vez, nunca se olvidaban su encendido rostro, su bigote largo y su mirar impulsivo. El auditor de Guerra, Monteverde, cautivaba la atención por su lucida estatura y la nobleza y hermosas líneas de su rostro, alta la frente, blanquísima la barba. Dejábase tratar llanamente de todo el mundo, y sus compatriotas, los canarios, le llamaban *Frasco Monteverde*; era hombre modesto, sencillísimo, afable, gran corazón, y uno de los amigos más adictos y leales que tuvo don Juan Prim. Pavía no se dejó ver en la calle, atento al estado de ánimo del general, que a las seis de la madrugada extrañaba no haber recibido aviso de hallarse en marcha los sublevados de Alcalá; a las ocho comenzó a sentir inquietud, y a las diez impulsos de montar a caballo para salirles al encuentro. En el pueblo corría la voz de que los de Alcalá estaban ya en Pozuelo del Rey; pero ¿quién había traído la noticia? Los pájaros, el deseo tal vez.

Ello era que no sin motivo se hallaban todos en ascuas, porque al general se habían dado vehementes seguridades de que los Cazadores de *Albuera*, los Coraceros del *Rey* y de la *reina*, con Cazadores de *Figueras*, se pondrían en marcha en la noche del 2 al 3... En estas ansiedades estaban los más allegados a Prim, cuando llegó a Villarejo, reventando el caballo, un capitán llamado don Bernardo del Amo con la tristísima nueva de que las fuerzas de Alcalá *no habían podido salir*, y que las de Madrid se *quedaban en sus cuarteles* esperando mejor ocasión. ¡Y para traer la noticia de tal desastre, el capitán había corrido con velocidad de hipogrifo! ¿Pero qué había pasado? El jadeante mensajero no podía contestar concretamente. Los de Alcalá no salieron cuando debían, por un error o azoramiento de Lagunero; y antes de que intentaran salir nuevamente, se echó encima el general Vega Inclán, a quien había telegrafiado el Gobierno... En Madrid, según indicó Del Amo, hubo imprudencias, delaciones... Sobre los entusiasmos de Villarejo se desplomó el cielo con toda su pesadumbre glacial de tenebrosas nubes.

Si el horrible desengaño dejó a los pobres insurrectos enteramente aplanados y casi sin respiración, Prim oyó con frío dolor la noticia, que era un toque más de la fatídica trompeta del fracaso, que ya conocían bien sus oídos. De tantos golpes y adversidades, de tantas esperanzas fallidas en el momento supremo, el hombre se había hecho estoico. Su alma se revestía de coraza durísima, y su propio amargor bilioso le tenía bien preparado para más intensas amarguras. La magna empresa política y militar requería el valor de los héroes, la paciencia de los bienaventurados, y quizás la abnegación de los mártires. De todo había de tener un poco y aun un mucho, pues el reino de la Justicia y de la Libertad que intentaba conquistar, se alejaba cuando parecía estar al alcance de la mano, y a cada embestida del expugnador se revestía de mayor fortaleza... Y ante el nuevo fracaso érale forzoso aguzar su entendimiento para decidir pronto si debía volverse a su casa vestido de cazador como vino, o ceñirse la espada y montar a caballo para salir a una fugaz aventurilla en los campos manchegos. Lo primero era desairado, lo segundo peligroso. Optó por lo peligroso, solución más conforme con su altivez. Había llegado a Villarejo con la ilusión de reunir un ejército como el que O'Donnell llevó a Vicálvaro, y el *mons parturiens* no le dio más que los húsares de Aranjuez y Ocaña. ¿Cuál era el contingente efectivo de *Calatrava* y *Bailén*? Pavía le dio la cifra exacta: *Seiscientos ochenta y cuatro hombres.*

Pues con sus *seiscientos ochenta y cuatro* jinetes y la irregular cuadrilla de paisanos armados, se sostendría en campaña todo el tiempo que pudiese. Corría el riesgo de ser acosado por tropas que O'Donnell mandara en su persecución. ¿Pero no podría sobrevenir algo feliz entre tantas adversidades? Aún no se tenían noticias de Ávila, donde Campos y González Iscar debieron pronunciar el batallón de *Almansa*; ni de Zamora, donde Villegas y Pieltain cooperaban resueltamente. Si estos cumplían en Castilla, y Latorre en Valencia, y Ferré no se había dormido en Tortosa, quizás el alzamiento, que tan torcido nació en Villarejo, podría enderezarse, cobrar aliento y vida... Adelante, pues, y Dios diría. Decidido a probar fortuna y sin oír otra voz que la de su esforzado corazón, salió Prim al campo; arengó a sus húsares, que le respondieron con vítores ardientes, y quedó dispuesto que se dedicara la noche al descanso, pues tenían por delante grandes fatigas y privaciones.

En las primeras horas de la mañana del 4, con un frío casi glacial, salió de Villarejo la tropa sublevada. Hallábase el gran Ibero en la plaza, metiendo maletas y fardos de víveres en la *góndola* que había traído al general y a sus amigos, cuando se sintió tocado brusca y pesadamente en el hombro. Al volverse, se encontró con la cara rugosa de un payo viejo y estas corteses razones: «¿Es usted por casualidad un mozo de ojos negros mismamente, a quien llaman Santiago Ibero?... ¿Sí?... Gracias a Dios que acierto, señor. Pues vengo de parte de una señora que en mi casa está, si no moribunda, poco menos.» Respondiole Ibero que él no podía dejar su obligación por acudir a mujeres desconocidas, y el hombre siguió así: «Bien hará en ir a donde le llaman, que la señora desvalida tiene buena traza, y en el llorar y en la hermosura es, a mi ver, como la Magdalena, aunque sea mala comparación... Y dígame ahora dónde se halla un caballero militar llamado don Jesús, a quien también desea ver la madama.» Ibero señaló a Clavería, que muy cerca estaba, instruyendo a los paisanos en el orden de marcha... Antes de abocarse con él, el payo indicó a Ibero la situación de su casa, que blanqueaba no lejos de allí, a la incierta claridad de la mañana brumosa... Fue Santiago de un vuelo al sitio de donde con tanto apremio le llamaban, y vio a Teresa en estado lastimoso, yacente sobre una estera, mal cubierta de mantas, la hermosa cabellera destrenzada y terrosa como si hubiera servido de escoba para barrer el suelo, encendidos los ojos de fiebre y llanto... Una vieja y dos mozas en cuclillas junto a ella, la miraban con piedad y querían reponerla con friegas y vino caliente.

Apenas vio al errante mozo, trató la doliente Teresa de explicarle con entrecortadas voces su situación y sus deseos... Se había quedado sola en el mundo. Ya no tenía madre; ya no tenía tampoco a Leal... Todo su afán era reunirse con su criada Felisa, habitante en Herencia. Andando había la infeliz toda la noche... Sacando fuerzas de flaqueza, trataba de llegar a Aranjuez, donde tomaría el tren hasta Madridejos... pero le habían faltado las fuerzas, cayéndose como cuerpo muerto en el camino real... En esta parte de la relación, entró Clavería, y Teresa hubo de repetir algo de lo dicho, refiriendo además la desastrada muerte de Leal... En su desolación, entendió que Dios no la abandonaba por completo. Acordose de los amigos que tenía en el ejército de Prim, y a ellos acudió en demanda de socorro, pues aunque no le faltaba dinero para tomar en Aranjuez billete de tercera, no lo poseía para llegar al Real Sitio en cualquier galeón o carromato, y antes que ir a pie, prefería que la llevasen de una vez a la sepultura.

No la dejó concluir Clavería. Impaciente y compadecido, fluctuaba entre sus obligaciones, momentos antes de la marcha, y su piadoso deseo de atender a la guapa moza. Solucionó al fin estas dudas a lo militar, soltando cuatro gritos y apoyándolos con patadas enérgicas. «No podemos entretenernos en arreglarle a usted su viaje, Teresa... ¿A dónde va, pues? ¿A Herencia, a Madridejos, a la Argamasilla? No, no lo repita usted, Teresita, pues ni tiempo de escucharla tenemos ya... Yo no puedo abandonar... A la viuda de un tan querido amigo mío... ¡Eh, hala!... usted se viene con nosotros... Chitón... No admito réplica ni observaciones... ¿Qué tiene que decir?... Silencio... A callar digo. Ibero, cógela y métela en la *góndola*. Si chilla, que chille: no le hagas caso... Cuando el carricoche pase por aquí, mandas parar, y adentro con ella. Figúrate que es un fardo más que llevas... un bulto más, quiero decir... Abur... Hasta luego.» Corrió desalado... ya los batidores y cornetas iban saliendo del pueblo.

No le valió a Teresa protestar del despótico proceder de Clavería. Hecho Iberito a la estricta obediencia de lo que se le mandaba, metió en la *góndola* el no muy pesado bulto de Teresa, como una carguita más entre las que se llevaban; le arregló en el interior el mejor y más cómodo sitio para que descansara, y... Andando velas... ¡Rediez! antes de pelear habían cogido los sublevados un hermoso botín. Por cierto que al enterarse del camino que seguían, volvió Teresa al tole-tole de su espanto y lloriqueo, diciendo: «¿Pero qué... Me llevan otra vez a Fuentidueña? No, por Dios, no... Ibero, déjame en medio de la carretera antes que llevarme a ese pueblo donde puede verme

145

mi madre, puede verme el desaborido señor de Oliván...» Recomendole Ibero silencio y paciencia; y como la quejumbrosa no le hiciera gran caso, tomó la actitud de un guardián inflexible, y así le dijo: «Usted, señora, va donde la lleven, y yo, que aquí estoy para cuidar de usted como ha mandado el señor Clavería, no la echaré a la carretera, ¿estamos? Cierre el pico y no tenga miedo, que aquí no se permiten alborotos... El capitán ha dicho que al pasar por los pueblos se guarde el mayor silencio... y que de haber gritos, sea no más que *¡viva Prim... viva la Libertad!* pero de ningún modo gemidos ni cosas tristes, porque tal como va usted, señora, parece que la hemos robado para divertirnos por el camino.»

Y pasaron por Fuentidueña sin tropiezo: Prim y sus húsares aclamados, aunque nadie sabía si traían la victoria o iban tras ella; Teresa inadvertida, cuidadosamente arrebujada y tapándose la cara con un pañuelo. Lo primero que hizo Prim una vez que pasó el Tajo fue mandar cortar el puente, incomunicando así su menguado ejército con las columnas que O'Donnell había de mandar en su persecución. Sin detenerse dejó la carretera de las Cabrillas, siguiendo por caminos transversales hasta Santa Cruz de la Zarza, donde pernoctó. Alojáronse los principales de la expedición en casas del pueblo, otros en corralizas y corralones, y Teresa quedó muy a gusto en el coche, pues, según dijo mil veces, no quería que nadie la viese y solo deseaba llegar pronto a una estación del ferrocarril por donde pudiera encaminarse a Herencia.

A visitarla fue Jesús Clavería, y la encontró más consolada y repuesta, aunque todavía chillaba de vez en cuando; que tan fácilmente no había de pasar la trágica emoción de su desdicha. Ordenó luego al buen Ibero que si Teresa no iba bien en la *góndola*, la trasladase a un carro de la impedimenta, acomodándola sobre sacas de paja. También le recomendó con severidad que cuidase a la lastimada y enferma señora, y al fin le dijo: «De acuerdo con el general, te dejo venir en la columna, en previsión de algún servicio que puedas prestar; pero ya sabes... has de obedecer ciegamente cuanto se te mande. Con tu vida me respondes de que Teresa no tendrá nada que sentir en su viaje, y de que nadie le ha de faltar al respeto y consideraciones que se le deben.» Tan al pie de la letra cumplió Iberito estos mandatos, que aquella noche misma hubo de tener una seria cuestión con dos albéitares de *Calatrava*, que se permitieron ametrallar con chicoleos a Teresita, por pasar el rato y tantear el terreno... que si tendría los ojos más bonitos si no llorara tanto... que si se tapaba demasiado la pechera... que ellos le darían conversación para distraerla... Todo esto le pareció a Ibero de una descortesía impertinente, y llegándose a ellos en actitud decidida y calmosa, les dijo: «Caballeros, déjense de ofender a esta señora con flechazos y tonterías, porque aquí estoy yo con órdenes terminantes para no permitirlo... ¿Qué?... ¿Se ríen?... ¿Toman a chacota lo que les digo?... Pues el guasón que no esté conforme, salga al camino con el arma que quiera o a puño limpio, y Dios dirá quién se ríe y quién se pone serio... Fuera de aquí, y que no les vea yo más molestando a esta señora.»

XXIV

Penetrando en el espíritu de Jesús Clavería y leyendo en él la verdadera intención del interés que por Teresa se tomaba, lo primero que se encuentra es la piedad, después el egoísmo, que en todo hombre existe más o menos imperante, aunque lleve el nombre de nuestro Salvador. Pensaba el amigo de Leal que muerto este, le correspondía la herencia de los únicos bienes que al morir dejaba, las gracias de Teresa. La viudez de esta no podía ser larga, si en Madrid hacía feria de sus encantos. Pues él, Jesús Clavería, la libraba del sonrojo de buscar nueva protección, y conociéndose ambos como se conocían, seguramente habían de llegar a formal inteligencia. Firme en esta idea desde el instante en que la encontró desolada en el casucho de Villarejo, determinó llevársela en el convoy hasta donde pudiese sin escándalo. Procuraba que ni sus compañeros ni el general le descubrieran el botín. De aquellos temía la envidiosa rivalidad; de Prim que prohibiese llevar en su ejército sublevado impedimenta de mujeres.

De Santa Cruz de la Zarza salieron el día 5, buscando los caminos manchegos. Por el excelente espionaje que le servía, supo Prim que el general Zabala, destinado a perseguirle con tres batallones de Infantería, seis escuadrones y ocho piezas de batalla, había llegado a Villarejo en la noche del 4. ¡Qué acertado fue inutilizar el puente! Zabala no podía seguir otro camino que el de Colmenar y Aranjuez para cortar el paso a los sublevados en algún punto de la línea de Alicante, si estos la pasaban para tomar la dirección de Portugal. Pero Prim picó espuelas, y arreando toda la noche adelantó muchas horas a Zabala. Al amanecer del 6, divisaba los molinos de viento de Tembleque. ¡Oh Mancha, oh tierra del ensueño caballeresco!... Por cierto que en aquel punto quiso Teresa quedarse; mas la disuadieron con el engaño de que la columna pasaría por la propia Herencia. Notó Ibero que la pobre mujer no se rebelaba ya tan enérgicamente contra estas fábulas, o que iba entrando en la superchería, dejándose querer, dejándose llevar. Y el bravo teniente coronel, acariciando sus gratos pensamientos amorosos, se decía: «¡Qué Herencia ni qué niño muerto! Aquí no hay más herencia que la mía, que yo la heredo, que Leal me ha dejado por heredero... y aquí no ha pasado nada.»

Camino de Madridejos, donde pensaba pernoctar, supo Prim que además de Zabala venía contra él el general Concha, que había improvisado una columna con dos compañías sacadas de Albacete y paisanos armados. Y no era esto solo, pues de Madrid venía Echagüe con tropas de todas armas. Hallábase, pues, entre tres fuegos, entre tres generales aguerridos, que se disputarían la gloria de cogerle y hacerle pagar cara su insana osadía. No sería flojo triunfo burlarles a los tres y escabullirse por entre los pies y patas de tantos hombres y caballos... En Madridejos, donde pasaron la noche del 5 al 6, no expresó Teresa con tanto ardor su propósito de ir a reunirse con Felisa; más bien se notaba frialdad en lo que días antes fue deseo febril. Las impresiones trágicas se borraban quizás, o solo persistían en la forma de turbación de conciencia. El gusto de vivir en conformidad con el destino iba ganando terreno en aquella pobre alma, y los accidentes del viaje, que ya traían incomodidad, ya novedades y distracciones, producían el efecto sedante. De nada carecía; los conductores del carro, bien gratificados, la trataban con respetuosas consideraciones, creyendo tal vez que era una condesa o archipámpana que llevaban en rehenes, y por fin, para mayor tranquilidad de ella, se iba disipando el peligro de que su presencia causase escándalo, pues desde Tembleque venían no pocas mujeres agregadas al convoy, unas arrastradas con vago magnetismo por la tropa, otras movidas de su propio impulso a la granjería de cantineras o proveedoras. La cola de un ejército, y más si este va sublevado proclamando altos ideales, la emancipación de los esclavos, el fuero de los humildes, lleva y arrastra siempre un jirón del temporal o eterno femenino.

De Madridejos siguieron a Villarta, donde el general recibió el soplo de que por el tren iban treinta vagones de tropa en dirección a Manzanares. Mientras Prim descabezaba un sueño en Villarta, Zabala dormía en Tembleque, distante cuatro leguas. En Daimiel acechaban al rebelde fuerzas superiores, y a Toledo se aproximaban ya Echagüe y Serrano del Castillo. Por cierto que al de Reus le sacó de quicio lo que de él dijeron Concha en su proclama de Alcázar de San Juan, y O'Donnell en su discurso del Senado. El primero le llamó *traidor* y *cobarde*; el segundo denigro a su rival con la especie de que al salir de Villarejo *había huido cobardemente*. Para acabarlo de arreglar, don Leopoldo dijo a aquella sesión tonterías angélicas, de las que él mismo para su sayo había de reírse: que nadie se había unido al general sublevado; que el ejército estaba indignadísimo, y que de toda la Península venían telegramas expresando el amor de los pueblos a su reina, *y el entusiasmo por el Orden Público*. Con perdón del ilustre duque de Tetuán, el grave historiador *Confusio* se permite afirmar que, desde Túbal hasta nuestros días, ningún español se ha entusiasmado por el Orden Público... Hablando en plata, ridícula era la indignación de Concha y O'Donnell, sublevados el 41 y el 54. Ninguno de los dos tenía autoridad para coger la trompa y dar con ella estridentes notas de disciplina.

Ninguna importancia tienen en la Historia estos trompetazos, vano ruido de los principios, que no ahoga la música rítmica de los hechos. Lo que sí tiene importancia histórica es que, alojada Teresita en una buena casa de Villarta, entró en ella requiriendo agua, jabón y peines, deseosa de adecentar su persona y quitarse la mugre y sombras de tristeza que la deslucían. Gran parte de la noche empleó en acicalarse y en restaurar su hermosura, que estaba como empañada; luego le sirvieron la cena, y otra vez al carro, de pajosas blanduras... A las dos de la madrugada salieron en dirección de Daimiel, atrevida marcha que dispuso Prim para mayor burla de sus perseguidores. Avanzó la columna toda la mañana por terreno blando, pantanoso, erizado de peligros para la Caballería; pasaron muy cerca de los *Ojos del Guadiana*, que en aquellos húmedos lugares sale a ver la luz después de soterrarse como avergonzado de sí mismo; vadearon charcas, pisaron juncales y eneas, y al amanecer, a la vista del pueblo, desfilaron de dos en dos por estrecha faja de tierra. Allí dispuso el general un rápido quiebro hacia el Norte; pasaron nuevamente por los *Ojos*, vadearon el río con el agua al pecho de los caballos, y sufriendo ásperos rigores de la humedad y el frío, llegaron a Villarrubia de los Ojos, lugar grande, cuyos moradores trabajan, tuercen y manipulan la enea para fondos de sillas y otros utensilios; lugar además bien abastecido de quesos, hogazas, corderos y otras materias nutritivas, y de añadidura el más liberal y expansivo de toda la Mancha.

Salieron a recibir a los sublevados alcalde y médico, señorío, pueblo y hasta los curas, con lucida vanguardia de mujeres y muchachos, cuyos clamores y chillidos alegraban el aire vago. Allí, cuanto había en el pueblo se les brindó para mantenimiento de la tropa; allí se improvisaron festejos, con música de guitarras y bulla de panderetas; allí, en fin, no quedó alabanza ni lisonja que no le dijeran al de los Castillejos por su valor y liberalismo. Pero el entusiasmo de la honrada villa fue defraudado por el propio don Juan, al decir que solo permanecería el tiempo preciso para dar a caballos y hombres un breve descanso. Monteverde, Milans del Bosch y Clavería aprovecharon la breve parada para salir a los alrededores del pueblo a una tirada de palomas, que en espesas bandadas por el inmenso cielo discurrían, y en un par de horas mataron y cobraron algunas docenas de aquellas inocentes aves.

Corto tiempo duró el regocijo, porque el general mandó tocar a botasilla, y con desconsuelo de unos y otros salieron las tropas, tomando la dirección de los montes de Toledo. ¿A dónde iban? Siempre atrevido y gallardo, discurrió don Juan obsequiar con una cena en sus dominios, el palacio y cazadero de Urda, a los soldados y oficiales que en aquella sin igual aventura le seguían. Fue una humorada de gran señor y una temeridad de caudillo, pues iban a colocarse a pocas horas de Echagüe. ¿Pero qué importaba?

«A los que sostienen que es un disparate estratégico —dijo a sus allegados—, les contestaré que es impulso mío, iniciado al llegar a Villarrubia, y los impulsos que con violencia nacen en mi ánimo jamás los sofoco, porque sé que no han de conducirme a nada malo. Adelante y démonos prisa, que a un paso regular pienso que allá estaremos a las diez de la noche... ¡Qué gusto poder dar a estos leales muchachos el repuesto de vinos de primera que allí tengo! Todo es poco para ellos, que me siguen sin saber a dónde los llevo... Por de pronto, los llevo a mi casa... Después ya se verá, porque los olores de nuestra cena podrían llegar hasta las narices de Zabala o Echagüe, y entonces... ¡sabe Dios!... ¡Ah, cómo se habían de divertir mis amigos Salamanca y Carriquiri si los tuviéramos aquí!... Y ellos estarán ahora diciendo: "¿Por dónde andará ese loco de Prim?...". Y el loco de Prim, el *traidor* y *cobarde* Prim, camino de Urda... He aquí un sublevado que se va a su casa...»

Con estas y otras humoradas iban ganando camino. Al anochecer, el terreno se les endurecía, se les elevaba, presentándoles repechos y accidentes que con ímpetu vencían los valientes caballos. La noche se presentó oscura, fría y serena, y el cielo sin Luna les mostraba la gala de sus constelaciones. Pronto se vieron rodeados de sombrías masas arbóreas, chaparros agigantados por la oscuridad. Penetraban en el monte; la Caballería, de dos en dos, culebreaba por los senderos torcidos, buscando la divisoria entre las aguas de Guadiana y Tajo; a veces su paso era lento, por obstáculos del camino o por vacilación de los guías. Después de las diez, salió por las Sierras del conde una Luna menguante, roja, con media cara comida... Dijérase una cara con dolor de muelas, entrapajada del lado izquierdo; pero aun así, la presencia de la diosa infundió gran regocijo a los caminantes, que con exclamaciones de alborozo saludaron la dulce claridad que les traía. Iba la Luna perdiendo su encendido color conforme subía por los cielos adelante, bruñidos como bóveda de acero. Las pocas nubes que los enturbiaban antes de la aparición del astro, se retiraron barridas por la escoba de un nordestillo sutil. Dentro de sus dólmenes mataban los húsares el frío, que aún no era demasiado intenso, y los caballos no sentían bajo sus cascos la dureza de la helada. La claridad lunar, melancólica, que parecía traer a los oídos murmullos de consejas, alumbraba el país, dando su verdadera forma a la vegetación enana, chaparros, enebros y escaramujos, y a la más corpulenta de hayas y encinas, algunas de silueta extravagante. Conforme adelantaban, iba creciendo a la vista la flora selvática, que de improviso desaparecía, dejando ver las lomas calvas, en cuyas redondeces desleía la Luna tintas aquí verdosas, allá violadas.

Reaparecían las masas de monte bajo y alto. Luego se vieron fogatas de carboneros... Hacia ellos iba el ciempiés ondulante de la Caballería, traqueteando con infinita cadencia de los herrados cascos sobre un suelo desigual, torcido, pedregoso... Pasó junto a los carboneros la tropa sublevada con su general a la cabeza, y aquellos infelices, que en faena tan ruda se pasaban la vida, el pecho al fuego y espaldas al frío glacial, miraban a los húsares como un ejercito fantástico. Atónitos y con la boca abierta permanecían viéndolos pasar, sin saber de dónde salían tales hombres, ni qué buscaban por aquellos riscosos vericuetos. No podía ser de otro modo; sus ideas políticas eran muy vagas, su conocimiento del mundo harto borroso. Conocían a Prim de nombre; algunos le vieron cazar en el coto de Urda... ¡Pobre gente! Para ellos no había más *obstáculos tradicionales* que la nieve y ventisca, la miseria y el bajo precio del carbón.

XXV

En Urda ya la columna, el general, sus amigos y la oficialidad se alojaron en el palacio, que parecía castillo. Los restantes acomodáronse en las dependencias, y a la tropa se le dio orden de acampar en el lugar más abrigado del monte, con permiso de hacer hogueras, cortando toda la leña que fuese menester. El general repartiría entre sus leales soldados la *bucólica* y la bebida fina que en sus bodegas y despensa guardaba. La juvenil alegría dio a los soldados increíble presteza para proveerse de combustible y encender buen número de fogatas. Los grupos, bulliciosos, se formaban, se descomponían y volvían a formarse por improvisadas o antiguas atracciones de amistad. Toda la loma próxima al castillo se convirtió en verbena, iluminada por las llamas y por el júbilo que encendía los corazones... No sintió poco el buen Clavería tener que aceptar alojamiento dentro del castillo. Rehusarlo sin que se trasluciera la causa de su desgana, no podía ser; y aunque Milans y Monteverde estaban en el ajo, y quizás el general, la dignidad no le permitía descubrir su flaco. Dispuso que Teresa vivaqueaste en un sitio que él designó, en los extremos del campamento; mandó arrimar el carro, encender una buena fogata, y se llevó consigo a Ibero para enviarlo luego con lo mejor que pudo encontrar: fiambres excelentes, botellas de Burdeos y Borgoña, y un palomino de añadidura.

Bien se le conoció a Teresa que era de su agrado el campamento nocturno con aire y toques de verbena, sin duda por ser cosa no esperada y novísima, contraria totalmente a las privaciones propias de un ejército en campaña. A pesar del frío, le causaba desazón el resplandor ardiente que en la cara recibía, y con la venia de su guardián se apartó al resguardo de unas retamas espesas, que eran cómoda pantalla frente a la hoguera. Quedaba, pues, la buena moza en una sombra agujereada, y así recogía un calor discreto cernido por los huequecillos de la planta. Allí fue Ibero para llevarle el pichón asado, un fiambre superior, galletitas sabrosas y vino de Burdeos. Todo esto en platos, con tenedores, cuchillos, vasos, y cuanto se necesitaba para cenar con limpieza, que así las gastaba el castellano de Urda con sus comensales, ya se albergaran en el castillo, ya camparan a la intemperie. Los soldados sabían prescindir de tales adminículos, empleando el desembarazado servicio de sus dedos. Retenido por Teresa, que quiso darle parte en todo lo que cenaba, Santiago se sentó a la sombra de las retamas, junto a la hermosa mujer, y observando que comía con mediano apetito, le dijo: «Bien se ve que va usted reponiéndose, y que todas aquellas tristezas y ganas de morirse se han ido quedando en las zarzas del camino. Por eso no hay cosa mejor que correr, correr por el mundo. Yo lo he probado.

—Lo que ves, Santiago, es la obra natural del tiempo, que cuando una quiere morirse, él no la deja, y es también efecto de los aires puros y del descanso... Pues aunque me veas animada y hasta de buen color, no pienses que mis penas se calman, ni que estoy menos desesperada que lo estaba en Villarejo... Del suceso de Tarancón me ha quedado remordimiento tan grande, que no sé cómo conllevarlo: no puedo echar de mi cabeza la idea de que Leal pareció por culpa mía; de que yo vine a ser quien le mató, pues muerte fue haberle dicho a mi madre dónde estaba escondido.

—Pero también me ha contado usted que el decirlo a su madre fue por un sobrecogimiento y terror de media noche. Esto le disminuye la culpa.

—No disminuye, Santiago, no y no —dijo Teresa, que al tiempo que comía con finura y boca chiquita, quiso presumir de conciencia muy escrupulosa—. Lo que yo siento más es que Jesús Clavería, en vez de llevarme en la columna, llamando la atención y dando qué hablar a la tropa, no me dejara en donde yo pudiera confesarme...

—¡Lástima que no traigamos castrense!

—Mientras yo no le cuente a Dios este gran delito, no se me aliviará la conciencia, ni tendré paz en mi alma. Pero si yo le dijese a Clavería que me dejara ir a confesarme a Toledo, donde hay más curas que longanizas, me soltaría cuatro ternos, y tendríamos un disgusto.»

En este punto de la conversación, los pensamientos de ambos interpusieron una pausa, que cortó Ibero después de comer un bocadito y rascarse la oreja. «A mí me ha enseñado mi maestro don Ramón Lagier —dijo—, que cuando tenemos el alma pesarosa, por culpas cometidas, no debemos esperar a encontrar cura, pues para esto cualquier persona natural es cura... O como quien dice, que el sacerdocio no debe ser oficio de unos cuantos, sino función de todos...

—¡Valientes disparates te ha enseñado tu don Ramón!... ¡Confesarme con Juan o Pedro!... ¡Bonita religión me gastas, chico! Y todo es para decirme con rodeos que me confiese contigo.

—No le digo tal cosa. Pero si quiere referirme sus pecados, los oiré.

—Mis pecados ya los sabes; los sabe todo el mundo, porque no soy hipócrita, y tengo mi conducta por todos lados abierta, para que la fisgoneen los ojos amigos y enemigos... Dime de ellos todo lo que se te ocurra, clérigo sin misa... Y de mis remordimientos por la muerte de Leal, ¿qué me dices?

—Pues antes de decir lo que pienso, he de saber si usted quería, si amaba con verdadero amor al hombre muerto por la Guardia civil.»

Perpleja dejó Teresita en el plato el pedazo que comía, que era de lengua escarlata, y soltó la suya para decir sin gran timidez: «Amor... lo que amor se llama, no sentía yo por él... Ese sentimiento es raro, y solo una vez en la vida o de tarde en tarde lo sentimos... ¿Entiendes tú de eso, o es menester que yo instruya a mi confesor? Amor no se puede tener a muchos hombres uno tras otro... Se tiene, cuando Dios lo manda, por uno, por cualquiera, a veces por el que parece menos digno... No sé si me entenderás; eres un inocente... Pero si ese amor no lo sentía yo por Jacinto, la estimación en que yo siempre le tuve era muy grande. Él fue mi sostén largo tiempo, y atendió a mis necesidades con largueza; él me cuidó en mi enfermedad como si fuera yo su esposa o su hija... ¿Qué dices, tonto? ¿Por qué miras al suelo?... ¿Buscas en él una respuesta que te habrán escrito los espíritus? Tú no entiendes de amor, Ibero, y es tontería que quieras meterte a médico de las almas.»

Distraídos por la bullanga que alegraba el campamento, suspendieron su conversación. Los soldados reían y cantaban, improvisando coplas, y junto a la hoguera que daba demasiado calor a Ibero y Teresita, un despabilado húsar soltó este cantar, que cayó en gracia y fue corriendo de boca en boca por toda la columna: «Con Prim a la cabeza, —y el brigadier Milans, —BAILÉN y CALATRAVA —a la victoria irán.» A la madrugada, el cansancio y las libaciones apagaban el entusiasmo alegre. Callaban una tras otra las voces, absorbidas por el sueño, y las últimas que se anegaron en el silencio fueron las de la gente adyecticia de ambos sexos, cantineros y arrimados. Esta cola de la cola vivaqueaba lejos de Teresita, que al sentar sus reales pidió ser colocada distante de la patulea... Preguntole Ibero si quería recogerse a su carro, y ella contestó que no tenía sueño; que con las cosas que él le dijo, la conciencia se le había puesto en mayor alboroto. Opinó Santiago que debía esperar consuelo del tiempo y de una vida de rectitud, a lo que asintió Teresa diciendo: «Si logro hacerme a la moralidad y a la modestia, Dios me perdonará... y también me perdonará Leal, ya esté en el Purgatorio, ya esté en el Cielo.

—Se encuentra —afirmó Ibero con viveza—, en la infinidad del Universo, donde los seres que en cuerpo aborrecieron, en espíritu se adornan de bondad y perdonan...

—Ahora recuerdo —dijo Teresa como sorprendida de su flaca memoria—, que crees en esa religión, o en esa magia de los espíritus...» Viendo a Ibero afirmar con la cabeza, prosiguió así: «Los cuerpos se descomponen, y los espíritus van y vienen... Moran en el cielo, en el aire, o en lo que no es el aire; vuelven acá cuando les da la gana, andan entre nosotros, y ven lo que hacemos y oyen lo que decimos... ¿No es eso?...» Nuevas afirmaciones de Ibero con la cabeza. Teresa se levantó bruscamente murmurando: «Por Dios, no me digas esas cosas, que me dan mucho miedo... ¡Los espíritus aquí, volando entre nosotros por esta oscuridad, entre estas breñas!... ¡Y vendrán, y me tocarán... tocar no, porque no tienen manos, no tienen cuerpo...! ¡Jesús, Virgen Santísima, amparadme... Defendedme de los espíritus!... ¡Ay, qué miedo! Que se vayan al Cielo, al Purgatorio, y me dejen en paz.» Desoyendo lo que Ibero le decía para tranquilizarla, se apartó de la hoguera, por entre retamares más cerrados y laberínticos. Tras ella fue Santiago; pero el temor de asustarla le mantuvo a corta distancia.

Teresa entonces alzó la voz llamándole: «Santiago, acércate; no me dejes sola. Sola tengo más miedo... Por aquí hay espíritus. ¡Oh, qué miedo! Yo no los veo; pero ellos me ven a mí... yo siento que me ven.» Llegose Ibero, y la cogió de una mano suavemente para volverla a donde antes estuvieron. En los matorrales penetraba la luz de la Luna por aberturas y huequecillos de las formas más irregulares. Masas de vegetación se iluminaban fantásticamente, y otras quedaban en sombras angulosas, extravagantes, trágicas, burlescas... Aterrada, se llevó Teresa la mano a los ojos, dejándose conducir por Ibero como un ciego por su lazarillo... «Tengo mucho frío... El terror me ha dejado helada —le dijo cuando llegaban junto a la hoguera—. Déjame sentar aquí un rato... Toca mis manos... Son hielo... Como hablábamos de espíritus... No: era yo quien hablaba, y tú decías que sí con cabezadas... Pues me pareció que andaban detrás y delante de mí... Ahora mismo, si cierro los ojos, los veo... No es ver precisamente, es sentirlos... y también, créemelo, oí como suspiros... Ruido de pasos por el aire, ruido de gasas que rozaban con los espinos... No sé, no sé... Lo que más me aterra, Santiago, es sentir detrás de mí a Leal, y oír que me dice... "Perra, por ti me mataron". Siempre me llamaba *perra* cuando se ponía furioso...

—Todo ese terror —le dijo Ibero—, es imaginación o sobresalto nervioso, y nada tiene que ver con el Espiritismo... Yo no puedo explicar a usted ahora lo que creo, lo que mi maestro me enseñó, y lo que he podido experimentar yo mismo. No se puede enseñar eso sino a las personas dispuestas a creer y que están con el ánimo sereno. A los medrosos y a los incrédulos no hay manera de aleccionarlos. Hablemos de otra cosa.»

La hoguera sin llamas era ya un gran rescoldo en que relucían las brasas con esplendor decadente, rodeadas de tizones humeantes. Dormían los soldados a la larga o en posturas insólitas. Teresa, sentada, los codos en las rodillas, y el rostro en la palma de una mano, miraba las brasas, buscando en los cambiantes del fuego entre cenizas signos de un lenguaje desconocido, y por desconocido interesante. Alzando de pronto sus miradas al cielo, hizo la observación de que la claridad de la Luna quitaba su brillo a las estrellas, y apenas se veían pestañeando las más grandes. «Sin verlas —dijo Ibero—, yo sé dónde están todas las que conocemos y estudiamos. Mi maestro me ha enseñado el cielo y yo me lo sé de memoria; puedo decir en cada estación y en cada mes y en cada día: "Ahí está tal constelación, tal estrella". Vea usted, Teresa, y apréndalo si quiere, que este libro del firmamento enseña más que todos los que hay en la tierra estrellados de letras de molde... Aquí, sobre nuestras cabezas, tenemos la *Cabra*: se ve bien clara. Más abajo, los *Gemelos*. A la derecha, cayendo ya hacia Occidente, tiene usted a *Orión*, la gala del cielo; encima el *Toro*, y debajo el *Can mayor*. Brilla tanto, que parece que nos sonríe y que nos habla... Mire más arriba, y verá el *Can Menor*, que también es una señora estrella, y allá por el Este tenemos al *León* y su estrella mayor, que llaman *Régulus*... Si la noche fuese oscura, le enseñaría a usted más maravillas... Eso que usted ve, estrellas grandes y otras tan chicas que parecen polvo, ¿qué es, Teresa? Pues un sinfín de soles, cada uno con mundos o planetas que los acompañan. Eche usted mundos... Pues en todos hay habitantes, personas o seres, humanidades que en el *más allá* de los infinitos *más allá*, serán tal vez divinidades.

—¡Cuánto sabes!— dijo Teresa con franca admiración.

—Todo me lo enseñó el capitán, que es el gran maestro... Diré a usted, señora, para que me conozca bien, que cuando me escapé de la casa de Nájera para lanzarme al mundo, iba yo con mi cabeza llena de aquel viento que saqué de los libros de Historia que leí... ya se lo he contado. Llevaba yo la idea de ser un héroe como aquellos que me trastornaron con sus proezas increíbles. Yo no me contentaba con menos que con hacer otra vez la conquista de México, sirviendo al lado de Prim, o luchando solo y por mi cuenta, que hasta esto llegaba mi desatino. Pero aquella bomba de jabón reventó, ¡plaf! aire, nada... Vinieron mis desgracias, trabajos y miserias a quitarme las ideas de guerra y de hazañas estrepitosas... Y lo peor fue que reventado y caído, no se me abrió el entendimiento a otras ideas, a pensares distintos del matar gente y meter bulla en el mundo. Como un idiota estaba yo cuando me cogió el capitán Lagier, y sobre aquel terreno baldío de mi idiotismo fundó el maestro su enseñanza. Aprendí a conocer, primero el mar y el Cielo, después algo de nuestras almas...

—¡Cuánto sabes! —repitió Teresa, elevándose más en la admiración—. Bien se ve que has leído. Ya me figuraba yo que había más mundos que este en que estamos; pero no creía que fuesen tantos, tantísimos... Como que no hay matemática ni ringlera de números en que puedan caber... ¿Y las personas que hay en ellos, son como nosotros, o son los espíritus? Cuerpos habrá también allá, y muerte habrá; y si del nacer nacen los cuerpos, del morir nacen los espíritus que van y vienen, vienen y van... Esto la vuelve a una loca. ¿A ti, Santiago, no te trastorna el pensar en esto?

—No, porque yo empiezo por reconocerme de una pequeñez tal, que no hallo cosa bastante chica con qué compararme. Pero chico y todo, invisible de puro chico, sé que mi pensamiento es parte del pensamiento total, y que un querer mío o un sentimiento mío no están aislados del sentir y del querer que envuelven toda esa masa de mundos vivos...»

Para comprender tan sutil sabiduría, hizo descomunal esfuerzo de sutileza el pensamiento de Teresita; mas antes de llegar a la receptividad mental que deseaba, le salió de toda el alma nueva onda de admiración. Nunca había oído cosas tan bellas y grandiosas como las que Ibero le decía; nunca vio tanta convicción en las ideas, unida a tanta sencillez en la manera de expresarlas, y por esto, y por la admirable rectitud y dignidad que Ibero ponía siempre en sus actos, entendía que era un hombre extraordinario, excepcional, tal vez único en el mundo.

XXVI

«Con lo que ahora me has dicho —afirmó Teresa—, voy comprendiendo mejor lo que en otra ocasión te oí de esa religión... particular tuya... y de tu corto catecismo. Cuéntamelo otra vez.

—Mi maestro me enseñó la religión más sencilla, y una moral que, por mucho que se la quiera estirar escribiéndola, no ha de ocupar más que una carilla de papel de cartas... Pero yo no necesito escribirla, porque en mi memoria están grabados los diez Mandamientos, grabadas las Obras de Misericordia, y con esto me basta... Y como dije a usted otro día, yo me desentiendo de curas, frailes, obispos, y de toda persona encapuchada que quiere mandarme al Cielo o al Infierno, o que viene a pedirme dinero por un sacramento, por un sufragio...

—Poco a poco, Ibero —dijo Teresa, que si en el fondo de su alma pensaba y sentía lo mismo, creíase obligada, por presunción señoril, a opinar con sensatez—; recoge velas, y párate un poco. No podemos romper con la sociedad... Somos parte de ella, somos un grano de esa gran piña...

—Yo me desgrané, señora mía, y hace tiempo que ando suelto por estos mundos. Ya sabe usted que no gusto de vivir en ciudades, y cuando me veo precisado a estar en ellas, rabio por salir y correr a mi antojo. Desde chico me tiraba la vida libre. No me agradan las poblaciones ni los barcos fondeados. Por la mar me llevan el vapor o el viento; por la tierra, mis pies. Andando de un lado a otro se mete uno más en el pensamiento universal, y se arrojan al aire las amarguras y tristezas...

—Eres muy joven, Santiago —le dijo Teresa cariñosa—. Puede llegar un día en que te cases... ¿Has de condenar a tu mujer a vivir como los gitanos?

—Eso no. Viviremos en lugar fijo, pero no en ciudades.

—Pues yo te aseguro que difícilmente encontrarás mujer que quiera compartir contigo esa vida huraña. ¿A que no la encuentras?

—¿A que sí?... Tiempo ha que la encontré, señora doña Teresa. Mi maestro me ha dicho que en el mundo existe siempre lo que deseamos. Es cuestión de buscarlo bien. La mujer que ha de ser mía existe, y yo la conozco, y sé que quiere tenerme por suyo... Sus pensamientos me buscaban a mí, como los míos la buscaban a ella.»

Pidiole Teresa informes claros de la que sin duda era divinidad, o estrella caída de los cielos altísimos; pero Santiago se negó a entrar en pormenores y a decir el nombre y calidad de la mujer que había de ser su compañera en esquivas soledades de tierra o mar. A su tiempo se lo diría... ¿No le consideraban como salvaje? Pues los salvajes ni gustan de vivir en poblados, ni poseen ese decir libre y sin freno que mueve a las confidencias. Llevó muy a mal Teresa las razones con que el mocetón defendía su secreto, y dándose por lastimada le dijo: «Quita allá, tonto. Maldito el interés que tengo en conocer a tu princesa del pan pringado; métela en un escapulario y cuélgatelo del pescuezo... No se te vaya a perder esa reliquia... Según veo, has tomado careta y arrumacos de salvajismo para hacerte el interesante... y luego con cuatro bobadas del Universo, del pensar de las estrellas, y con el *quitaos, ciudades*, y el no *me toquéis, curas*, te das tono y pasas por sabio... Déjame que me ría de ti... Me haces gracia, Iberillo.» El reír de Teresa rasgaba el silencio de la fría noche. No tardó en derivar hacia la seriedad con estos graves conceptos: «Mira el cielo, Santiago, y verás que las estrellas que me ensenaste van cayendo de este otro lado, como la Luna. Debe de ser muy tarde... Dame la mano, y ayúdame a ponerme en pie, que estoy entumecida.»

Levantose, y cuando iban hacia la casa, o sea el carro, Teresa siguió hablando así: «Te dije que de ti me reía... Fue por oírte, Santiago... ¿Por qué callas? ¿Te has enojado conmigo? ¡Valiente tonto! Verás... No es que me ría de ti, sino que... Vamos, yo deseo tu bien... Bueno es el salvajismo, pero no tanto. Me gustaría que te dejaras aconsejar de mí, y me contaras todo lo que has hecho y lo que piensas hacer. Ya verías qué buenos consejos te daba yo... Porque tú sabes cosas del cielo; pero en las de la tierra no das pie con bola.» Callaba Ibero. Desconsolada del silencio de él, Teresa pasó de la exhortación a las quejas. «Ya ves, chiquillo: en tantos días como has estado cerca de mí, no has tenido conmigo la menor confianza. Todavía no me has dicho lo que hiciste desde que te vi en Valencia, allá por junio, hasta que nos encontramos en Fuentidueña y en Villarejo hará quince días. ¡Seis meses de vida que no quieres descubrir!... ¿En ese medio año, navegabas o qué hacías?... Y otra: ¿qué comisiones llevabas tú a Villarejo? ¿Era cosa de los oficiales que conspiraban en Tarragona, o te mandó el capitán Lagier con cartas y avisos al general, poniéndole en autos de otros preparativos?... Todo esto debías decírmelo, así como lo de tu novia, quién es, dónde vive, que puntos calza, qué pitos toca... Ya sabes que sé guardar un secreto... y aunque sean dos.

—Deje los secretos donde están, Teresita —respondió Ibero—, que cuando se les cambia de arca, algunos en el aire se quedan.

—Bueno, bueno: guárdatelos. ¡Pues no eres poco avaro de tus pensamientos!... La verdad, no he visto reserva como la tuya. Y tus cosas son tan raras, que no hay cristiano que las entienda. ¿Cómo se explica que, si has ido a tu pueblo y te has presentado a tu padre y a tu madre, consienten estos que andes en esa vida libre, arrastrada? ¿No están tus padres en buena posición? Si es así, ¿qué padres son ésos que te permiten vivir a lo gitano?...¿Es que tu padre te tiene al servicio de Prim porque así le conviene?... ¿Es que don Santiago Ibero, militar retirado, también cons pira?... ¡Vaya, que es cargante tu silencio! Pues me reiré, me reiré de ti. Sin duda conoces los planes del general ¿Sabes acaso qué miras lleva, qué reformas hará cuando triunfe?

—Nada sé de lo que piensa el general, ni pretendo saberlo. Soy muy pequeño para que me digan ciertas cosas. Pero por lo que me dicta mi razón natural, entiendo que el general hará lo que llaman una revolución; y decir aquí *Revolución*, será lo mismo que decir *Justicia*.»

Queriendo Teresa manifestar de algún modo ideas sensatas y positivas frente a las vagas, tal vez quiméricas aspiraciones de su amigo, soltó este pequeño programa: «Ándese don Juan con cuidado el día de la victoria, si es que ese día llega. Que corte y raje por donde quiera; todo puede hacerlo menos destronar a doña Isabel y traernos la libertad de cultos.»

Ni aprobación ni conformidad oyó de los labios desdeñosos del salvaje. Este habló de otra cosa. «Métase en el carro, que viene un gris traicionero y usted no está hecha a estas frialdades... Ya despunta el alba... Mensajera del Sol... ¿Qué le pasa, Teresita; qué sobresalto es ese? ¿Tiene usted miedo? ¿Qué teme usted viniendo conmigo?

—Sí, tengo miedo —murmuró la mujer, demudada, temblando—. Siento espíritus. Por aquí andan, Santiago... y eres tú quien los ha traído con las tonterías que me cuentas... No me digas que no... Los he sentido... Por esta oreja me paso uno, y aun creo que me dijo algo... ¡Ay, ay, otro espíritu! Y este es de los malos, porque me ha dado un empujón... ¿Te ríes?... ¿Pero cuándo amanece, Dios mío? ¡Nunca vi noche más larga!

—Ya viene el día; ya los soldados sacuden el sueño; ya esos bultos tendidos son menos inertes. Bajo las mantas se desperezan los brazos vigorosos... Mire usted más allá, Teresa, junto a las encinas. ¿Ve unos hombres que parecen salir de debajo de la tierra? Son los cornetas que van a tocar diana. La claridad blanca del día va devolviendo a todas las cosas su forma y color. Observe usted el patear de los caballos; oiga los relinchos con que dicen que han dormido bastante.

—Lo veo; veo y oigo lo que dices... Pero yo tengo miedo... Con la luz del día se van los espíritus; pero dentro de mí queda el miedo, este miedo que es mi conciencia sublevada, mi pena por el mal que hice... No me convencerás de que no fui yo quien mató a Leal... Esta idea me vuelve loca... Y el espíritu de Leal me persigue... y a donde quiera que yo vaya irá él.»

Deseando tranquilizarla, Ibero la obligó a meterse en el carro, donde tenía mantas para entapujarse y requerir el sueño. En esto, el frío cristal del aire fue rayado, como con diamante, por el son agudo de los clarines que tocaban diana. Era el himno militar, no tan militar quizás como religioso; la voz que con dejos de plegaria despierta a los hombres y los llama a las obligaciones de la guerra. Teresa, con nerviosa inquietud tiritante, se arrebujó bien desde los pies a la coronilla; luego descubrió el rostro para decir: «Al toque de diana empiezan tus quehaceres. Tienes que dar pienso a las mulas y ayudar a los carreteros... Entre tanto me dormiré, que buena falta me hace. Ya me va entrando sueño. Fíjate bien en lo que te encargo: en cuanto acabes tus ocupaciones, vienes y me despiertas. Tengo que decirte una cosa.

—Dígamela ahora.

—Ahora no puede ser: tengo que dormir antes de decírtela... Vete... ya oigo el lenguaje fino de los carreteros. Cuidadito, Santiago; vienes y me despiertas... No, no; ahora no te lo digo.»

Volvió a desaparecer entre las mantas el lindo rostro. Minutos después, Teresa dormía... Con permiso de su conciencia. Y no había terminado el salvaje Ibero sus faenas matinales, cuando le sorprendió la súbita aparición de Clavería, el cual, apartándose con él de la caterva de machacantes y acemileros, le dijo: «Prepárate, que vas a un recado.

—¿Lejos, señor?

—Como lejos, muy lejos, no es... Pero tampoco es cerca. A Madrid tienes que ir. Como tu bagaje es no más que tu persona y un lío en que metes dos mudas de ropa, ya estás andando, que hay prisa. Sales ahora mismo, tomas el camino de Orgaz, ¿ves? por aquella loma... Rumbo Norte clavado. En Orgaz dejas a la izquierda el camino de Toledo, y te vas hacia Almonacid del Campo, y de allí derecho a pasar el Tajo por las barcas de Ateca. Te indico ese camino porque no conviene que pases por Toledo, donde está Echagüe con la columna que nos persigue. Andando todo el día... No es mucho: doce leguas... puedes llegar a Villaseca, al otro lado del Tajo, antes de media noche. Duermes seis horas... y mañana sigues por Pantoja, Yeles, Torrejoncillo, Parla, Getafe... y en Madrid a las dos o las tres de la tarde. Eres buen andarín, excelente geógrafo... No te detendrás a gandulear, ni equivocarás el camino... En Madrid a las tres de la tarde... Para no sofocarte, te pongo las cuatro. Ahora, fíjate bien en lo que tienes que hacer en cuanto llegues. ¿Ves esta carta? Has de entregarla a don Ricardo Muñiz; pero en el sobre no se ha escrito este nombre, sino otro con las mismas iniciales. Mira, lee: *Señor don Roque Muñoz*. Lee este nombre y olvídalo, porque la verdadera dirección, *Ricardo Muñiz*, ha de ir bien grabada en tu memoria. Repite este nombre, repítelo muchas veces. Que yo lo oiga, que yo lo vea bien grabado con buril dentro de su sesera...»

Repitió Ibero el nombre y apellido hasta que Clavería dijo: «Basta. Confío en tu agudeza y en el interés con que sirves al general. Pues lo mismo has de grabar en tu memoria las señas, que no son las que aquí se ponen: *Carretas, 10*. Olvida esto, y coge y graba la verdadera dirección: *Carmen, 1*. Repítelo...» «No es necesario —dijo Ibero, valiente y seguro de sí mismo—. *Carmen, 1*: es muy fácil de recordar. Yo compongo este barbarismo: *Carmuñardo*, donde están al revés las sílabas más sonantes de las tres palabras, calle, apellido y nombre. No se me olvida; esté usted tranquilo.

—La carta está escrita en un lenguaje cifrado y convencional, y si te la quitaran, nada sospechoso ni justiciable encontrarían en ella. La entregarás a ese señor en propia mano, sin perder horas ni minutos. Toma y guarda... Y ahora, fíjate en un segundo encargo, también del general... y mío (saca otra carta). Aquí tienes... Esta no lleva la dirección disimulada. ¿Ves? *Señor don José Rivas Chaves, del Comercio. Desengaño, 19*. Es una recomendación para que te coloque en su comercio de telas. (Abre la carta; Ibero la lee rápidamente.) ¿Te enteras? Tú, el *portador de la presente*, vas a Madrid en busca de colocación, y yo, que aquí firmo José González, y me llamo corresponsal de Rivas Chaves en Orgaz, te recomiendo a él... Todo es figurado: la carta, en escritura invisible que Chaves hará salir del papel por un procedimiento químico, le dice cosas muy distintas de lo que va escrito con tinta ordinaria... Este amigo mío te recibirá muy bien, y te dará lo que necesites para tus gastos en Madrid, o para los que tengas que hacer luego... que aún no he concluido, Santiago. Me has prometido sumisión, obediencia absoluta.

—He prometido y cumpliré. ¿Qué tengo que hacer?

—Pues desempeñados los encargos que llevas a Madrid, te vas a Samaniego, no como peatón desastrado, sino en el tren, y con el empaque y avíos que te corresponden. A este gasto proveerá el amigo Chaves. Ya te dije que tus padres no consienten, se resignan a tu vivir errante, desligado de toda disciplina... pero a condición de que dos veces al año, por lo menos, vayas a verlos. En julio último, después de lo de Valencia, fuiste allá. Prometiste volver en octubre y esta es la hora que...

—No pude —dijo Ibero prontamente—. En septiembre fuimos al Mar Negro, a cargar de trigo, y no volvimos hasta muy avanzado noviembre. Después...

—Sea lo que quiera, irás a Samaniego y pronto. Tu padre, que pudo someterte dejándote coger el chopo a la edad en que todo español es soldado, no lo hizo, y te redimió del servicio militar... Tu padre tiene debilidad por ti; cree que en tu independencia salvaje hay como una exaltación de los sentimientos más puros y una quinta esencia d las ideas más honradas y nobles... Yo no sé si está en lo cierto, o tan alucinado como tú. En fin, has de ir a su presencia. Tanto Santiago como tu madre desean que ponga alguna regularidad en tu emancipación. Me consta que ha escrito al capitán Lagier para que te encarrile un poco, obligándote a estudiar formalmente y examinarte de piloto, que la marina mercante es honrosa carrera. Con esto, ya sabes cuanto tenía que decirte... Falta una cosa: toma dinero para lo que necesites en el viaje de aquí a Madrid. Si en los pueblos de la Sagra encuentras algún galerín o coche-correo, lo tomas, y anticiparás unas cuantas horas tu llegada. Recoge tus bártulos, y ya estás echando a correr. Adiós, y hasta la vista, que lo mismo puede ser en Madrid que en el valle de Josafat... Adiós.»

En un periquete se dispuso Ibero para partir. Una duda cruelísima le atormentó breves momentos. ¿Qué haría: despertar a Teresa para despedirse de ella, o largarse con la fácil despedida que llaman *a la francesa*? Acercose al carro y vio el informe bulto liado en mantas. Vagamente marcábase al exterior el cuerpo de la buena moza, como una escultura embalada para el transporte. La quietud y rigidez del envoltorio indicaban profundo sueño. No, no: ¿a qué despertarla?... Seguramente se dolería de verle partir, porque él en su errante soledad la entretenía con amenas conversaciones... Pensó hacerle una muda despedida colocando sobre ella algunas flores, que no habían de ser ofrenda de enamorado, sino de amigo... Pero ni rastro de flores se veía en aquel adusto y enriscado suelo. Fue, y ¿qué hizo? Cogió unos tomillos olorosos, y con cuidado los puso en aquella parte del bulto que al pecho correspondía. «Ya comprenderá que he sido yo quien le ha puesto los tomillos —decía el hombre al retirarse—. ¡Pobrecilla! ¿Y si cree que se los han puesto los espíritus...?»

XXVII

Con ánimo decidido emprendió el gran Ibero su marcha hacia los Yébenes, por un país rocoso y montaraz, más habitado de alimañas que de personas. Guiábale su sentido geográfico, admirable don que aprendido parecía del trato con las aves emigrantes; alas le daba su deseo de cumplir lo mandado y de contribuir a los planes del general, y por fin, el ir a Madrid en aquella ocasión causábale gran regocijo, por las razones que él mismo habría dado a conocer si su reserva característica no rigiese lo mismo para sus amigos que para los lectores de sus aventuras.

En esta favorable disposición atravesó breñales, quintos y dehesas; pasó el Amarguillo, y salvando las asperezas de la sierra de Orgaz, llegó a la feudal villa de este nombre, donde dio a su cuerpo un reparo nutritivo, siguiendo hacia Mascaraque y Almonacid. En terreno menos quebrado fue su marcha más segura y metódica; a nadie preguntó el camino; derecho iba en busca del río Algodor, por cuya margen izquierda había de llegar a la barca del Tajo. ¿Quién le enseñó esta topografía? Dios y un plano que en Madrid meses antes había visto. Ello es que felizmente pasó en la barca poco después de anochecido, y que impávido se metió en los despejados campos de la Sagra; durmió cinco horas en un mesón de Villaseca, y a las tres de la madrugada emprendió de nuevo la caminata. El limpio y estrellado cielo que en aquella seca región multiplica la opulencia de sus constelaciones, le fue de gran compañía y entretenimiento en su viaje. Después de reconocer sus amistades estelarias del Zodíaco y del hemisferio Sur, puso toda su atención en la *Polar*, que veía sin mover los ojos ni la cabeza, pues hacia ella derechamente caminaba; y adorándola por su inmovilidad más que a las otras vagabundas, con ella conversaba en estilo mixto de oración y confidencia.

Soñador caminante, así decía: «Hacia ti voy, hacia ti van mis pasos y mi corazón, estrella de la constancia y de los pensamientos inmóviles. ¿Qué hombre no tiene una *Polar* en su alma? Yo la tengo, y toda mi vida gira en rededor de ella... A ti, *Polar* del cielo, miro yo, porque en ti veo la imagen de mi estrella terrestre, puesta en esos altos altares para que yo la adore. Mi estrella es como tú, inmutable, señora de todo el Universo y señora mía...» Si no con los términos precisos, con otros semejantes hablaba Ibero en sus coloquios con la *Polar*, y ello era de dientes adentro, que si fuera en lenguaje sonado y si alguien lo escuchara, se le tendría por poeta descarriado que al ritmo de su andar componía versos sin rima... Al pasar por Yeles, aclarando el día, un galerín de seis asientos que solo llevaba cinco personas, le brindó fácil transporte a Madrid. Ajustose con el mayoral, metiose en aquella caja con ruedas, y como el camino no era malo y las caballerías supieron cumplir, al filo de las diez y media dio fondo el gran Ibero en la Cava Baja.

Poniendo el deber sobre todo, sin tomar descanso ni alimento, se fue el mensajero a cumplir la misión que un bárbaro signo, *Camuñardo*, representaba en su mente. Las once marcaba el reloj de la Puerta del Sol cuando Santiago entraba en el número 1, calle del Carmen. Dijéronle en la casa que don Ricardo no estaba y que no volvería hasta las doce. Como a nadie podía confiar la carta, y el hambre le apretaba, se fue a comer un bocado en un bodegón de la calle de la Paz. Minutos después de las doce volvió a la casa de Muñiz y fue recibido por este, que a la primera impresión pareció receloso; mas leído el sobre y conocida la letra, se le alegraron extremadamente los ojos. Encerrado con el mensajero en su despacho, leyó la carta sin chistar, no una, sino dos o tres veces, y acto continuo, pidió al recadista noticias de la columna, de la salud de Prim y sus amigos, de la moral de las tropas sublevadas, de cómo eran recibidas en los pueblos, del camino que habían tomado al salir de Urda. A todo, menos a esto último, contestó Ibero cumplidamente. Ignoraba la dirección que don Juan seguiría, aunque la creencia más general en la columna era que iban a Portugal. Sonrió Muñiz al oír esto. Bien podía ser que Prim tomara la ruta más inesperada. Era hombre de arranques prontos, de inspiraciones y corazonadas.

Dicho esto, don Ricardo hizo al joven ofrecimiento de comida y albergue, así como de dinero para sus necesidades. Agradeciéndolo, respondió Santiago que otro amigo del señor Clavería, para el cual también traía carta, estaba encargado de atender a sus gastos en Madrid: era el señor Rivas Chaves. Al oír este nombre, dijo Muñiz con alborozo: «Me lo he figurado... ¡Chaves... grande amigo mío! Hemos estado juntos toda la mañana; nos hemos separado en la puerta de esta casa... Vete corriendo a la suya,

Desengaño, 19, que está el hombre impaciente por recibir lo que traes: me consta.» Advirtiéndole que volviese a la misma hora en los días sucesivos, hasta la escalera le acompañó sonriente Ricardo Muñiz, hombre de mediana estatura, calvo, de bigote negro y ojos muy vivos, revolucionario inquieto y sutil, que movía con singular disimulo y agilidad las teclas de la conspiración.

Con pie ligero subió Santiago desde la calle del Carmen a la del Desengaño. Su presencia en la tienda de Chaves fue motivo de sorpresa y curiosidad para los dependientes, que medían varas de tela o mostraban a las parroquianas refajos, chambras y vestiditos de niño... El señor Rivas Chaves, corpulento, gallardo y barbudo, mandó a Ibero que le siguiese al interior de la tienda, y de allí, por angosta escalera, le condujo a una habitación del entresuelo: sin duda le esperaba. La estancia tenía aspecto de escritorio comercial, y en la estrechez de ella se paseaba melancólico, las manos a la espalda, un señor de buena estatura, con gabán corto no muy lucido. Apenas entraron, Chaves, impaciente y nervioso, arrebató la carta de manos de Ibero. Diciendo a este *espérate aquí*, cogió del brazo al caballero paseante y se lo llevó a un aposento próximo. En el andar, en las miradas, en el silencio mismo de los dos hombres, entrevió Santiago un misterio íntimo y una ansiedad expectante.

Solo en la estancia, quedó Ibero en gran confusión, apurando su pensamiento y su memoria en una labor de acertijo. Aquel sujeto del rostro melancólico y del agitado paseo no era para él desconocido. ¿Quién era, Señor?... Le había visto, sí, no una sola vez, sino muchas. ¿Dónde, dónde?... Apretada la memoria y puesta en prensa, exprimió alguna luz sobre aquella persona. Sí, sí: le había visto en Samaniego, en su propia casa... La memoria, cediendo a la presión violenta, arrojó más claridad... «Ya, ya —se dijo—: este señor es amigo de mi padre... Mi padre se crió en un pueblo de las Cinco Villas de Aragón. El caballero desconocido es también de las Cinco Villas, militar como mi padre, más joven que él... Aun creo recordar que tienen parentesco lejano. Sí, sí; cuando yo salí de mi enfermedad estuvo viviendo en mi casa cuatro días.» La memoria del joven refrescó y vivificó incidentes oscurecidos por el tiempo... Creía estar viendo a su padre, de sobremesa, hablando de guerras con el amigo aragonés, hombre vehemente y despierto, entendido en topografía militar. Era él, era él. Acabó Ibero, con ímprobo trabajo, por sacar de la oscuridad la figura y reconstruiría totalmente. Persona, condición, carácter, todo lo tenía ya; no le faltaba más que el nombre, y este se le escurría agazapándose en las tinieblas. Pero ya saldría, que la memoria tiene lóbregos desvanes donde suelen parecer las cosas más olvidadas y perdidas.

Sin abandonar este trajín mental, pensó Ibero que Chaves y el aragonés estarían revelando la carta. La escritura secreta trazada con zumo de limón, era invisible hasta que se pasaba una plancha caliente por el papel, o se le aproximaba a un brasero. No debió de ser breve esta operación, porque los dos señores tardaron en volver al escritorio. Quizás después de dar visibilidad a los caracteres ocultos, se entretenían en comentar lo que con ellos se les decía. Por fin, Ibero sintió pasos, voces. El primero que apareció fue el caballero de las Cinco Villas. Santiago le vio de frente, cara a cara; vio su nariz aguileña, su bigote castaño, —y al fijarse en lo más característico de su rostro, que era la depresión y hundimiento del labio inferior, la memoria le dio con fulgor de relámpago el nombre del sujeto: *¡Moriones!*

Despidiéndose de Chaves con breve fórmula, salió el Moriones disparado, como hombre de apremiantes negocios que no tiene un momento libre. No se fijó en Ibero ni le hizo maldito caso. En cambio, el bueno de don José, dulcificándose de improviso y acariciándose la bíblica barba espesa, estrechó la mano del mensajero, y con agrado y simpatía le dijo: «Ya me encarga Jesús que te atienda, joven. Vaya, vaya... Con que eres aquel muchacho perdido... por los años de... ya no me acuerdo. No pasamos pocas sofoquinas Jesús y yo buscándote... Ya sé que eres de una gran familia, y que por natural... Así, un poco aventurero... vives más en la mar que en suelo firme... Bien, hijo, bien. ¿Con que liberal decidido, y si a mano viene, democrático?... Pues ahora hemos de arreglarte mejor facha de la que trae, y ponerte, como el que dice, bien portado y elegantito.»

A esto replicó Ibero que se adecentaría de ropa, conservando siempre un empaque modesto, pues no estaba en su natural presumir ni hacer el currutaco. «Bien, hijo, bien —manifestó Chaves—. Deja de mi cuenta el buscarte la ropa. Aquí tengo blusas azules de maquinista, y pantalones y chalecos de pana... Te pondremos de *trabajador honrado*, limpio y decente. Un chaquetón de abrigo no te vendrá mal... Yo me encargo... Mañana estarás como nuevo.» Tratose luego de la casa de huéspedes en que Ibero había de alojarse, y a las ideas de Chaves opuso el interesado su pensar propio en esta forma: «Póngame usted, don José, en buena casa donde yo no esté más que para dormir. Me gusta vivir libre, comer aquí y allá, en tabernas, bodegones, o donde me diere la gana. Aborrezco las casas de pupilos, donde no encuentra uno más que estudiantes de carreras, o empleaduchos que no le hablan a usted más que de la oficina, del jefe, y de mil tonterías. No puedo contener mi genio, y en las dos temporadas cortas que he tenido que pasar en Madrid, era raro el día en que no me liaba a trompazos con mis compañeros de casa.

«Bien, hijo —dijo Chaves tentado a la risa—. Eres de temple durillo... Dios te conserve tus malas pulgas, que por ellas serás hombre de respeto.» Según entendió Ibero, era Chaves un progresistón crédulo y fanático, de estos que se embriagan con las ideas y enloquecen con la acción, llegando, por sucesivo abandono de sus obligaciones particulares, a comprometer sus intereses y dejarse tragar por el monstruo de la *cosa pública*.

Un día bastó al diligente don José para proveer a Ibero de alojamiento y ropa. Esta era tal como el austero joven la deseaba, y también fue de su agrado la casa silenciosa y decente, en la calle de Santa Margarita (plazuela de Leganitos). Solo tres huéspedes había en ella: un cura, un militar de reemplazo, y un señor esmirriado y taciturno que ocupaba la mejor habitación de la casa, y en ella pasaba casi por entero las horas del día, entre libros apilados en el suelo y enormes masas de papel escrito o por escribir. Como Ibero no comía en la casa, su trato con los huéspedes reducíase al breve saludo cuando la casualidad los cruzaba en el pasillo. La patrona, doña Mauricia Pando, viuda de un capitán fusilado por Cabrera en Burjasot, era una decadente señora, bien nacida y un poquito chiflada, que solo admitía huéspedes recomendados y juiciosos. A Ibero trataba con singulares distinciones por la forma en que el amigo Chaves le había recomendado. En la sencillez del equipaje del joven y en su vestir humildísimo no vio penuria, sino misterio, disimulo de grandezas; que la buena señora procedía del Romanticismo, y en su alma quedó la deformación poética de las cosas humanas.

Respetando el incógnito, doña Mauricia se abstenía de interrogar a su huésped; pero satisfacía su apetito de charla hablándole de los tres señores que con él vivían bajo el mismo techo. Con referencia al que más curiosidad despertaba en Ibero, habló de este modo: «Ese señor que ocupa la sala, y que es, como usted ve, prudente, modoso y bien criado, tiene tanto talento, según dicen, que de la fuerza de las ideas y de la quemazón de su pensar estuvo trastornadito, y aun todavía tiene ratos en que parece no estar bien de la jícara. Allí le tiene usted noche y día escribiendo la *Historia de España*, una historia nueva que dicen ha de ser el asombro del mundo, porque en ella todas las cosas y sucesos van por la buena, quiero decir, que no es una Historia triste y desagradable, como la que estamos viendo todos los días, sino alegre y consoladora, como en rigor debiera ser siempre. Ya lleva escritos, ni no me engaño, catorce tomos tremendos, que son aquel rimero de papel que tiene en el suelo junto a la mesa... Parece que allí ha metido casi la mitad de este siglo, y ello ha de ser cosa buena, porque, según él mismo me ha dicho, ha suprimido las calamidades del reino, y en vez de la maldita guerra facciosa, pone cosas que harían felices a la nación si fuesen verdaderas... Pero yo le digo que aun siendo mentiroso lo que escribe, ha de gustar mucho cuando se imprima y pueda leerlo todo el mundo... pues harto hemos llorado ya sobre las verdades tristes... En fin, es un huésped que no me da ninguna guerra. Paga todos sus gastos el marqués de Beramendi, y como tengo encargo de tratarle a cuerpo de rey, para él traigo lo mejor de la plaza.»

XXVIII

Apenas estrenada la ropa, se lanzó Ibero al laberinto de las calles de Madrid. Las horas y los días se le pasaban sin sentirlo, pisando aceras y cruzando empedrados, mirando números, subiendo y bajando escaleras, tirando de campanillas, y en fin, interrogando a innumerables individuos del gremio porteril. Si buscar una aguja en un pajar es ardua tarea, no lo es menos buscar entre cuatrocientos miles de almas una familia cuya residencia se ignora. Pero ni la familia ni el rastro de ella encontró Santiago, aunque lanzado anduvo como pelota de barrio en barrio, sin que alma viviente le diese las referencias que con tanto ardor buscaba. Cansado de inútiles correrías, llevó sus dudas y franqueó su secreto al buen tendero de la calle del Desengaño. Véase lo que hablaron:

«¿Conoce usted, señor de Chaves, o ha conocido, a un teniente coronel, de clase de tropa, llamado don Baldomero Galán, que a más de parecerse a Espartero en el nombre, se le parece en la figura: bigote de moco, patillitas, un poco de tupé, un mucho de tiesura gallarda?

—Sí, hijo, sí. Ese Galán tiene por mujer a una navarra guapísima, quiero decir, que lo fue y todavía conserva buenos pedazos. Si no recuerdo mal, sus paisanas la llaman *doña Saloma*.

—Ella es, ellos son —dijo Ibero sin disimular su regocijo—. Sabrá también que tienen una hija...

—¡Ah, sí!... Ya voy recordando: una hija preciosa, una divinidad... y si no me engaño, se llama como la madre, *Salomita*... Sí, sí: mi mujer los conoce. Han vivido ahí cerca, en la calle de Silva.

—Pues esa Salomita —declaró Ibero algo ruboroso, desembozándose de golpe y mostrando, quizás por primera vez, toda su alma—, esa... Es mi novia, señor don José.

—Bien, hijo. ¿Los padres consienten...?

—No, señor: consiente ella, que es lo que me importa; en su busca voy para cogerla y llevármela... Es voluntad suya y voluntad mía. Don Baldomero está a matar conmigo, y doña Saloma no cesa de echarme maldiciones. Pero yo y la que ha de ser mi mujer no nos paramos en barras. Ya hemos acordado unirnos para siempre. Falta la ocasión, y eso es lo que busco. Según mis ideas, bastan nuestras voluntades para formar nueva familia. Si los padres no quieren bendecirnos, nos bendeciremos nosotros, debajo de la bóveda del cielo.

—Bien, hijo, bien... Pero... ¿no te parece que vas muy lejos y que corres demasiado? Modérate un poco, hijo. La autoridad de los padres, la sociedad, la familia, ¿eh?... Y luego, el sacramento, la religión, ¿eh?...» Dijo esto el bravo patriota echándose atrás como asustado y mirando a los ojos del imperturbable Ibero... En su casa era Chaves un hombre patriarcal, bondadosísimo, amante de su mujer y de sus hijos pequeñuelos, a quienes mimaba con extremosas ternuras; era en la calle un agitador ardiente que por sucesivas excitaciones y compromisos había llegado a la mayor vehemencia y a la furia desatada; en su casa era pacífico, dulce, creyente, como el que vive dentro de un régimen que no ha de alterarse nunca; en la calle, la pasión sectaria y el fracaso de las tentativas sediciosas le llevaban hasta la ferocidad; en su casa faltábale poco para rezar el rosario con su mujer, y se preocupaba de que sus hijos aprendieran bien el catecismo; en la calle ponía toda su alma y todo su dinero al servicio de una Causa que por medios violentos había de triunfar de la Causa contraria; no le espantaban los ríos de sangre, si en ellos perecía el enemigo. Y la Causa era, en suma, un ideal fantástico y verboso, un *Progreso* de fines indecisos y aplicaciones no muy claras, una revolución que tan solo cambiaría hombres y nombres, y remediaría tan solo una parte de los males externos de la Nación.

Extensamente hablaron Ibero y su amigo de la familia Galán. Hacía meses que Chaves no sabía de ella. Preguntó a su señora, y esta dijo que don Baldomero llegó a Madrid con su familia por segunda vez al mes siguiente de la noche de San Daniel. Venían de Tortosa. Confirmó Ibero estas referencias. En Tortosa había sido su conocimiento con Salomita, en abril del año anterior. Luego se vieron en Madrid en pleno verano... Agregó la señora de Chaves que por Todos los Santos las *Galanas* abandonaron la Corte, quitando la casa y llevándose los muebles... ¿A dónde fueron? Este era el enigma. Dijeron que a Pamplona; pero en la vecindad se aseguraba que don Baldomero iba a un castillo, y ellas a Francia. Por último, Chaves aconsejó a Santiago que fuese a ver a Muñiz, quien de fijo sabía dónde andaba Galán, pues este seguramente era de los comprometidos en las tentativas del año anterior, descubiertos y sujetos a vigilancia.

No tardó Ibero en personarse en casa del bravo Muñiz, a quien encontró de malísimo talante. Don Juan Prim había pasado la raya de Portugal con su columna. Ya era locura pensar que volviese sobre Madrid con arrogante quiebro, dejando atrás a Zabala y Echagüe. Esta ilusión atrevida y risueña no nació en las almas de los patriotas amigos de Prim que en Madrid trabajaban; vino de Urda, apuntada como un proyecto no quimérico en la carta traída por Ibero. Pero todo se lo había llevado la trampa. Otra vez triunfaban los demonios protectores de Isabel II, demonios vestidos de ángeles... ¿Pero a qué divagar en lamentaciones estériles? El caudillo se metió en Portugal porque no pudo hacer otra cosa... Si era cierto que Zabala y Echagüe tenían órdenes reservadas de no cogerle, también de seguro las tenían de imposibilitarle todo movimiento que no fuera la entrada en el Reino vecino. Y esto no era en verdad más que un alto, un respiro en el jadeante y heroico marchar, cuesta arriba, hacia la redención de España; en aquel descanso, Prim *herraría su caballo* para continuar su insensato correr tras el ideal. Concluida una etapa sin éxito, se empezaba otra. Los corazones no conocían el desmayo, y en cada caída rebotaban con más fuerza. Esto lo expresaba Muñiz con vulgar modo, acabando por decir: «Por muy jorobados que quedemos en cada fracaso, no se nos arruga el ombligo... y seguimos, seguiremos... Con más riñones que el caballo de Santiago.»

Aquel día no pudo Ibero adquirir las deseadas noticias. Muñiz no se acordaba... Revisaría sus papeles... Dos días después le encontró muy inquieto; acababa de llegar de la calle sofocadísimo, y tenía que salir sin perder minutos, y correr a casa del general Gándara, con quien estaba citado para visitar juntos al padre Claret. Véase el caso: en la desgraciada intentona del 3 de enero, los Cuerpos de Caballería comprometidos en Alcalá no llegaron a pronunciarse, porque los cogió en el momento crítico el general Vega Inclán, y la cosa se arregló, como si dijéramos, en familia. Echose tierra, que es en ocasiones la mejor compostura de estos descosidos de la Ordenanza. Pero toda la tierra echada con generosa espuerta no bastó a cubrir un capitán y a varios sargentos de *Cazadores de Figueras*, que se habían comprometido públicamente sin la cautela y cuquería que los más usaban. Pagaron por todos: una Justicia desigual escarmentó a los menos avisados; un Consejo de guerra condenó a muerte al desgraciado capitán Espinosa y a varios sargentos. Intentaron algunos progresistas salvarles la vida, y anduvieron de O'Donnell a Pilatos y de Caifás a Posada Herrera sin hallar misericordia. En la desesperada, Muñiz discurrió acogerse a los sentimientos cristianos del padre Claret. Este buen señor se puso muy compungido cuando Muñiz y Gándara solicitaron su intercesión en favor de los reos. Prometió hablar a la reina; pero si en efecto intercedió, no le hicieron caso. El 3 de febrero fue pasado por las armas Espinosa; pocos días antes sufrieron igual suplicio los sargentos. Se dijo que doña Isabel quería perdonar; pero el Rey don Francisco y la camarilla pedían castigos implacables.

Pasados estos afanes, pudo Muñiz, revisando cartas y apuntes, decir a Santiago que don Baldomero Galán estaba en Miranda de Ebro, no con mando de tropas, sino al servicio clandestino de la revolución. Era muy afecto a Prim, pero tan corto de inteligencia, que se le vigilaba para enmendar sus torpezas o contener su celo impulsivo. «Es hombre decente y leal —añadió—, pero más terco que una mula. Mal suegro te ha caído. No esperes que te dé el consentimiento si lo ha negado ya. Es de los que remachan sus ideas como si fueran clavos, para que nadie pueda sacárselas de la cabeza. De doña Saloma sé que ha sido hermosa. Antes de casarse con don Baldomero, tuvo que ver con un cura que andaba en la facción de Zumalacárregui. Me lo contó un coronel navarro convenido de Vergara. Otra cosa: no están la madre y la hija con don Baldomero, sino en Francia, no lejos de la frontera. Búscalas entre Hendaya y Bayona.»

Oído esto, levantose Ibero, y secamente pidió a su amigo órdenes para el Norte de España y Mediodía de Francia. «Desde que salí de Urda —dijo—, es mi destino caminar derecho, derecho hacia la estrella Polar. Viéndola delante de mí vine a Madrid, y ahora la veré también guiándome los pasos. Iré por de pronto a Miranda; de allí a Samaniego, que es corto viaje; de Samaniego a Vitoria, por Peñacerrada y Treviño; y de Vitoria no sé... Ya lo dirán los acontecimientos.» Desconforme con estos planes, Muñiz le dijo: «Tengo carta reciente de Clavería en que me encarga que te utilice para nuestros trabajos. Ea, camarada, compaginemos tus proyectos con los míos. Yo también tengo que ir hacia esa estrella que dices: en cuanto arregle ciertas cosas, saldré para Valladolid, Burgos, Vitoria y San Sebastián. Aguárdate tres días y nos vamos juntos.» No podía rechazar Ibero proposición tan bondadosa, y enfrenando su loca impaciencia declaró que esperaría. ¿Qué había de hacer el pobre? Su salvajismo se desvirtuaba gradualmente por causa del contacto social. Y es que los salvajes de cualidades más agrestes se echan a perder en cuanto sus codos tropiezan con los codos de la civilización.

Aburrido y sin ningún quehacer en Madrid, Ibero repartía sus horas entre el lento vagar por las calles y las visitas a su amigo Chaves, con quien a ratos departía. Allí se dio a conocer al comandante retirado don Domingo Moriones, el cual recordaba gozoso su amistad con Santiago Ibero, y los días alegres pasados en la opulenta casa riojana. Con estas referencias, la persona de Santiago se iba creciendo a los ojos de Chaves, que no solo veía en él al ardiente partidario de Prim, sino a la persona de posición, nacida de padres ilustres. Por esto y por la simpatía que el mozo se ganaba cuando se le iba conociendo íntimamente, el patriarca masónico puso en él sus afectos, y con los afectos su confianza. En uno de aquellos reservados coloquios, se arrancó a decirle: «El fracaso del 3 de enero nos mueve a preparar con toda nuestra alma otro movimiento que ha de ser decisivo. Hasta el mes de abril no podremos armar todo el tinglado... ¡pero qué tinglado, hijo!... O morimos todos o España será libre.»

Decía esto don José pasándose suavemente la mano por su apostólica barba negra, salpicada de algunas canas, y al hacerlo, las chispas no salían de su barba, sino de sus ojos. El hombre se electrizaba cuando la hirviente vesania política se le salía por la boca con raudales de indiscreción. Y algunas tardes y noches le vio Ibero en el entresuelo y en la trastienda (mientras los dependientes comían), abriendo y cerrando puertas disimuladas, y guardando bultos de mercancías cuyo contenido no se apreciaba por las formas del embalaje. De doble fondo eran algunas anaquelerías, y entre tabiques había huecos atestados de extraños paquetes y fardos. Comprendió Ibero que la tienda y el entresuelo de la casa eran un riquísimo depósito de trabucos, pistolas y escopetas, suficiente arsenal para satisfacer el ansia guerrera de los patriotas madrileños. ¡Ah, cuántas cosas estupendas y terroríficas podría ver el salvaje en casa de su amigo o en las calles de Madrid si sus obligaciones y afectos no le llamaran al Norte! Todo lo tenía dispuesto, ropa y avíos, en un maletín de mano, y para bajar a la estación no esperaba más que la orden de Muñiz. Esta llegó al cabo, y loco de contento se retiró a su casa; que cuando esperamos la hora de un partir dichoso, conviene encerrarnos y evitar así cualquier emergencia que nos detenga o nos inutilice para el viaje.

Paseándose en su jaula, dígase habitación, a cada instante consultaba la muestra de un reloj de plata que le había regalado su amigo Chaves. Aún faltaban cuatro horas largas. ¡Desesperante lentitud del tiempo! Viéndole tan inquieto, fue la patrona a darle conversación: de diferentes tópicos hablaron, y por fin doña Mauricia le sacó al comedor con estas afables razones: «Venga, venga acá, señor mío, que la soledad estira el tiempo y la buena compañía lo acorta. Aquí verá al amigo don Juan *Confusio*, que desde ayer no tiene otro pío que echar un parrafito con usted.» En efecto: en el comedor aguardaba el eximio historiógrafo, que hizo pausada reverencia de

175

corte. Contestó secamente Ibero a saludo tan ceremonioso, sin disimular el asombro que le causaba la figura amojamada, casi esquelética, del infeliz Santiuste. Por un momento creyó habérselas con uno de aquellos buenos espíritus a quienes familiarmente trataba en evocaciones nocturnas. No paró mientes *Confusio* en aquel asombro, y desató su locuacidad en esta forma incoherente: «Deseaba mucho ofrecer al señor mis respetos... Ya le conocía desde hace tiempo, *in mente*. Cuando le vi hace días en el pasillo, el respeto y la admiración me dejaron mudo... Porque usted negará su alta jerarquía; pero no puede negarme su semejanza con el príncipe *Pilarón*. La sencillez y humildad de su traje no bastan a ocultar la realeza.» Atónito miraba Ibero al desatinado historiador, y luego a doña Mauricia, como pidiéndoles explicación de los disparates que oía. Con disimulado gesto la patrona le indicó que no hiciese caso, y que le dejase despotricar sin contradecirle. Acto continuo intervino en la conversación con esta benévola frase: «Aquí el señor *Confusio* está escribiendo una historia magnífica, la mejor que se conoce, según dice.

—Mi Historia no es la verdad pedestre, sino la verdad noble, la que el Principio divino engendra en el seno de la Lógica humana. Yo escribo para el Universo, para los espíritus elevados en quienes mora el pensamiento total. Yo abandono el ambiente putrefacto que nos rodea; saco mis pies de este lodo de los hechos menudos, y subo, señor mío, subo hasta que mis oídos pierden el murmullo terrestre, y mis ojos el falso brillo de las mentiras barnizadas de verdades. Yo subo, señor, y arriba escribo la Historia lógica, y pinto la vida ideal. Mis lectores no son de este mundo.» Oyendo esto, Santiago dudó si el historiador era un loco de atar, o un espíritu proscripto que, encadenado en la tierra, poseía el secreto de la razón de la sinrazón. Sintiendo vaga simpatía por el escuálido sujeto, le preguntó: «¿Y esa Historia, cuándo se publicará?

—Aconséjele usted, don Santiago —indicó la patrona—, que no deshaga lo hecho ni rompa lo escrito, pues con tantas enmiendas y tanto quita y pon, no adelanta el buen señor lo que debiera.

—Es que... verá usted —dijo con tremante voz *Confusio*—: el anhelo de perfección nos obliga a frecuentes alteraciones de la forma y del plan... En el capítulo XXII de mi obra describí... la muerte que dieron en Cádiz a Fernando

VII los Constitucionales... verá usted... Luego... verá usted... El desarrollo histórico me ha llevado a consecuencias ilógicas y a frialdades antiestéticas... He creído que debo resucitar al Rey, mejor dicho, que debo anular aquel capítulo y escribir otro... Fácil es comprenderlo: la muerte de Fernando me desequilibra la raza... ¿No lo cree usted así? Aconséjeme: ¿debo resucitar al tirano, o dejarle en la sepultura?» Ibero no sabía qué contestar. Por último dijo: «Déjele usted muerto, que ya vendrá por aquí su espíritu... A hacer de las suyas, y a equilibrar a España...»

En este punto del coloquio, penetró de rondón en el comedor una señora, amiga de doña Mauricia. Como había estado allí por la mañana, los saludos fueron brevísimos. Los dos hombres se levantaron, y el buen *Confusio*, ya por no gustar de la visita, ya por hablar a solas con el disfrazado príncipe, cogió a este del brazo y se lo llevó a su aposento. Quedaron, pues, sentaditas una junto a otra las dos señoras, que al punto pegaron la hebra con locuacidad comadril. Era la visitante una sexagenaria remilgada y compuesta, el cabello gris peinado con profusión de moños y ricitos, el rostro como un museo de antigüedades en que los afeites exponían y guardaban vestigios de belleza. Vivía la tal en la próxima calle de San Ignacio; era también viuda de militar, y desde su mocedad se trataba íntimamente con Mauricia Pando.

«Cuéntame, mujer —dijo esta—. ¿Hay alguna novedad desde esta mañana?

—Vengo sofocada... Déjame que tome aliento... Pues hay gran novedad: que ya ha aparecido esa loca... Hace una hora que se me ha metido por las puertas... ¡Virgen Santísima, cómo viene! Molida del traqueteo de la diligencia, flaca, distraída, medio trastornada, con miedo de los espíritus que, según dice, andan tras ella. No ha podido referirme sino una mínima parte de los horrores que ha pasado... ¡Pobre hija de mi alma! Aun viniendo como viene, su vuelta me ha traído la alegría del mundo, porque ella es todo para mí... Ya no me falta más que salir a pedir limosna.

—¿Y ha resultado cierto lo que sospechabas... que ese Clavería la recogió?...

—Y en la columna sublevada se la llevó como un fardo de impedimenta. ¡Qué pícaro! A la muerte de Leal, Teresa, huyendo de mí, trató de irse a Herencia... Allí está Felisa. Esos bribones vieron en mi hija un precioso botín de guerra... Pero cuando ya llegaban a la raya de Portugal, se sublevó la niña, y dijo: «de aquí no paso sino descuartizada.» Total, que se fugó de la columna y acá se ha venido. Mi primera diligencia hoy ha sido llevar la noticia al señor de Oliván, y el buen señor se ha puesto tan contento, ¡ah!... y ha dicho, como en la parábola del hijo pródigo: «Matemos un ternero para celebrar la vuelta del hijo descarriado...»

En esto, apareció Ibero reloj en mano, seguido de *Confusio*, y dijo: «Ya es muy tarde... Se me escapa el tren.» Despidiose de doña Mauricia. Esta, risueña y burlona, afirmó que aún faltaba hora y media. Pero el impaciente viajero, ávido de precipitar el tiempo, se precipitó a coger su maletín, y luego la puerta... Desapareció arrastrado por los espíritus.

XXIX

«¿Quién es ese mocetón tan guapo? —preguntó Manolita Pez a su amiga.
—Hame dado en la nariz que es un conde disfrazado. Me lo trajo Chaves... Yo respeto el incógnito de los que vienen a mi casa, y este no se me ha clareado... Siempre comía fuera, pienso que en casa de Lhardy...»
Apartando su mente de lo que no le interesaba, la *sutil tramposa* reanudó así la cortada hebra de su asunto: «Dios querrá que ahora tenga término el tremendo temporal que vengo corriendo desde que me fui a Tarancón. Yo le pido a Dios y a la Virgen que no me desampare... A la Encarnación o a San Marcos suelo llegar yode madrugada cuando aún no han abierto, y por las noches soy la última que sale de la iglesia... La desgracia y el no tener nada que hacer la van metiendo a una en las devociones, y lo que importa es seguir en ellas hasta que Dios nos depare el remedión que le pedimos... Yo tengo esperanza, Mauricia; yo tengo fe en la decencia de don Enrique... Hoy le he visto entusiasmadísimo... Y dicen que lleva la batuta en el Ministerio de Hacienda; además es rico por su mujer, una cuitada que se pasa los días haciendo vestiditos para el Niño Jesús...»

Por no ser del caso, no se copia lo demás que las dos viudas charlotearon aquel día. Baste decir, para seguir escrupulosamente el proceso histórico, que la pobre Teresita tardó un mes largo en reponerse del cansancio y desorden mental que había traído de la columna. Encamada estuvo largos días; pasó fiebres, erupciones, trastornos graves; rechazaba el trato social; no quería cuentas con las amigas; odiaba los hombres; se declaraba salvaje y con intenciones de irse a un yermo y hacer vida de Magdalena o de Egipciaca, medio desnuda, suelto el cabello, y sin más compañía que la de una monda calavera. Hasta San José no la dio de alta el médico, y en abril salió por primera vez a la calle. En los apuros de aquella vida, la única persona que daba pecuniarios auxilios a doña Manuela era Chaves, y esto lo hacía por caridad y por parentesco, como primo carnal del difunto coronel Villaescusa. Ninguna mira pertinente al orden erótico llevaba Chaves en sus generosidades, que cada día eran más cortas, y entrañaban el deseo de que un régimen normal les pusiese fin.

El demagogo de la barba bíblica hallábase por abril en delirante actividad. Su labor era intensa, febril, y en ella ponía todo su espíritu y no pocos dineros, subordinando los negocios al supremo interés de la *cosa pública*. Como la Junta Revolucionaria no podía ya reunirse sin grandes precauciones, Chaves alquiló un humilde piso en la calle de Jesús del Valle, en casa de aspecto mísero que no tenía porteros. Una o dos veces, a diferentes horas, se juntaron allí Sagasta, Becerra, Ruiz Gómez, Montemar, García Ruiz y el presidente Aguirre. Llegaban uno tras otro, y reunidos en un destartalado cuarto, a la luz de un apestoso quinqué de petróleo, deliberaban sobre la futura suerte de España. No creyéndose seguros allí, variaban de catacumba, y en calles excéntrica y lóbregas, se les veía desfilar de noche, embozados o con extrañas vestimentas.

La conspiración laboraba entonces en los sargentos de Artillería, disgustados por el fracaso del proyecto de ascensos que no pudo sacar adelante el general Córdova. Chaves y otros agentes les iban catequizando uno por uno. Como fuese preciso organizar la acción común, se acordó afiliarlos y ponerlos en contacto con un jefe, que de acuerdo con la Junta había de dar las órdenes para el movimiento. El punto de cita era la casucha de Jesús del Valle. Iban llegando los sargentos por la tarde, antes de la retreta, en grupos de dos o de tres, y Chaves los presentaba a Moriones, el cual poseía como nadie el don orgánico; les hacía ver el principio de reivindicación a que obedecía el acto de indisciplina; les explicaba la imposibilidad de remediar por otros medios el envilecimiento a que había llegado la Patria. Y por último, la Revolución, mejor dicho, la Patria agradecida, les ofrecía dos empleos para el día en que pueblo y ejército asegurasen el triunfo de la Libertad y de la Justicia.

La Historia, que no cuenta las conspiraciones, sino sus efectos, tampoco dice nada del pacto amistoso que al fin celebraron don Enrique Oliván y Teresa Villaescusa, con intervención diplomática de la más fina zurcidora que vieron los siglos, doña Manuela Pez. Entró por el aro Teresita, venciendo su repugnancia de aquel sujeto, porque las exigencias de la vida material con imperioso mandato así lo pedían. Era ya cuestión de vida o muerte. O el pan o la miseria. Fue la crisis del hambre, que era por cierto de las atrasadas que no admiten espera... Cuentan que a la semana de celebrado el diabólico pacto, Teresa se hizo dueña del ánimo de don Enrique, y le trataba como a un negro, esgrimiendo el arma terrible de la publicidad. Y como el burocrático se había colado y encendido más de la cuenta, cayó en dura esclavitud, de la que difícilmente podía zafarse, porque con Manolita no había bromas. Si era un águila para hilvanar voluntades, *toda pico y uñas toda* se revolvía ferozmente contra el intento de descoserlas fuera de su jurisdicción y autoridad.

Conllevaba Teresa con resignación aquella vida de forzado ayuntamiento sin amor, esperando una imprevista solución o nueva crisis que de tal suplicio la librase. Aburrida buscaba su consuelo y solaz en fugas de la imaginación a esferas distantes, a ilusiones que fácilmente construía con materiales de otras que fueron y pasaron. En tal estado, abandonándose a los audaces vuelos de su fantasía, era tan revolucionaria como el primero, porque ella también odiaba *lo existente*, deseaba volcar el régimen, y armarlo de nuevo con otras ideas y otros hombres. A su tío (en segundo grado) don José Chaves le acosaba con preguntas, le ofrecía su cooperación, le incitaba con vehementes razones a persistir en la sañuda porfía contra los *obstáculos*. Ya no ponía la salvedad de respetar la corona de Isabel y la unidad católica... Todo, todo debía caer.

Renovaba la memoria de Teresa con vivos colores la odisea desde Fuentidueña a Portugal, dividida en etapas, a las que correspondían sensaciones diferentes. Las primeras fueron trágicas; siguieron días tristes, precursores de la pacificación de su espíritu; el día luminoso de Villarrubia; la noche dulce y melancólica de Urda, que dejó en su alma una inquietud indefinible, querencia de ideales nuevos, y la percepción de un mundo hermoso y lejano, indeciso entre el sueño y la realidad. Si mil años viviera, no olvidaría el fiero instante en que, apenas despierta, encontró sobre su seno los tomillos de Santiago. El presentimiento que en su alma levantaron aquellas silvestres y olorosas matas, fue confirmado por una voz áspera que le dijo: «Se ha ido... Le han mandado a Madrid.» El desconsuelo de aquel día la desconsoló para todo lo restante de la expedición. Desde Urda hasta Encinasola, el viaje fue para ella un martirio, la columna una procesión fúnebre. Su displicencia constante y los disgustos a que daba lugar, la indispusieron con Clavería. Para mayor desgracia de este, Monteverde y Milans del Bosch, no solo le daban bromas molestas, sino que cortejaban a *su conquista* con el mayor descaro. Cerca ya de Portugal, la situación se hizo insostenible. Plantose Teresa diciendo a su captador: «Yo seré todo lo que se quiera menos emigrada. En España nací, y en España he de vivir siempre. Hecha pedazos podrán llevarme a Lisboa; entera no me llevan, ni usted, Clavería, ni don Juan, ni San Juan Prim.» A esta declaración añadió la amenaza de un fuerte escándalo si no la soltaban.

Largo y penoso fue su regreso a la Corte, a donde llegó en febrero, en el estado miserable descrito por Manolita. En cuanto pudo salir a la calle, vencida la indisposición, trató de indagar el paradero del salvaje que voló dejando en el pecho de ella unos tomillos. Nadie le daba razón de persona tan insignificante. Por desdicha, no se le ocurrió preguntar a su amiga Mauricia Pando: verdad que a casa de esta no iba nunca, porque la presencia del pobre Santiuste le causaba intensa lástima y aflicción. Pero un día, hallándose de visita en casa de Chaves, subió al entresuelo a saludar a su tío. Allí encontró a este con Moriones y un muchacho que parecía sargento. En algo que hablaron delante de ella, sorprendió el nombre de Ibero. Fue una chispa, un relámpago. Preguntó Teresa... La verdad le fue revelada en esta forma por el muchacho a quien tuvo por sargento: «Santiago Ibero se fue al Norte o a Francia con el señor Muñiz. El señor Muñiz ha vuelto; Ibero no.»

Con el que tal dijo trabó conversación, anhelando más informes. Pero en esto entraron en tropel los chiquillos de Chaves: dos niñas preciosas como los mismos ángeles, el hijo mayor, de ocho años, despabilado y gallardísimo, y un chiquitín de cinco, que era la criatura más salada y traviesa que se podría imaginar. Moriones y el sargento (si lo era) se despidieron, y los niños rodearon a Teresa colmándola de fiestas y carantoñas. Propuso ella llevarse a su casa las dos niñas, comprarles dulces por el camino, y devolverlas a la noche. Convino en ello la señora de Chaves, que a punto entró. Iba de visitas, y se llevaría el niño mayor. El pequeño, llamado Pepito, iría, como de costumbre, a paseo con su padre. Amaba tiernamente don José a todos sus hijos; pero aquel gracioso pillastre era su debilidad, sin duda por el temperamento revoltoso y *de sistemática oposición* que en el niño a todas horas se mostraba.

Admirable cosa era que, gozando de tantos bienes domésticos, mujer buena y hermosa, lindos, inteligentes hijuelos, floreciente negocio comercial, todo esto y su reposo y su tiempo, y sus ganancias, lo sacrificase Chaves en altares idolátricos de la política. O eran aquellos tiempos de mayor inocencia, o de mayor virilidad. De todo habría seguramente. Ello es que, sin el llamado *candor progresista* de que tanta burla han hecho los oligarcas de poco acá, no se habría limpiado esta vieja Nación de algunas herrumbres atávicas que la tenían paralizada y como muerta. Si héroes anónimos hubo siempre en nuestras epopeyas guerreras, también los hubo en los dramas políticos; héroes de abnegación no menos grandes que los que arriesgaron la vida y el honor militar. Chaves fue de los más esclarecidos patriotas, de los más candorosos mártires por la idea, que martirio y candor parecen la misma cosa, y el hombre se dejó ir a su ruina y descrédito por secundar valerosamente las ideas de libertad y justicia que sintetizaba en cuatro letras el sugestivo nombre de Prim. Prim era la luz de la patria, la dignidad del Estado, la igualdad ante la ley, la paz y la cultura de la Nación. Y tal maña se habían dado la España caduca y el dinastismo ciego y servil, que Prim, condenado a muerte después de la sublevación del 3 de enero, personificaba todo lo que la raza poseía de virilidad, juventud y ansia de vivir.

XXX

Entró el de Reus en Portugal con sus fieles húsares y los amigos que le seguían. Poco tiempo permaneció en Lisboa; partió a Inglaterra, de Londres a París, apretándole a ello la precisión de ponerse al habla con sus activos colaboradores para tramar sin demora el alzamiento decisivo. Un nuevo plan

182

de arreglo propuesto por Palacio interrumpió estos manejos; pero frustrada la componenda (un ministerio Lersundi formado a gusto de Prim), siguió la socava tenebrosa minando las capas más firmes del terreno social. En abril se consiguió en Madrid arrastrar a la conjuración a los sargentos de Artillería; en mayo, las guarniciones de Valladolid, Vitoria y San Sebastián quedaron cogidas; en junio se pudo dar al esquema revolucionario algún viso de organización. Ejecutores de este programa en provincias y en la Corte eran Pierrad, Pasarón, Lagunero, Escalante, don Martín Rosales y otros nombrados jefes... Nunca se habían acumulado tantos elementos; nunca la cautela había conseguido evitar tan bien la repetición de los errores que fueron génesis del aborto en anteriores tentativas... El secreto con que laboraban los fieles adeptos no salía de las catacumbas.

De esto tenía pruebas Teresa Villaescusa, que ávida de conocer la interna trama, preguntaba solapadamente a cuantas personas podían a su parecer darle alguna luz. Aquel mocetón que en casa de Chaves le dio las únicas noticias que de Ibero pudo obtener, se le apareció una tarde vestido de sargento cuando Teresa iba de su casa, calle de las Rejas, a la de su madre, en la de San Ignacio. Con finura la saludó el militar, preguntándole por su salud, y ella, con más curiosidad que cortesanía, le soltó esta descarada observación capciosa: «Ya sé que está usted comprometido... ¡Bien por los sargentos de Artillería! Y me han dicho que algún oficialito también...» Poniéndose colorado, dijo el sargento con cierto énfasis que nada sabía; que su Cuerpo no se metía en fregados de revolución; que él se cuidaba tan solo de cumplir su deber, y que no variaría de conducta por todo el Universo.

«Santa Bárbara le acompañe —dijo Teresa, colándose incontinenti en otra indagación de más interés para ella—. Es usted como aquel otro chico salvaje, su amigo y paisano, que todo lo arregla encomendándose al Universo... Y a propósito: ¿sabe usted si ha vuelto Ibero a Madrid?» Respondió el sargento afirmativamente. En Madrid estaba: le había visto dos veces. ¿Dónde? Una junto al cuartel de la Montaña; otra en la calle del duque de Liria. Venía del *Seminario de Nobles*, Hospital Militar, en dirección *verbigracia* de la *Cara de Dios*... Por cierto que iba muy derrotado, como si quisiera hacerse pasar por *mendigo*. Algo más le preguntó Teresa, fingiendo indiferencia, y luego cortó la conversación con un saludito de despedida. El sargento se puso a sus órdenes cortésmente: «Simón Paternina, de la Guardia, Rioja alavesa, para lo que guste mandarme.»

Aquella noche comió Teresa los garbanzos en casa de su madre (donde regía la moda francesa en las horas del yantar), y es fama que estuvo desabrida, mimosa y tan fuera de quicio, que puso en cuidado a la egoísta y astuta dueña. Lo que a esta más alarmaba fue que dio en la manía de no ir a su casa a la hora en que fijamente la visitaba el empalagoso caballero burocrático. Por fin, con ruegos y amenazas, la indujo la madre al cumplimiento de sus deberes. No debió Teresa cambiar de humor en presencia de Oliván, porque este se retiró a la hora de costumbre, harto lastimado y afligido. Ello fue que la linda moza recayó desde aquella noche en la extraña dolencia de asustarse de todo, y de verse perseguida por malignos seres invisibles. Así lo entendió doña Manuela, que clamando al Cielo decía: «Comido vea yo de perros al que enseñó a mi hija esa brujería indecente de hablar con las ánimas. El que metió estas diabluras en pobre cacumen fue sin duda el pillastre de Clavería, o alguno de los machacantes que iban en la dichosa columna.»

Perdió Teresa el apetito y dormía muy poco, inquietando a Oliván, que no cesaba de recetarle agua ferruginosa y vino rancio, precisamente lo que tomaba su mujer para combatir la anemia. Manolita, no menos inquieta, le recetaba paseos, teatros, salir de compras, visitando particularmente las joyerías: este era el tratamiento más eficaz contra duendes y fantasmas. Alguna noche, cuando se quedaba libre de la insulsa compañía de don Enrique, se ponía Teresa mantón y nube, y echábase a la calle con su criada. ¿A dónde iba? A vagar por las calles sin objeto aparente, no huyendo de los espíritus, sino más bien buscándolos. Entendía la criada Patricia que al acecho de alguna persona andaba su señorita; así lo demostraba el precipitado paso de esta, sus miradas inquisitivas, y el hecho de trotar casi siempre por las mismas calles. Las correrías se limitaban al espacio comprendido entre el cuartel de la Montaña y el Portillo del conde duque, entre el de San Bernardino y la Universidad.

Una noche, pasando a última hora por la calle de los Reyes, vieron que de una casa baja y pobre, cuya puerta ostentaba el rótulo de *Imprenta*, salieron dos hombres hablando con mucha viveza. En la esquina de la Travesía del

Conservatorio se detuvieron a platicar con otros dos que venían en dirección contraria. Las dos mujeres, arrebujándose bien, pasaron junto a ellos, siguiendo hasta doblar la esquina de la Plazuela de Leganitos. Teresa dio con el codo a su doméstica y le dijo: «¿Sabes quién es ese que me miró cuando pasábamos? Sagasta... En los otros tres no pude fijarme. Me pareció que uno de ellos era Montemar.» Otra noche, en el callejón del Cristo, vieron a Chaves, viniendo del conde-Duque en compañía de un hombre de inferior estatura, que se contoneaba al andar. Ocultó Teresa su rostro, temerosa de que su tío la conociera, y cuando estuvieron lejos, dijo a Patricia: «El pequeño es Manolo Becerra.»

A la noche siguiente tuvieron un mediano susto. En la calle del Limón las requebraron y persiguieron unos hombrachos que salían de una taberna. ¡Pies, para qué os quiero! Ama y criada no pararon hasta dar con un sereno, que las tranquilizó acompañándolas largo trecho. A la media hora resurgían solas en la Plaza de Ministerios, y en uno de los bancos fronteros al Senado se sentaban a descansar, convidadas de la serenidad de la noche silenciosa y del temple primaveral del aire. Las miradas de Teresa eleváronse al firmamento, engalanado de todas sus maravillas sidéreas. Buen rato estuvo esparciendo sus ojos por tanta magnificencia, y trató de recordar lo que en noche serena y en lugar distante de Madrid le había enseñado un salvaje astrónomo. Pero su memoria no retenía más que los nombres de algunas estrellas de primera magnitud. Embelesada, poseída de fervor religioso, lanzó su alma en veloz carrera tras de sus ojos, para explorar el inmenso espacio y medir, si así puede decirse, la infinidad sublime de sus distancias.

Trató luego de comunicar su fervor y sus conocimientos a la ingenua muchacha, que hacía por remontar al cielo sus miradas perezosas. «Todo lo que ves, Patricia, es lo que llamamos el Universo, y cada estrella de ésas es un mundo grandísimo, lleno de personas. De lo que hay allá, solo sabemos los nombres que los matemáticos de aquí han puesto a las estrellas. Una se llama la *Osa*, otra la *Cabra*, y hay también el *Toro*, el *León*, el *Carnero*... Pero aunque llevan nombres de animales, son mundos de Dios, llenos de almas cristianas.» Patricia no contestó más que con el *iaaaah!* admirativo que usa el pueblo para saludar el esplendor de los fuegos artificiales. De improviso descendió Teresa de aquellas alturas, cayendo como un rayo sobre esta terrestre idea: «Oye, Patricia: tú me has dicho que tu novio es sargento. ¿Es acaso de Artillería?...» «No, señorita: es de los que están en aquel cuartel grande por donde pasamos anoche. Lleva un sombrerete que llaman *chascás*...» «Es lancero. ¿No te ha dicho si le han catequizado para sublevarse?...» «Melchor no se mete en esos trotes. Dice que va a venir revolución, y yo tengo miedo de que le toque alguna china...» «No temas nada. Revolución vendrá, y todo lo existente caerá patas arriba. El porvenir es de los sargentos. ¿El tuyo no te ha hablado de Prim?...» «Sí, señorita. Dice que es el general más bragado y de más meollo que tiene España...» «Sí, sí —afirmó Teresa con tanta unción como cuando se embelesaba en las estrellas—. Prim es el hombre...»

En la quinta salida, víspera de San Antonio, el Acaso brindó al fin a las dos mujeres extraordinaria y sorprendente aventura. Fueron hacia el Portillo de San Bernardino: a cada paso encontraban grupos de gente alegre, borracha y cantora, que por la Cuesta de Areneros subía de San Antonio de la Florida. Retrocedieron requiriendo la soledad, y cuando por la calle de Liria embocaban a la Plazuela de Afligidos, vieron ¡ay! dos hombres que venían del conde-Duque... ¡Era él, era...! Quedó Teresa paralizada y muda. Los dos hombres pasaron cerca; la claridad dormilona de los faroles, junto con la de la Luna menguante que acababa de salir, permitió a Teresa reconocer la figura gallarda de Ibero, que según ella con ninguna otra podía confundirse, su perfil noble, su andar decidido, y su vestimenta, que no era de mendigo, como le dijo el sargento, sino decente, sencilla y airosa. Pero más que el estupor, le ató los brazos y cerró la boca un miedo supersticioso, una punzante duda. ¿Sería un espíritu y no un ser corpóreo? Tras esta duda, otra asaltó su mente. ¿Los espíritus de los vivos pueden ser visibles?

Los segundos que duró esta confusión perdiolos Teresa para el seguimiento de los dos hombres, uno de los cuales, según ella, era Ibero, el otro Moriones. Iban hablando en voz queda y con serenos ademanes. El breve tiempo perdido por Teresa en el pasmo y suspensión de resuello que le ocasionaron sus dudas, los hombres o fantasmas, si tales eran, pudieron llegarse a una puertecilla próxima al santuario de la *Cara de Dios*, discutir un momento si entrarían o no, retroceder algunos pasos y entrar rápidamente por el callejón del príncipe Pío. Al verles filtrarse por aquel angosto pasadizo, recobró Teresa su aliento, y disparada corrió en la propia dirección. Entró por donde ellos habían entrado; les vio allá, como sombras, en un recodo que torcía bruscamente a la derecha; siguió; corrieron las dos hasta una plazoleta o solar del cual partía otro conducto tortuoso, costanero, irregular, sin fin... Desesperada Teresa, no viendo ya a los dos hombres ni rastro de ellos, se paró, y con el aliento que le quedaba soltó tres veces el nombre de Ibero, en gritos intensísimos y desgarradores, haciendo trompeta con las manos. Halláronse en un sitio donde la oscuridad era pavorosa. Creyérase que ante las mujeres, los faroles del alumbrado público habían huido con temblor de sus vidrios y chisporroteo de sus luces. Confusamente se distinguían tapias, alguna casucha con puerta y ventana cerradas. Los hombres, si tales hombres eran y no espectros, se habían desvanecido en las tinieblas.

Viendo a su ama enteramente descompuesta y desgobernada, *tomó el mando* Patricia, y tirando del brazo a Teresa hizo por sacarla de aquel laberinto. La salida no era fácil. Al fin, por un hueco entre dos tapias se vieron en calle conocida. Dejábase Teresa conducir en silencio por su criada, y lo primero que hablaron fue para dilucidar el punto por donde desaparecieron los dos hombres. Ocurrió entonces un caso extraño: Patricia los vio en Afligidos, y sostenía que habían entrado por la portezuela próxima a la *Cara de Dios*. Lo de que se sumieron por la angostura del príncipe Pío era patraña y falsa visión de la señorita. Se enfurecía esta defendiendo la verdad de lo que había visto, y sin hacer caso de su fiel doméstica, que le proponía volver a casa, metiose con paso vivo por las calles del Río y del Reloj, hasta dar en la plazuela de Ministerios. Allí soltó su lengua en desordenada vociferación, diciendo: «No voy a casa, no vuelvo a mi casa... Yo no tengo casa. Soy salvaje, Patricia, y como venga Enrique a querer llevarme, verás una mujer furiosa defendiendo su libertad. Y no vuelvas a decirme que Santiago y Moriones no entraron por el callejón. Yo te digo que sí, y no tienes que replicarme. Yo los vi... No eran visiones ni espíritus... No me contradigas; no me atormentes... O haré contigo lo que con Enrique... No me hables de ese rey de los bobos... Esta mujer no es suya, estos ojos no son suyos... Ni esta boca es suya, como no lo sea para escupirle... Te juro que aborrezco a todo el género humano, menos a un solo hombre, el único que existe para mí... No me digas que no, Patricia... Cállate o te saco los ojos.»

Viéndola en tal exaltación, quiso la muchacha reducirla con ternuras. Teresa rompió en llorosos lamentos: «El mundo todo revolveré hasta que encuentre lo que es mío. No voy a casa, no me acuesto... Si no le encuentro; si no me dice que me quiere a mí como yo le quiero a él, tengo que matarme, Patricia. A ningún hombre quise nunca... A él solo, a ese que has visto... Nada: o me quiere o me mato, que para eso tengo preparados dos venenos que con sigilo compré.» Apenas dicho esto, desembarazada ya de nube y manto, arrojose en el suelo con epilépticas contorsiones. Acudió Patricia a socorrerla y sujetarla; mas ella contraía brazos y piernas, dando al silencio de la noche su voz desgarrada: «Me mato, quiero morir... No más, no más sufrir vida tan miserable.» Golpeándose el cráneo y haciendo presa en sus cabellos, clamaba: «Maldita de mí que traté a tantos hombres y no supe esperarle a él. No sabía yo lo que él me ha enseñado, Patricia; no sabía yo que en el mundo existe todo lo que deseamos... la dificultad está en buscarlo bien... Déjame; no, levántame: volvamos allá. Le encontraré, porque allí vive... Entró en alguna de aquellas casuchas bajas... Ven, vamos; llamaremos en todas las puertas...»

Prometiéndole acceder a cuanto deseaba, Patricia logró que se levantara... A su lado la hizo sentar, en el banco próximo. Irían, sí, en busca del hombre perdido; mas era menester esperar el día. Por de pronto, lo mejor sería retirarse a casa, dormir un poco, y después... Rebelábase Teresa contra esto, y en dimes y diretes estuvieron todo lo restante de la madrugada. La Providencia deparó a Patricia un humanitario sereno, que arrimándose a las dos mujeres ofreció sus servicios... Vencida del horrible cansancio, quedó Teresa en visible atonía y somnolencia, colgante la cabeza sobre el pecho; y este momento aprovechó la criada para correr a dar aviso a Manolita, dejando a su ama al cuidado del sereno. Con rápida frase contó la muchacha lo que ocurría, confesando las escapatorias nocturnas, y narrando el medroso encuentro que había sido causa del mayor disloque de la señorita. Tales fueron la consternación y sofoco de la madre, que a punto estuvo de rasgar la bata cuando quiso ponérsela para salir en socorro de su adorada hija. ¡Jesús, qué conflicto, qué desconocido drama, y qué pavoroso quiebro del Destino!... Todos los hípidos y arrumacos de su repertorio empleó la buscona para reducir a Teresita y llevarla a la casa materna, lo que logró al fin con ayuda de su criada, de Patricia y de dos serenos expeditivos y serviciales. Acostaron a la doliente, y doña Manuela se ocupó en desentrañar con arduas cavilaciones el nuevo problema que se le planteaba. ¿Qué le había pasado a la hija de sus entrañas? ¿Quién era aquel hombre que iba con Moriones por oscuras callejas, y que solo con su rápida presencia diabólica había trastornado a la pobre Teresa? De sus cálculos y razonamientos sacó en limpio que el caso se relacionaba con los malditos conspiradores, y aquel mismo día, ni corta ni perezosa, se fue a confiar su cuita al bueno de Chaves, pidiéndole orientación, consejo. Pero don José, después de oír la triste canción de la dueña, se inhibió secamente, y la despachó a cajas destempladas.

XXXI

En mala ocasión iba Manolita con estas andróminas al amigo Chaves, que entonces se hallaba en el paroxismo de su actividad demoledora. Los trabajos no permitían un minuto de reposo a los atrevidos laborantes. Todo estaba dispuesto. La conspiración era ya un rimero de pólvora, al cual no faltaba más que arrimar la encendida mecha... No obstante la buena voluntad de todos, surgían desavenencias que no siempre eran reductibles. La más grave de ellas sobrevino entre la dirección civil y la militar, entre la Junta y Moriones. Este, que había llevado a feliz término la seducción de sargentos, vio pospuestas sus ideas a las de los civiles, y para cortar discusiones peligrosas, la suprema autoridad, que era Prim, determinó que el hombre de las Cinco Villas fuese a dirigir los trabajos de Valencia.

En el delirio de la organización masónica, Chaves no desperdiciaba las horas ni los momentos; ni aun cuando sacaba de paseo a su adorado niño, dejaba de desempeñar alguna comisión, o despachar algún trámite necesario. Una tarde cogió al niño, a quien su mamá había puesto muy majo para el paseo, y se lo llevó por las calles dándole cuerda, por el gusto de oírle sus dichos graciosos y sus salidas agudas. Era el chiquillo travieso, levantisco, y como decía su padre, *estaba siempre en la oposición*. Los juguetes de sus hermanos le gustaban más que los suyos. Era una fierecilla cuando lo vestían y cuando le desnudaban; en las comidas chillaba siempre por lo que no había; si en el paseo le conducía su padre de la mano derecha, quería ir de la izquierda.

Aquella tarde llevaba Pepito, como de costumbre, su pelota, que solía tirar ocasionando algún trastorno en la circulación de transeúntes. Pero don José, lejos de incomodarse por esto, se reía como un simple cuando tenía que recoger el juguete a larga distancia. Así entraron por la calle de San Mateo, y al llegar al cuartel del mismo nombre, frente a la puerta principal, donde estaba la guardia, tiró el chiquitín la pelota, la recogió el papá devolviéndola por elevación, y en este juego con apariencias de inocente, la pelota entró por el portal adelante hasta el patio en que estaban los soldados. Por impulso propio o por instigación paterna, colose dentro la criatura en seguimiento de su juguete; con fingido enojo entró tras él el padrazo, diciendo: «¡Ay, qué chiquillo!... Ustedes dispensen...» y este fue el preciso instante en que apareció el sargento de guardia, ya prevenido. Chaves hizo como que le pedía excusas, y *sotto voce* le sopló al oído la hora, día y lugar de la cita. No era la primera vez que este ardid se empleó en los cuarteles; también solía usarlo el astuto conspirador para meterse entre filas, cuando la tropa estaba en maniobras. El tal Pepito era un ángel atrozmente revolucionario.

El juego de pelota no fue la última diligencia de Chaves aquella tarde. A otros sitios fue con su gracioso niño, y por fin llegose a casa de don Joaquín Aguirre, con quien tenía que conferenciar. El ilustre canonista, presidente de la Junta revolucionaria, le esperaba en su despacho; entró el amigo con su nene, que ya venía muy cansado y soñoliento, frotándose con los puños los ojitos. Púsole su padre en una silla, ordenándole la quietud. Hablaron el patriota y el patricio con la viveza y el interés propios de la madurez del asunto que iban a tratar. Pero el chiquillo, que siempre era *de oposición*, interrumpió a los graves conjurados rompiendo en clamores de protesta y tirándose de la silla. Tuvo don José que cogerle en brazos, acariciarle, arrullarle, decirle mil ternezas, y el niño, agradecido, inclinó la cabecita sobre las patriarcales barbas de su papá, y se durmió profundamente. Era en aquel momento el buen demagogo la perfecta imagen de San José.

Siguiendo la conversación interrumpida, Aguirre hizo a su amigo manifestaciones de suma importancia. Según lo acordado por Prim, este daría el grito el 23, en un pueblo de Guipúzcoa. Ya estaban en camino los comisionados que habían de transmitir las órdenes a las fuerzas comprometidas en las poblaciones del Norte. El alzamiento de Madrid había de ser precisamente el 24. Para ponerse al frente de los sublevados, ya teníamos aquí al general Pierrad, oculto en casa de Moreno Benítez. Revelando satisfacción, dijo asimismo don Joaquín que estaban ya vencidos los escrúpulos que había mostrado para secundar la sublevación su pariente el capitán de Artillería don Baltasar Hidalgo. Realmente, no debía influir ya el espíritu de Cuerpo en el ánimo de aquel distinguido oficial, pues oportunamente había pedido la licencia absoluta... A este propósito, habló Aguirre calurosamente del capitán Hidalgo, alabando su valor, liberalismo y caballerosidad: este juicio no lo ha desmentido la Historia.

Despidiéronse el patricio y el patriota con breves fórmulas de amistad y proselitismo. Salió Chaves presuroso con su niño en brazos, y tomó rumbo hacia su casa... La excitación encendida en su ánimo por el entusiasmo, el deber, la responsabilidad, la grandeza de la idea que pronto había de condensarse en formidables hechos, era como acicate que a precipitar el paso le obligaba. Por esto y por el peso de la criatura, llegó a su casa sofocado. Ya no parecía San José, sino San Cristóbal. «Toma esto», dijo a su esposa, entregándole a Pepito. Comió precipitadamente, tragando sin mascar, y salió como una saeta. Urgía disponer la forma de repartir armas a los paisanos, cosa en verdad peliaguda. Toda la noche emplearía en avistarse con los amigos, ávidos de empuñar trabucos y pistolas, y para ello era forzoso acudir a sitios diferentes y distantes, donde el animoso pueblo celebraba sus oscuras asambleas: Afligidos, Limón, Cuchilleros, Ventosa, Tribulete, Salitre, Tres Peces, etc... Felizmente, dos comisarios de Policía, a la entera devoción de Chaves, le ayudaban en esta colosal faena.

Y sucedió que la ejecución del plan se anticipó dos días a lo presupuesto, por impaciencia de algunos conjurados, que temían no poder hacer nada si aguardaban a que el pronunciamiento estallase en provincias... Véase cómo ocurrieron las cosas. La noche del 21 al 22, doña Manuela Pez notó desusado ir y venir de gente en la solitaria calle donde vivía, que era, como se ha dicho, la de San Ignacio, en el apartado barrio de Leganitos. Mirando por los cristales de su gabinete, vio que no cesaban de entrar hombres en la casa inmediata a la suya. Al instante, recordó que Chaves había alquilado días antes los dos cuartos de aquella casa. «No hay duda —se dijo—: aquelarre tenemos. Milagro será que no se arme esta noche la gran trifulca.» Luego sintió run-run de voces tras del tabique medianero. En el mismo gabinete estaba Teresa, que sufría quebrantos de salud, inapetencia, insomnios... Los ruidos de la casa cercana no se escaparon a su oído sutil; levantose de la butaca, y aplicó su oreja al tabique. Escuchó largo rato; sus ojos brillaban de júbilo, sonreía su boca repitiendo: «¡Prim, Libertad!»

Dejándola en aquella distracción inocente, su madre, sin apartarse de los cristales, se zambullía en hondas cavilaciones. En aquellos días, no pudiendo apartar de su magín la nueva crisis de Teresa, abusaba horrorosamente del monólogo. «Si viene trifulca, que venga, que de las revoluciones salen los hombres nuevos... Con lo que me ha dicho Mauricia se me ha ensanchado el corazón. ¡Vaya, que si es efectivamente un conde disfrazado...! ¡Jesús, Jesús, de pensarlo me dan mareos!... Pues otra: ahora sale Pepe Chaves con que el chico es de una familia rica y noble de la Rioja alavesa... ¡Virgen de los Remedios, si todo eso es cierto, menuda lotería nos va a caer! La verdad es que el don Enrique se había hecho insoportable. Hombre más jaqueca y más chinche no ha venido al mundo. Con sus remilgos, su miedo al escándalo, y aquel hablar como la *Gaceta*, no le aguantaría ni el mismo Job. ¡Vaya con la pretensión de meter a mi hija en las Arrepentidas! Métase él si quiere en un correccional para hombres desaboridos, fulastres y *mariquitas*. En fin *(suspirando fuerte)*, despedido está... Veremos lo que ahora nos trae Dios. Vengan trapisondas y novedades. Lo que yo digo a mi hija: no importa la revolución con tal que no nos destronen a Isabel II, ni nos traigan la libertad de cultos...» Apartándose del tabique, se lanzó Teresa a un pasear vivo por la estancia. Su rostro, de admirable belleza melancólica, irradiaba satisfacción y orgullo. Acudió su madre a tranquilizarla; mas ella, alzando el brazo como si tremolara una bandera, gritaba: «¡Prim... Libertad!» La bellaca dueña, con ademán de blandir una espada, respondía: «Venga revolución... hombres nuevos.» Excitada y nerviosa, Teresa quiso echarse a la calle; pero su madre con exhortaciones y caricias logró quitárselo de la cabeza. Oyendo los ruidos de la casa inmediata, y haciendo mil conjeturas sobre lo que podría suceder, estuvieron en vela hija y madre toda la noche.

A las dos de la madrugada salió Chaves de la casa donde paisanos y oficiales aguardaban el momento de entrar en acción. Iba solo. De la calle de San Ignacio bajó a la plazuela; metiose luego por el callejón de Leganitos, y atravesando por solares y recovecos lóbregos, llegó a una explanada de donde se veían las ventanas altas del cuartel de San Gil por la parte trasera. Allí se detuvo; vio luz en uno de aquellos huecos; sacó un pañuelo, y lo agitó repetidas veces; poco tardó en abrirse la ventana, donde un soldado hizo señal con una sábana... De allí partió el hombre, y por ásperos derrumbaderos se dirigió a la Montaña; rodeó el Cuartel, y llegando al promedio de la fachada Norte, encendió un cigarrillo: la quietud del aire permitía mantener un rato inextinta la llama del fósforo. A esta señal, respondió una luz en las ventanas altas... Después, dio la vuelta el patriota por senderos abruptos, entre el palomar y el Cuartel, y pasando por la fachada principal de este, donde estaba la guardia, repitió la señal sin pararse. A cierta distancia, al arrimo de un árbol, vio claridades inequívocas, que en las rejas del piso bajo daban respuesta o conformidad...

Acto continuo salió como flecha hacia la calle de San Ignacio, donde los oficiales y el general esperaban intranquilos. Chaves les dijo: «La señal está dada; han respondido: *conformes; no hay novedad*. Cada cual a su puesto.» Volvió a salir disparado, y en un minuto llegó frente a la puerta del Cuartel de San Gil, apostándose a la mayor distancia que permitía la anchura de la plaza... Aclaraba el día por instantes; era el momento más bello que sin duda existe en la Naturaleza. El cielo sereno y limpio, sin la más ligera mancha de nube, se inundaba de luz, dando vida y color a todas las cosas de la tierra. El silencio religioso de aquellos instantes solo era turbado por lejanos desperezos de la ciudad que salía del sueño, y por los cantos de codornices aprisionadas que en diferentes balcones saludaban el día. La expectación anhelante con que el patriota miraba al Cuartel, no estaba exenta de fervor pietista. En su bárbaro fanatismo sectario cabía la invocación a la Divinidad. Todo hombre que vive consagrado a una idea, cuando suena para esta idea la suprema hora, sabe enlazarla con los altos designios.

Esperando los hechos, contemplaba Chaves en su mente el plan trazado para realizarlos. Todo su afán era que los hechos correspondiesen con exactitud a su explanación teórica, como acontece en los programas de teatro.

El plan era este: los sargentos de San Gil, al toque de diana, sorprenderían a los jefes, encerrándolos en el cuarto de estandartes, *sin derramamiento de sangre*. Los del Retiro sacarían al Prado sus baterías, amenazando el Cuartel de Ingenieros, y esperando a que llegase la Infantería de San Mateo. *Los Cazadores* de Santa Isabel correrían a situarse en las calles que desembocan en Palacio. Las fuerzas del cuartel de la *Montaña*, ocupando la Plaza de Isabel II y la Plaza mayor, incomunicarían las zonas Sur y Norte de Madrid. Las baterías de San Gil ocuparían la Puerta del Sol... Los paisanos en armas se colocarían en los sitios consagrados por la estrategia popular.

El programa militar de la sublevación no quería dejarse fijar en la mente del patriota, y en ella oscilaba, descomponiéndose en movibles líneas que alteraban sus disposiciones fundamentales. Esforzábase Chaves en reorganizarlo... Quisiera por virtud del solo pensamiento calcar en él los históricos hechos... En esto, vio aparecer a Becerra con algunos paisanos bravucones armados hasta los dientes. Díjoles que esperaran en lo alto de la escalerilla de la calle del Río, y volvió a su acecho. Aclaraba más el día... El corazón de Chaves marcaba los segundos con tremendos golpetazos... De repente ¡ah! hirió sus oídos el vibrante son de la diana, que fue como estremecimiento de los cielos y la tierra. Medio minuto más, y sonó un disparo dentro del Cuartel; después dos... Cinco... hasta diez.

Corriendo hacia la escalerilla, vio descender por ella al capitán Hidalgo, con traje de marcha. «Ya han sonado tiros —le dijo—. Entre usted...» Decidido, Hidalgo entró en el Cuartel. Acompañole Chaves hasta la puerta, y vio un sargento muerto a la entrada del cuerpo de guardia... Los tiros seguían.

XXXII

Al toque de diana hallábanse en el cuarto de estandartes los oficiales de guardia, capitanes don Juan Martorell y don Eugenio Torreblanca, y los comandantes don Joaquín Valcárcel y don José Cadaval. No dormían; jugaban tranquilamente al tresillo. Llegaron de puntillas al portal los sargentos sediciosos, creyendo a sus jefes entregados al sueño. Quedamente entreabrieron la puerta, con suavidad de fieles criados que no quieren interrumpir el sueño de su amo. Al rumor, los oficiales, con alarma súbita, tiraron las cartas... Tirar las cartas y echar mano a los revólveres, fue todo uno. Antes que los sargentos osaran pronunciar una palabra, Martorell les increpó con la dureza que la disciplina permite y aun ordena. Segundos duró la estupefacción de los sargentos, que iban con intención de encerrar tan solo, y se vieron en la obligación de matar. En un aliento pasaron de la piedad respetuosa a las violencias que impone el instinto de conservación, y ya no hubo jefes ni oficiales, sino un duelo terrible entre dos grupos de hombres: para que uno de los grupos pudiera vivir, tenía que perecer el otro. Invadieron los sargentos el cuarto al grito de *¡viva Prim!*... Martorell cayó muerto; Torreblanca tan mal herido, que por muerto le dejaron. Valcárcel y Cadaval, que salieron en la confusión del primer momento, tratando de someter a los rebeldes, murieron a los pocos pasos en los patios del cuartel.

Por la eficacia del número, que les dio brutal superioridad, vencieron los sargentos, obrando como ciegas máquinas de destrucción, y el primer choque les resultó un acto criminal, que por ningún artificio lógico podía ser considerado como acto de guerra. La moral del alzamiento sufrió rudo golpe y una desviación lastimosa del primitivo ideal de justicia que a los jefes guiaba. La fatalidad, siempre burlona y trágica, ordenó que los oficiales no tuviesen sueño y entretuvieran con las incidencias del tresillo las largas horas de la guardia. El genio protector de Prim fue el que se durmió aquella noche, mientras los oficiales velaban jugando.

Salieron del cuartel los sublevados con grande algazara y desorden. Unos arrastraban los cañones; otros iban sacando los atalajes y los troncos de mulas. Turba de paisanos, que en un instante invadieron la Plaza, querían ayudar, y en realidad estorbaban. La falta de oficiales se hizo visible desde el primer momento. Lo que en ocasión normal era obra de minutos, en aquella se estiraba en demoras eternas. El capitán Hidalgo, demudado al principio, enérgico después ante el barullo, intentó ser cabeza de aquel descabezado cuerpo: su voz no se oía en el tumulto oceánico de tantas voces. No había manera de organizar la desorganización, ni de traer a la unidad las individuales energías desmandadas. Al fin, una parte no más del Regimiento montado pudo formar, y en imperfecta línea se colocó a la parte arriba de la Plaza, ocupando Leganitos y la cuesta del duque de Osuna. Los de a pie formaron abajo, esperando que se les uniera la infantería del *Príncipe*. En el laberinto de órdenes y contraórdenes, volaban los minutos, como avecillas ladronas que se llevaban el éxito.

En esto sacaron al general don Blas Pierrad. Como se incorpora una efigie a la procesión organizada ya con fieles y clerecía, lo presentaron a las tropas; montó a caballo; pasó revista como pudo frente a las filas descompuestas; fue aclamado por soldados alegres y paisanos roncos, y por la caterva de mujeres que poblaban los balcones. Aunque no se le conocía ni por retratos, su figura gallarda suplió por un instante la falta de popularidad. Las aclamaciones culminantes ¡viva la Libertad, viva Prim! habrían sido más ardientes si el pueblo viera la propia figura del héroe de Castillejos; pero la representación pálida del hombre y de la idea no encendía los corazones.

Seguía volando el tiempo, y la acción estancada de los rebeldes no daba un solo paso. Hidalgo, ardiendo en zozobra, no cesaba de mirar hacia la Montaña, y de la Montaña, después de mucho esperar, no vinieron más que unos cuarenta hombres, azorados, conducidos por sargentos. Oficiales diligentes trataron de formar con ellos una columna de vanguardia para llevarla por Leganitos hacia Santo Domingo, que no es plazuela, sino encrucijada o atascadero peligroso... La Artillería montada, maniobrando con embarazo, se dividió en secciones. Por las calles de Leganitos, Bola y Torija subían las baterías, rodeadas de ciudadanos truculentos. De los balcones caía, como lluvia de flores de trapo, la nutrida ovación mujeril.

En esta situación tumultuosa, guiados por un entusiasmo nervioso y verbal, llegaron a Santo Domingo, donde ya el paisanaje hacía un bosquejo de barricada enfilando la calle de Preciados. Trataron los artilleros de emplazar algunas piezas. No podían revolverse, y el tiempo se les iba de entre las manos como culebra escurridiza. Ya la Puerta del Sol estaba llena de tropas leales, que atacarían por Preciados. El general Pierrad, a quien allí se unió Contreras, dispuso que los soldados ocuparan las casas vecinas con el fin de apoyar desde los balcones el fuego de la barricada. Creyó luego que podría abrirse paso por Jacometrezo hasta la Red de San Luis; entró por aquel intestino; pero de la calle del Olivo no pudo pasar. A escape retrocedió por Tudescos a Santo Domingo, donde ya Contreras y un puñado de hombres de pelo en pecho se aprestaban a la defensa de la posición. De la Puerta del Sol venían los que la Historia llama leales, los artilleros del

Retiro, que comprometidos estuvieron con sus compañeros de San Gil para pronunciarse juntos. ¡Qué sarcasmo, Santo Dios! Los que se habían juramentado en la fe de la Revolución, ahora se batían fieramente contra ella. Los amigos eran enemigos. Nadie podría decir si los leales eran traidores, o los traidores leales.

¿Qué razón había para este duro sarcasmo histórico? Pues sucedió que a O'Donnell llevaron un soplo antes de amanecer, cuando Chaves daba la señal a los cuarteles; que saltó de la cama; que mandó un recado a Serrano; recados a Narváez, Córdova, Hoyos, Concha y otros generales; que su hermano don Enrique O'Donnell corrió al cuartel del Retiro, sorprendiendo a los artilleros antes que los sargentos pudieran sacarlos a la calle; sucedió, en fin, que mientras los sublevados de San Gil perdían minutos en los entorpecimientos que les originaba su azorado desconcierto, O'Donnell los ganaba utilizando con la celeridad del rayo la organización existente. Allí se vio bien claro cuán difícil es que los cuerpos acéfalos puedan hacer frente a los bien dotados de firme cabeza. Cuando aún los pronunciados no habían subido a Santo Domingo, salió don Leopoldo a caballo de la Inspección de Milicias. Recorrió la calle de Alcalá, revistó las fuerzas del Principal; en la Puerta del Sol encontró a Serrano, a pie, y díjole que estaba inquieto porque no parecían los artilleros del Retiro... Serrano montó el caballo del coronel Cortés, y diciendo: «voy a buscarlos yo», partió como exhalación hacia el Prado... No tardó en aparecer de nuevo con la noticia de que el Regimiento estaba ya en camino, y entonces O'Donnell le ordenó que fuese a Palacio, y que, si por allí había novedad, tomara las medidas que creyese necesarias. Partió Serrano a galope sin que le tocaran los disparos que en las calles afluentes a las del Arenal le hizo el paisanaje. En Palacio encontró el miedo de la reina, no tan grande como el del Rey, y animando a todos, y haciéndose cargo de lo bien defendidas que estaban las instituciones, volvió al lado de su jefe y amigo.

En tanto el valiente Pierrad, cumpliendo en Santo Domingo con estoica entereza los deberes que su mala estrella le impuso, trataba de dominar el furioso oleaje de la muchedumbre sublevada, que no tenía ya concierto, ni jefes, ni municiones, ni suelo en que moverse. Los paisanos volvían del Parque vociferando porque no se les daban cartuchos; los soldados clamaban por que alguien les mandara; chillaban todos, y la voz del general se perdía en el espantoso tumulto. En la calle Ancha no pudo hacer nada de provecho, porque por la Universidad y calle del Pez aparecieron tropas del Gobierno. Previendo que se trataba de atacarle por las Rondas del Norte, encerrándole en un círculo de fuego del cual no podía salir, partió por la Flor Baja y Leganitos a reconocer el alto de San Bernardino. En esta marcha vio que gran parte de los artilleros sublevados le abandonaban, retirándose a San Gil con sentido estratégico, pues ya no había para ellos más solución que una resistencia brava en casa fuerte.

Iba Pierrad amargado, quizás maldiciendo la hora en que tomó la dirección del pronunciamiento, sin conocer las fuerzas que habían de seguirle ni estudiar el terreno en que habría de maniobrar. Quizás pensaba que una muerte honrosa sería para él la mejor salida de aquel confuso laberinto. Y cuando más engolfado iba en estos pensamientos, la suerte le deparó, no el honroso morir, sino un acertado resbalón violentísimo de su caballo. Cayó el hombre a tierra y recibió en la cabeza un golpe formidable que le hizo perder el conocimiento. Recogido por los hombres de su escolta, le metieron en la más próxima casa, que era la llamada *del Duende* en la calle del duque de Liria, y allí se le curó de primera intención. Mientras a esto atendían los de la escolta y los caritativos habitantes de la casa, arreció fuera el peligro... La Guardia civil se hizo dueña de la calle... A toda prisa disfrazaron el cuerpo casi exánime del general, quitándole el uniforme, y endilgándole traje de paisano; sostenido por dos hombres, le sacaban para llevarle a lugar más seguro, cuando a registrar la casa entraron los civiles. El paso fue de intensa emoción teatral. O los guardias no le conocieron, o conocido, engordaron desmesuradamente su vista, a punto que llegaba un ilustre vecino, el duque de Berwich y Alba con criados y mayordomos, el cual, haciéndose cargo del herido, se lo llevó tranquilamente a su palacio. Túvole allí bien asistido y cuidadosamente guardado de la policía hasta que se le pudo esconder en una embajada y arreglarle clandestina fuga por el ferrocarril.

Al volver de Palacio, Serrano pidió nuevas órdenes a O'Donnell, que le dijo: «Vaya usted a ver qué ocurre en el Cuartel de la Montaña.» Partió Serrano en dirección de la Puerta de San Vicente, de donde pensaba subir a la Montaña; pero viendo allí cuatro cañones en fondo, tuvo que dar un amplio rodeo por el Puente de Segovia, Casa de Campo, paso del río por el puente del ferrocarril, y llegando al fin a la espalda de la estación, él y los que le seguían treparon como gatos por el empinado talud de la Montaña. En la explanada del Cuartel había tropas formadas, de cuya moral y actitud no tenía el general conocimiento exacto. ¿Eran leales o rebeldes? Fueran lo que fuesen, Serrano, con el ardimiento y ciega bravura que en tales ocasiones gastar solía, cayó sobre ellas, las electrizó con cuatro gritos, y no fue necesario más para recoger aquella fuerza vacilante, agregarla sin dilación a la que llevaba y emprender el ataque y asalto de San Gil, donde unos ochocientos artilleros se habían hecho fuertes, con la rabia pataleante de las causas perdidas: defenderse hasta morir.

Tropas de Serrano por la fachada Norte, tropas mandadas por el mismo O'Donnell por la plaza de San Marcial, acometieron el Cuartel. Tan brava como la defensa fue la embestida. Los sublevados hacían fuego incesante desde las rejas del piso bajo; los sitiadores, sin acordarse de que por un capricho de la fatalidad no eran sus aliados, los fusilaban desde fuera. Asaltada la puerta con no pocas pérdidas de una parte y otra, los sitiadores fueron dueños de los patios; los sitiados, replegándose al principal, parecían decididos a disputar el terreno piso a piso. Cruzáronse parlamentos, sin llegar a términos de avenencia. Los artilleros pedían la impunidad, que no se les podía dar. Perdido el principal, continuó la furiosa contienda en el segundo, y por fin en las buhardillas, donde quedó sojuzgado *lo futuro y victorioso lo existente.* Sangre y muertos en todos los pisos mostraban cuán recia fue la batalla entre el nombre de Prim y el de Isabel II. Lástima de brío militar empleado sin fruto, y perdido en el torrente político más espumoso. Creyérase que el morir hombres y más hombres era necesario, por ley fatal, para la consolidación de nuestros altares y tronos, de perfecta índole asiática. ¡Vive Dios que ningún Poder se asentó jamás sobre tan ancha y alta pila de cadáveres!

XXXIII

Vencido y desarmado el brazo militar, faltaba someter al civil, lo que no era fácil, porque la plebe armada, dirigida por sus iguales, con una organización primitiva, se movía con gran desembarazo. Acosada y dispersa en una calle, aparecía prontamente en otra. Era la guerrilla urbana, más veloz que la milicia regular, y más conocedora de los atajos y callejuelas para sorprender al enemigo. En la calle de la Luna, un grupo de estos leones sueltos, que disponían de un cañón y de varios artilleros para servirlo, tuvieron en jaque al general Concha más de una hora. Pero lo más apretado de aquellos sangrientos lances callejeros estuvo en la Plaza de la Cebada: allí acudieron y se fortificaron con improvisados parapetos los bandos más aguerridos de la patriotería del Rastro y Latina. Tres cargas a la bayoneta les dio la infantería con soberbio empuje, y aún no pudo con ellos.

Cuando parecían debilitarse, vino por San Millán un refuerzo de tiradores fieros y desesperados. Entre ellos descollaba una figura tan gigantesca por su talla como por su arrojo. Era un león barbudo, un descomedido atleta que de sus ojos enrojecidos echaba fuego, de su boca imprecaciones tonantes; era la estampa del coraje indómito, del feroz patriotismo, que guerreaba a tiros, a puñetazos, a dicterios inflamados con rabia y encono; era, en fin, el gran Chaves, demente, bárbaro, heroico. En lo más duro del ataque, vio entre la tropa que contra él venía la cara del sargento con quien cambió, días antes, palabras sigilosas en el patio del Cuartel de San Mateo... Fue aquella tarde en que con el artificio de la pelota entró en el Cuartel el niño, y tras el niño el padre... Dirigiole el barbudo desde lejos palabras rencorosas, vengativas... Y el sargento, mirándole con ojos benignos, y cumpliendo su deber como esclavo circunstancial de la ordenanza, decía para su capote: «Te veo, Chaves; no quiero matarte; huye, escóndete. Podemos ahora más que tú... Te ha salido mal la cuenta; otra vez será.» Todo esto fue obra de segundos. Los valientes paisanos no pudieron resistir el ataque, mandado por el general Hoyos. Dejando algunos muertos y heridos, y llevándose casi a rastras al furioso Chaves, huyeron hacia la Cabecera del Rastro.

Estas refriegas parciales y otras muy reñidas en Puerta Cerrada, Plazuelas del Progreso y Antón Martín, duraron hasta la una o las dos de la tarde. A esta hora ya se dio por dominada la insurrección. El general O'Donnell, con su Estado mayor, recorrió todos los sitios donde la lucha había sido más empeñada y tenaz. Herido fue levemente Narváez en la calle de Bailén, hallándose junto a O'Donnell. También les tocó alguna china a los generales Ceballos y conde de la Cañada; herida grave recibió el brigadier Jovellar. Los pocos transeúntes que afrontaron los riesgos de la calle, vieron caballos muertos, charcos de sangre, despojos de guerra; las casas de Santo Domingo acribilladas a balazos; cadáveres conducidos en camillas, entre ellos los de los dignos oficiales Escario y Balanzat, muertos en las calles cuando iban a incorporarse a sus Cuerpos. A media tarde, era peligroso andar por los barrios circundantes del Cuartel de San Gil, pues aún sonaban disparos hacia San Bernardino y conde-Duque. La Plaza de San Marcial ofrecía la pavorosa desolación de la tragedia. El frontispicio del Cuartel, destrozado por el fuego de fusilería y cañón, era una faz llorosa dentro de la cual se sentía el gemido de la conciencia nacional, abrumada. Los oficiales muertos, sus matadores y sus vengadores sacrificados en la lucha, dormían todos el mismo sueño.

Avanzaba la tarde; los vecinos de la Plaza de San Marcial salían de sus casas con ávida curiosidad. Querían ver, oír y tocar lo que quedaba de la matanza, y respirar el fluido trágico que aún flotaba en el ambiente, como las emanaciones del cloroformo después de la cruenta cirugía. Las huellas de la humana barbarie atraen poderosamente a los hombres y más aún a las mujeres. Muchedumbre de estas intentó bajar a la Plaza; pero contenidas por el cordón de centinelas, quedaron relegadas en la Plazuela de Leganitos. Entre la heterogénea multitud, distinguíase la figura esbelta de Teresa Villaescusa, que, escapada de su casa, anduvo rondando por las calles próximas en un ansioso atisbo no se sabe de qué. Cuando ella y otras mujeres se quejaban de que los centinelas no las dejaran acercarse al matadero de San Gil, una mano se posó en el hombro de la hermosa mujer. Volviose a ver quién la tocaba, y viendo el amojamado rostro de Santiuste, imagen de la muerte, tembló de nervioso frío y de miedo.

SANTIUSTE. ¿Qué haces por aquí, Teresa, y qué buscas en este campo de una batalla ideal, tan ganada por los vencedores como por los vencidos?

TERESA *(con ligero desvanecimiento mental)*. Entre los vencidos busco a un hombre. Daría muchos días de mi vida por encontrarle vivo.

CONFUSIO *(risueño, en plena embriaguez de pensamientos optimistas)*. Vivo le encontrarás, porque muertos no hay aquí... No te fíes de cadáveres fingidos, que ellos son hombres que hacen que se mueren, y viven.

TERESA. Si fuera verdad lo que dices, yo me alegraría... Pero no puedo creerte, Juan. Muertos hay. Tú no has visto bien, o con tu imaginación enferma trabucas las formas reales.

CONFUSIO. Yo he visto en el Cuartel el simulacro de asalto y rendición. Los valientes soldados han desempeñado su papel a maravilla, y los generales han igualado con su arte exquisito a los más hábiles cómicos... Dentro del Cuartel, he visto a Prim con sencillo y airoso disfraz de hijo del pueblo.

TERESA *(contagiada del trastorno de Juan)*. El que has visto no es Prim; es un hombre que parece humilde y tiene toda la nobleza y sabiduría del Universo.

CONFUSIO. Te aseguro que es Prim el que he visto. Prim mandaba el simulacro dentro del Cuartel... y fuera, el intrépido Serrano dirigía el asalto. Cuando por acuerdo de los dos terminó la figurada chamusquina, entró Serrano en el Cuartel con cara de júbilo... Serrano y Prim se abrazaron.

TERESA. Quítate allá, Juan... Eres loco.

CONFUSIO. Soy lo que soy. Compongo la Historia lógica y estética, estudiando los acontecimientos, no en la superficie, sino en el fondo... En el fondo veo a Serrano y Prim abrazados... Son los mejores amigos del mundo, aunque no lo parezca... Tus ojos pecadores no ven la verdad...

TERESA. Los tuyos no ven más que disparates.

CONFUSIO. Veo los muertos vivos, los enemigos reconciliados, el Altar y el Trono llevados a la carpintería para que los compongan, la Historia de España escrita por los orates... Tú no sabes de esto, pobrecilla... Léeme y sabrás.

Fin de Prim
Santander-Madrid, julio a octubre de 1906.

Libros a la carta

A la carta es un servicio especializado para

empresas,

librerías,

bibliotecas,

editoriales

y centros de enseñanza;

y permite confeccionar libros que, por su formato y concepción, sirven a los propósitos más específicos de estas instituciones.

Las empresas nos encargan ediciones personalizadas para marketing editorial o para regalos institucionales. Y los interesados solicitan, a título personal, ediciones antiguas, o no disponibles en el mercado; y las acompañan con notas y comentarios críticos.

Las ediciones tienen como apoyo un libro de estilo con todo tipo de referencias sobre los criterios de tratamiento tipográfico aplicados a nuestros libros que puede ser consultado en Linkgua-ediciones.com.

Linkgua edita por encargo diferentes versiones de una misma obra con distintos tratamientos ortotipográficos (actualizaciones de carácter divulgativo de un clásico, o versiones estrictamente fieles a la edición original de referencia).

Este servicio de ediciones a la carta le permitirá, si usted se dedica a la enseñanza, tener una forma de hacer pública su interpretación de un texto y, sobre una versión digitalizada «base», usted podrá introducir interpretaciones del texto fuente. Es un tópico que los profesores denuncien en clase los desmanes de una edición, o vayan comentando errores de interpretación de un texto y esta es una solución útil a esa necesidad del mundo académico.

Asimismo publicamos de manera sistemática, en un mismo catálogo, tesis doctorales y actas de congresos académicos, que son distribuidas a través de nuestra Web.

El servicio de «libros a la carta» funciona de dos formas.

1. Tenemos un fondo de libros digitalizados que usted puede personalizar en tiradas de al menos cinco ejemplares. Estas personalizaciones pueden ser de todo tipo: añadir notas de clase para uso de un grupo de estudiantes,

introducir logos corporativos para uso con fines de marketing empresarial, etc. etc.

2. Buscamos libros descatalogados de otras editoriales y los reeditamos en tiradas cortas a petición de un cliente.